LAS CHICAS DE LA CANTERA

JESS LOUREY

LAS CHICAS DE LA CANTERA

TRADUCCIÓN DE
IRIS MOGOLLÓN

PRINCIPAL
NOIR

Primera edición: abril de 2024
Título original: *The Quarry Girls*

© Jess Lourey, 2022
© de la traducción, Iris Mogollón, 2024
© de esta edición, Futurbox Project, S. L., 2024
Todos los derechos reservados, incluido el derecho de reproducción total o parcial de
la obra.
Esta edición se ha publicado mediante acuerdo con Amazon Publishing, www.apub.com,
en colaboración con Sandra Bruna Literary Agency.

Diseño de cubierta: Caroline Teagle Johnson
Corrección: Gemma Benavent, Sara Barquinero

Publicado por Principal de los Libros
C/ Roger de Flor, n.º 49, escalera B, entresuelo, despacho 10
08013, Barcelona
info@principaldeloslibros.com
www.principaldeloslibros.com

ISBN: 978-84-18216-81-7
THEMA: FFL
Depósito Legal: B 5434-2024
Preimpresión: Taller de los Libros
Impresión y encuadernación: Liberdúplex
Impreso en España — *Printed in Spain*

Para Cindy, la mezcla perfecta de fuego y corazón

Nota de la autora

El FBI define a un asesino en serie como una persona, normalmente varón, que mata a dos o más personas, por lo general mujeres, en situaciones distintas. Aunque los asesinos en serie siempre han existido (te recomiendo que investigues sobre Gilles de Rais si te falta algo de material para tus pesadillas), no llegaron al conocimiento público hasta principios de la década de 1970. Fue entonces cuando la primera oleada de monstruos de renombre —John Wayne Gacy, el asesino del Zodiaco, el hijo de Sam— entró en acción. El historiador Peter Vronsky parte de la hipótesis de que, aunque para que un asesino se convierta en tal deben confluir varios factores (la disposición genética y las lesiones del lóbulo frontal son dos de los más comunes), la Segunda Guerra Mundial fue la responsable de esta edad de oro de los asesinos en serie una generación más tarde.

En concreto, según Vronsky, aunque a todos los soldados estadounidenses que lucharon en la Segunda Guerra Mundial se les adiestró para matar, un pequeño contingente utilizó la tapadera de la violencia sancionada por el Estado para violar, torturar y recoger partes de cuerpos humanos como trofeos. A pesar de que la mayoría de los soldados que regresaron se reintegraron con éxito en la sociedad, algunos llevaron la brutalidad de la guerra a sus hogares y maltrataron a sus familias a puerta cerrada. Esos abusos, que se producían en una cultura que promovía abiertamente la guerra, crearon el terreno fértil del que surgiría la primera gran cosecha de asesinos en serie estadounidenses.

Me interesa profundizar en ello.

Lo escabroso, sin duda, me atrae.

También es cierto que el 70 % de las víctimas de asesinos en serie son mujeres. Ten por seguro que saber que eres una presa aumenta tu interés por el depredador. Desesperada, intentas darle sentido a unos asesinatos en gran medida aleatorios. Confías en que podrás protegerte si eres capaz de comprender la motivación y los patrones de caza. Sin embargo, mi deseo de obtener esta información va más allá del interés morboso o el instinto de conservación.

También hay algo personal.

Nací en una base militar del estado de Washington, ya que mi padre luchó en Vietnam. Cuando le dieron de baja en 1970, nos mudamos al norte de la pequeña ciudad de Saint Cloud, en Minnesota. Encaramada sobre el río Misisipi, era conocida por la Pan Motor Company, una empresa automovilística que fracasó de forma estrepitosa; su granito rojo y gris, que se utilizaba en lápidas y prisiones de todo el país; sus dos universidades, y un correccional de aspecto medieval rodeado por un enorme muro de piedra, que era el segundo más grande del mundo construido por reclusos (la Gran Muralla China es el primero).

Tres asesinos andaban sueltos por Saint Cloud cuando yo era pequeña.

Solo capturaron a dos.

Ahí está la auténtica razón por la que busco información sobre asesinos en serie: para dar sentido a mi infancia, para ayudarme a entender el miedo en mi comunidad y en mi hogar.

Esto es lo que descubrí sobre los depredadores que aterrorizaban Saint Cloud en los años setenta.

Charles LaTourelle

En octubre de 1980, Catherine John y Charles LaTourelle eran los gerentes de una pizzería de la Universidad Estatal de Saint Cloud. Una noche, LaTourelle se emborrachó y decidió visitar el restaurante después de la hora de cierre. Se escondió en el sótano y vomitó por la borrachera. Cuando Catherine John pasó por su escondite camino de cerrar, LaTourelle la apuñaló veintiuna veces y luego la violó. Después arrojó su cuerpo al cercano río Misisipi y regresó al lugar del crimen para limpiar la sangre de ella y su propio vómito. Cuando otro trabajador lo vio, LaTourelle llamó a la policía para confesar.

Mientras cumplía condena por el asesinato de Catherine John, reveló que no había sido la primera vez.

El 14 de junio de 1972, cuando era un repartidor de periódicos de diecisiete años, disparó y mató a Phyllis Peppin en su casa. Confesó que estaba obsesionado con ella y que entró con la intención de violarla. El marido de Peppin fue el principal sospechoso hasta la confesión de LaTourelle en 1999.

Asesino número 2

Dos años después del asesinato de Phyllis Peppin, el Día del Trabajo de 1974, Susanne Reker, de doce años, y su hermana Mary, de quince, pidieron permiso para ir al cercano centro comercial Zayre a comprar material escolar. Era un paseo que habían hecho muchas veces, y eran chicas responsables. Susanne tocaba el violín y quería ser médica. Mary quería ser profesora de mayor. Ambas eran aparentemente felices y tenían un hogar estable, por eso sorprendió que, poco antes del Día del Trabajo, Mary hubiera escrito en su diario: «Si muero, pido que mi hermana herede mis peluches. Si me matan, que encuentren a mi asesino y se haga justicia. Tengo razones para temer por mi vida y lo que pido es importante».

Las hermanas nunca volvieron de su paseo.

Sus cadáveres se descubrieron casi un mes después en una cantera de Saint Cloud. Ambas habían muerto como consecuencia de múltiples puñaladas. Las autoridades creyeron que el asesino o asesinos eran jóvenes y conocían a las chicas. Unos días antes de la desaparición de las hermanas Reker, Lloyd Welch, un feriante de diecisiete años, agredió sexualmente a una mujer de Saint Cloud en la misma cantera. Siete meses más tarde, secuestró y asesinó a dos jóvenes hermanas de Maryland, Sheila y Katherine Lyon.

En 2017, Welch fue condenado y comenzó a cumplir una pena de cuarenta y ocho años tras confesar el asesinato de las niñas Lyon, más de cuatro décadas después de los hechos. Nunca se lo acusó de los asesinatos de las hermanas Reker.

Herb Notch, un adolescente del vecindario, trabajaba en el centro comercial Zayre que visitaron las niñas el día de su desaparición. Dos años después de que sus cuerpos se encontraran en las canteras, Notch y un cómplice robaron en el Dairy Bar de Saint Cloud y secuestraron a la chica de catorce años que trabajaba en el mostrador. La condujeron a una gravera a las afueras de Saint Cloud, le cortaron la ropa del mismo modo que se la habían quitado a Mary, la agredieron sexualmente, la apuñalaron, la cubrieron de maleza y se marcharon. Esta heroica chica se hizo la muerta hasta que Notch y su cómplice se fueron, y luego consiguió caminar casi un kilómetro en la oscuridad hasta encontrar la casa más cercana.

Identificó a Notch, que cumplió diez de los cuarenta años de condena por el crimen. Tras su puesta en libertad, se lo acusó de otras dos agresiones sexuales. A pesar de las similitudes entre sus crímenes y los asesinatos de las hermanas Reker, a Herb Notch tampoco se lo acusó nunca de estos últimos. Murió en 2017 sin confesar.

Joseph Ture

En 1978, Joseph Ture irrumpió en la casa rural de Alice Huling, en Saint Cloud, y acabó con su vida y la de tres de sus hijos. El cuarto, Bill, sobrevivió al quedarse inmóvil debajo de la ropa de cama después de que dos balas no lo alcanzaran por poco. Tuvo la sangre fría de correr a casa de un vecino cuando Ture abandonó el lugar. Los agentes del comisario detuvieron a Ture para interrogarlo cuatro días después del asesinato de los Huling. Aunque en ese momento no lo sabían, en el registro de su coche encontraron el arma con la que había apaleado a Alice, así como el Batmóvil de juguete de Bill. También hallaron una lista de nombres y números de teléfono de mujeres.

Los ayudantes del comisario lo dejaron en libertad a pesar de dudar de la veracidad de su declaración.

Posteriormente, asesinó al menos a dos mujeres más: Marlys Wohlenhaus en 1979 y Diane Edwards en 1980. No fue hasta 1981 cuando se lo acusó formalmente y se le declaró culpable de un delito: secuestrar y violar a una joven de dieciocho años y luego a otra de trece en incidentes separados. Diecinueve años más tarde, gracias a un impresionante trabajo *a posteriori* que realizó la Unidad de Casos Sin Resolver de la Oficina de Investigación Criminal de Minnesota, finalmente se lo acusó de los asesinatos de Huling.

Ya son dos —y potencialmente tres— los asesinos en serie que operaban en Saint Cloud en los años setenta.

Basta una mínima investigación para comprobar que estos asesinos no tenían nada de especial. Eran trenes de una sola vía, hombres sin fuerza suficiente para pedir la ayuda que tan claramente necesitaban. La misma valoración puede hacerse en gran medida del trabajo de investigación inicial en torno a los asesinatos.* Se tardó casi treinta años en descubrir al asesino de Phyllis Peppin, y eso solo fue posible gracias a su confesión espontánea en prisión, no al trabajo de los detectives. No se acusó a nadie del asesinato de las hermanas Reker,† y Bill Huling tuvo que esperar hasta el año 2000 para ver justicia por el asesinato de su familia en 1978.

Saber que los asesinos no merecían atención me sorprendió y alivió a la vez. Sus crímenes no tenían ningún tipo de sentido y no se encontraría ninguna sensación de seguridad al estudiar su motivación y comportamiento. Eran, simplemente, criaturas destrozadas. Para dar sentido a esta época inquietante, para localizar a personas complejas y convincentes, tuve que fijarme en aquellos a quienes asesinaron, en los amigos y familiares que dejaron atrás y en los residentes que lucharon

* El episodio 7 de la primera temporada del pódcast *In the Dark* ofrece una inmersión bien documentada en los errores de la oficina del comisario del condado de Stearns durante este periodo y posteriormente.
† Se ruega a cualquier persona que posea información sobre el caso Reker que llame a la Oficina del Comisario del condado de Stearns al 320-251-4240 o a la Unidad de Casos Sin Resolver de la Oficina de Investigación Criminal de Minnesota al 651-793-7000 o al 877-996-6222. Spotlight on Crime ofrece una recompensa de 50 000 dólares a quien dé información que conduzca a la detención y condena del sospechoso o sospechosos. Puede encontrar más información sobre este programa y el caso Reker aquí: https://dps.mn.gov/entity/soc/Documents/poster-spotlight-on-crime-mary-and-susan-reker-acc.pdf.

por construir una vida en una comunidad con tantos depredadores activos.

Las mujeres y niños fallecidos eran queridos. Sus familiares y amigos son los únicos que pueden comprender la profundidad de su dolor, el trabajo eterno para dar sentido a la pérdida, el hecho de que una violencia que no vieron venir y que no merecían haya moldeado su mundo. No me atrevería a contar su historia. Lo que sí puedo hacer es compartir la experiencia de salir de un hogar inseguro para entrar en una ciudad donde varios asesinos en serie andaban sueltos.

También puedo narrar una historia sobre las formas inesperadas de la justicia.

Prólogo

Aquel verano, el verano de 1977, todo tenía aristas.

Nuestras risas, las miradas de reojo que nos lanzábamos y recibíamos. Incluso el aire era cortante. Supuse que se debía a que estábamos creciendo. Puede que la ley no lo reconozca, pero a los quince años eres una niña y a los dieciséis, una mujer, y no tienes mapa que te guíe de un país al otro. Te lanzan desde el aire junto con una bolsa de brillo de labios Kissing Potion y blusas sin hombros. Mientras caes en picado, intentando soltar el paracaídas y agarrar la bolsa al mismo tiempo, te gritan que eres guapa, como si te estuvieran dando un regalo, alguna clave vital, pero en realidad solo pretenden distraerte para que no tires de la cuerda.

Las chicas que aterrizan rotas son presa fácil.

Si tienes la suerte de caer de pie, tus instintos te gritan que salgas disparada hacia los árboles. Sueltas el paracaídas, recoges la bolsa del suelo (seguro que contiene algo que necesitas) y echas a correr como alma que lleva el diablo, con la respiración entrecortada y la sangre corriendo por las venas, porque aquí también se lanzan chicos que son hombres. Solo Dios sabe lo que han metido en sus bolsas, pero no importa, porque hacen cosas terribles en grupo, cosas que nunca se atreverían a hacer solos.

No cuestioné nada de eso, no en aquel momento. Simplemente, formaba parte del crecimiento de una niña en el Medio Oeste y, como he dicho, al principio pensé que por eso todo era tan intenso y peligroso: corríamos para sobrevivir a la carrera de campo abierto que era pasar de niña a mujer.

Pero resulta que la gravedad no se debía a que estuviéramos creciendo.

O no solo se trataba de eso.

Lo sé porque tres de nosotros no crecieron.

El año anterior, 1976, había sido como un ser vivo. Estados Unidos se había erguido en pose de Superman, con una gloriosa bandera roja, blanca y azul a modo de capa, que ondeaba tras él, y unos fuegos artificiales que explotaban en lo alto y llenaban el mundo de olor a yesca quemada y azufre. No solo todo era posible, nos dijeron, sino que nuestro país ya lo había conseguido. Los adultos se felicitaban a menudo durante el Bicentenario. ¿Por qué? No lo sabíamos. Seguían viviendo sus mismas vidas, iban a sus trabajos de rueda de hámster, organizaban barbacoas y hacían muecas por las latas húmedas de cerveza Hamm's y el humo azul brumoso de los cigarrillos. ¿Los volvía un poco locos atribuirse algo que no se habían ganado?

En retrospectiva, creo que sí.

Y creo que, con todo su horror, 1977 fue el año más sincero.

«Tres jóvenes de Pantown muertas».

Sus asesinos a plena vista.

Todo comenzó en los túneles.

Ya lo verás.

Beth

—Oye, Beth, ¿te vas a pasar por la cantera esta noche?

Elizabeth McCain estiró los brazos doloridos por encima de la cabeza hasta que le crujieron los hombros. Era una sensación exquisita.

—Tal vez, no sé. Mark vendrá.

Karen la miró con picardía.

—Oooh, ¿vas a darle lo bueno?

Beth se recogió el pelo detrás de las orejas. Llevaba todo el verano planeando romper con Mark, pero compartían el mismo grupo de amigos. Le había parecido más fácil dejar que las cosas siguieran su curso hasta que tuviera que marcharse en tres semanas. Se iba a la Universidad de Berkeley con una beca completa. Sus padres querían que fuera abogada. Esperaría a decirles que se dedicaría a la enseñanza hasta que, bueno, hasta que necesitaran saberlo.

Lisa apareció en el comedor.

—Dos especiales de medianoche, uno de beicon y otro de jamón —gritó a la cocina. Miró a Beth, que estaba a punto de salir, y a Karen, que estaba a su lado—. Veo que nos abandonas cuando más te necesitamos. Oye, ¿irás a la cantera por la noche?

Beth sonrió, lo que acentuó su sobremordida. Por supuesto, sus dos compañeras de trabajo estaban preguntando por la fiesta. Jerry Taft estaba de permiso y visitaba a su familia en Pantown. Sus fiestas en las canteras eran legendarias: cubos de basura rebosantes de *wapatuli*, música que molaba en las costas pero que no llegaría a las ondas del Medio Oeste hasta dentro de seis meses y saltos atrevidos desde los acantilados de granito más altos a las piscinas que había debajo, algunas a más de treinta metros de profundidad. No había un descenso gradual, sino una cavidad insondable y dolorosa excavada en la tierra, una herida en la que el agua fría se filtraba para llenarla como si fuera sangre.

Desde que Jerry Taft se había alistado en el ejército el otoño anterior, las fiestas en la cantera ya no eran lo mismo. Sin embargo, esta noche había prometido una gran juerga, una gran celebración antes de regresar a la base. A Beth no le gustaban demasiado las fiestas; estaba deseando pasar una noche tranquila en el sofá con palomitas de maíz y Johnny Carson, pero sería fácil convencer a Mark de que fuera. Tal vez redescubrirían la pasión que los unió en un principio.

Se decidió.

—Sí, allí estaré —respondió mientras se desataba el delantal y lo guardaba en su cubículo junto con el bolígrafo y la libreta—. Nos vemos al otro lado.

Lisa y Karen no estarían libres hasta las dos de la madrugada, hora en la que cerraba el restaurante Northside de Saint Cloud, pero la fiesta —una fiesta de Jerry Taft— aún continuaría. Beth tarareaba mientras salía a la húmeda tarde de principios de agosto. Le dolían los pies por haber hecho doble turno y le sentó bien respirar un aire que no estuviera impregnado de grasa de freidora y humo de cigarrillo.

Se detuvo en el aparcamiento para mirar a través del enorme ventanal del restaurante. A partir de las nueve de la noche, el restaurante se llenaba de chavales que iban a llenarse la barriga con el almidón y la grasa que necesitarían para sobrevivir a una noche bebiendo. Karen llevaba tres platos en cada brazo. Lisa tenía la cabeza echada hacia atrás y la boca abierta. Beth la conocía lo suficiente para reconocer cuándo se estaba riendo para conseguir propina.

Beth sonrió. Las echaría de menos cuando se fuera a la universidad.

—¿Necesitas que te lleve?

Dio un respingo, con la mano en el pecho. Se relajó al ver de quién se trataba, pero entonces el miedo la sacudió en la base de la garganta. Había algo raro en él.

—No. Estoy bien. —Intentó poner una cara agradable—. Gracias, de todos modos.

Beth se metió las manos en los bolsillos y agachó la cabeza con la intención de volver a casa lo más rápido posible sin que pareciera que corría. Él había estado sentado dentro de su coche, con las ventanillas bajadas, mientras esperaba a alguien. A ella no, desde luego. El miedo regresó y, esta vez, le llegó al estómago. Diez metros tras ella, la puerta de la cafetería se abrió y liberó los ruidos del interior: risas, murmullos y el sonido metálico de los platos. Inhaló una oleada de grasa de freidora que de repente olía tan bien que le entraron ganas de llorar.

Eso lo decidió todo. Se giró para entrar en el restaurante. ¿A quién le importaba si él pensaba que era rarita? Pero entonces, tan rápido como una mordedura de serpiente, salió del coche, se colocó junto a ella y la agarró del brazo.

Ella se soltó.

—Oye —dijo, levantando las manos, con voz grave pero entrecortada. ¿Estaba excitado?—, intento ser amable. ¿Tienes algún problema con los tíos amables?

Él se rio, y el nudo en el estómago se convirtió en una coz. Volvió a echar un vistazo a la cafetería. Lisa miraba por la ventana. Parecía observarla fijamente, pero era una ilusión. Había demasiada luz dentro y demasiada oscuridad en el exterior.

—Me he dejado algo en la cafetería —soltó Beth, que se apartó de él con el corazón desbocado—. Vuelvo enseguida.

No sabía por qué había añadido esa última parte, de dónde había venido el impulso de tranquilizarlo. No tenía intención de regresar. Se quedaría dentro hasta que Mark fuera a buscarla. Joder, estaba deseando cambiar ese lugar por California. Al darse la vuelta, vio de reojo a ese hombre que había visto tantas veces.

Él sonreía y su cuerpo estaba relajado.

Pero no, algo no iba bien. El hombre se retorcía y juntaba los músculos. Seguía sonriendo como si no pasara nada cuando le hundió el puño en la garganta, le cerró el paso al aire y la dejó sin voz.

Solo le cambió la mirada. Sus pupilas se dilataron, como unos charcos enormes que se agrietaban cual yemas negras y se derramaban en sus iris. Por lo demás, mantenía aquella sonrisa serena, como si le hubiera preguntado por el tiempo o le hubiera aconsejado sobre una buena inversión.

«Qué raro», pensó ella mientras se desplomaba hacia el suelo y su cerebro facilitaba el camino.

Capítulo 1

La batería me hacía ser algo mejor.

Algo completo.

«Bum, bum-bum. Bum, bum-bum. Bum bum bam».

Justo delante de mí, Brenda aullaba en el micrófono y aporreaba la guitarra como si hubiera nacido para ello. Parecía que un foco brillara sobre ella incluso dentro del cochambroso garaje de Maureen. De repente, se echó la guitarra eléctrica a la espalda, con la correa ceñida al culo.

«Yeah, you turn me on…».

Sonreí y grité con ella mientras me clavaba los palos en la piel. A mi derecha, Maureen acunaba su bajo con la cabeza ladeada, formando una especie de refugio privado donde solo estaban la música y ella. Un profesor le había dicho una vez que le recordaba a Sharon Tate, pero que ella era más guapa. Maureen lo había mandado a la mierda.

Sonreí al pensar en ello mientras seguía el ritmo palpitante de Maureen, sus líneas de bajo entretejidas y resplandecientes con golpes de percusión, cada uno tan gutural y fuerte que casi los veía golpear el aire. Últimamente, Maureen no había sido ella misma. Estaba muy nerviosa, con la mirada perdida, y llevaba un anillo de oro nuevo y caro de Black Hills que juraba haberse comprado con su propio dinero. Pero cuando tocábamos, cuando hacíamos música juntas, me olvidaba por completo de cómo estaban cambiando las cosas.

Entraba en un mundo diferente.

Has tenido que sentirlo alguna vez, cuando una canción alegre suena de repente en la radio y estás al borde de algo. Estás conduciendo, con las ventanillas bajadas hasta los topes, una brisa cálida te besa el cuello y el mundo te sabe a esperanza y a cielo azul. «¡Sube el volumen!». No puedes evitar mover las caderas. Madre mía, es como si se hubiera escrito para ti, como si fueras guapísima y querida, y el planeta entero estuviera en orden.

Pero hay algo que no te dicen: esa sensación mágica en la que te sientes el rey o la reina del mundo es un millón de veces mejor cuando eres tú quien toca.

Puede que incluso mil millones.

La peliverde Maureen llamaba Valhalla a esa sensación, y tenía suficiente actitud para salirse con la suya cuando decía cosas así. Antes de mi accidente, nuestras madres habían sido mejores amigas. Bebían Sanka y fumaban Kools mientras Maureen y yo nos mirábamos a través de la cuna portátil. Cuando se nos quedó pequeña, nos dejaron jugar en el salón y, finalmente, nos enviaron a los túneles. Así era la vida en Pantown. Luego mamá cambió, la señora Hansen dejó de venir y a Maureen le salieron tetas. De repente, los chicos la trataban diferente, y no hay nada que hacer cuando te tratan diferente, excepto actuar en consecuencia.

Tal vez eso explicaba los recientes cambios de humor de Maureen.

Incluso antes, ella siempre había sido un terremoto cuando se terminaba el verano. Nunca se quedaba quieta, corría para aprovechar todo lo bueno antes de regresar a la rutina. Aunque ella era así todo el año: temblaba con algo eléctrico y un poco aterrador, al menos para mí. Brenda, en cambio, era una de esas chicas que uno sabía que sería madre algún día. No importaba que fuera la más joven de su familia: había nacido con las raíces bien hundidas en la tierra y hacía que te relajaras simplemente con estar a su lado. Por eso las tres formábamos un grupo tan bueno: Brenda, nuestra cantante y guitarrista, Maureen, nuestra bruja Stevie Nicks, que hacía de corista y tocaba el bajo, y yo, que mantenía el norte con la batería.

Pasábamos a otro plano cuando tocábamos, incluso cuando hacíamos versiones, que era casi siempre. Nos llamábamos The Girls y las primeras canciones que aprendimos fueron «Pretty Woman», «Brandy» y «Love Me Do», en ese orden. Las interpretábamos lo suficientemente bien como para que se reconociera la melodía. Brenda se imaginaba los primeros compases y yo marcaba un ritmo constante. Le ponías la letra, bailabas como si supieras lo que hacías y la gente estaba contenta.

Al menos, las dos únicas personas que nos habían visto tocar lo estaban.

No importaba que fueran mi hermana pequeña, Junie, y nuestro amigo Claude. Ambos se sentaban delante del garaje durante casi todos nuestros ensayos, incluido el de hoy.

—¡Aquí viene, Heather! —gritó Brenda por encima del hombro.

Sonreí. Se había acordado de mi solo de batería. A veces los hacía de forma espontánea, como cuando Maureen fumaba a escondidas o Brenda olvidaba la letra, pero este era de verdad. A propósito. Lo había ensayado hasta la saciedad. Cuando lo toqué, abandoné mi cuerpo, el garaje, el planeta Tierra. Fue como si me prendiera fuego y me apagara al mismo tiempo. (Nunca lo admitiría en voz alta. No era Maureen).

Se me aceleró el corazón en anticipación mientras seguía el ritmo.

La canción era «Hooked on a Feeling», de Blue Swede. No debería haber tenido un solo de batería, pero ¿quién iba a decirnos lo contrario? Éramos tres adolescentes que tocaban *rock* en un garaje de Saint Cloud, Minnesota, en un cálido día de principios de agosto, con un verde veraniego tan intenso que te lo podías beber.

Parpadeé rápidamente ante una punzada pasajera: la sensación de estar volando demasiado alto, de sentirme demasiado bien, de ser demasiado grande para el mundo. Más tarde me preguntaría si fue eso, nuestra audacia, nuestra alegría, lo que nos maldijo, pero entonces era demasiado feliz para detenerme.

Maureen se echó el pelo al hombro y me dedicó una sonrisa ladeada. Esperaba que fuera una señal de que iba a seguirme hasta la puerta del solo. A veces lo hacía. Cuando lo tocábamos juntas, era realmente increíble. Brenda incluso se quedaba para vernos.

Pero ese no era el motivo por el que Maureen gesticulaba. De hecho, no me sonreía a mí en absoluto.

Una sombra había aparecido en la calzada.

Al estar en la parte trasera, tuve que esperar hasta que mostró el rostro.

Capítulo 2

El tío al que Maureen le había sonreído tenía una cara normal si no lo conocías. Pelo castaño desgreñado y unos ojos color avellana demasiado juntos, como los agujeros de una bola de bolos. Me había parecido guapo en primaria. Muchas lo pensábamos. Fue el primer chico en Pantown en tener coche. Además, era mayor. Demasiado mayor. Al menos, eso le había dicho a Maureen cuando me preguntó hace un par de días qué pensaba de él.

«¿Heinrich? ¿Heinrich el pervertido? Es tonto».

«Mejor tonto que aburrido», había dicho ella con una risa cantarina.

Debería haber adivinado que acabaría apareciendo en nuestros ensayos, dada la pregunta y el cuidado de más que había puesto en su aspecto, con el pelo siempre rizado y los labios brillantes.

Heinrich —Ricky— se acercó al centro de la puerta abierta del garaje, lo que nos permitió ver su pecho desnudo y desaliñado por encima de unos pantalones tan cortos que casi se le veían las pelotas. Le sonreía por encima del hombro a alguien que estaba a la vuelta de la esquina. Probablemente a Anton Dehnke. Ricky y Ant habían pasado mucho tiempo juntos últimamente con un chico nuevo llamado Ed, que no era de Pantown y que Maureen juraba que «estaba buenísimo», al que yo aún no conocía.

Brenda siguió cantando a pesar de que Maureen había dejado de tocar el bajo en cuanto había visto a Ricky. Justo antes de mi solo de batería. Brenda siguió durante unos compases más y me dedicó una sonrisa de disculpa antes de dejarlo también.

—No paréis por nuestra culpa —dijo Ricky en medio del silencio repentino, y volvió a mirar a la persona con la que había venido antes de soltar una risita que sonó como dos trozos de papel de lija frotándose. Le llamaban «el pervertido» porque siempre pellizcaba el culo a las chicas y luego se reía con aquella risa seca. Su acto de manosear nunca había sido bonito, pero era asqueroso ahora que tenía diecinueve años y seguía en el instituto debido a sus dificultades de aprendizaje. (Cualquiera que asistiera a la iglesia de san Patricio conocía la fiebre alta que Ricky había sufrido a los nueve años. Habíamos hecho una colecta de donativos para su familia).

—Que te den —le replicó Maureen, coqueta, mientras se levantaba la correa del bajo por encima de la cabeza y apoyaba el instrumento en su soporte.

—Ya te gustaría —dijo Ricky, con una sonrisa ladeada y traviesa. Se acercó a ella y le pasó el brazo por los hombros.

Brenda y yo intercambiamos una mirada y ella se encogió de hombros. Hice retumbar la batería, con la esperanza de que volviéramos al ensayo.

—Ant, ¿qué coño haces ahí fuera? —preguntó Ricky hacia la parte delantera del garaje—. Deja de merodear como un bicho raro y ven aquí.

Un momento después, Anton apareció con aspecto sudoroso y avergonzado. Me pregunté por qué no había entrado con él desde el principio. Al menos, llevaba una camiseta azul y lisa por encima de unos pantalones cortos de gimnasia, unos calcetines de tiras amarillas hasta las rodillas y unas zapatillas de deporte. Tenía los ojos azules —uno más grande que el otro, como si fuera Popeye entrecerrando los ojos— y la nariz ancha como la del Señor Potato, esa naranja con orificios nasales. Pero tenía una boca bonita, con los dientes rectos y blancos y los labios carnosos y suaves. Ant estaba en un curso por encima del mío, pero, como todos nosotros, era un niño de Pantown, lo que significaba que lo conocíamos mejor que su propia abuela. En general era simpático, aunque tenía un lado mezquino. Supusimos que lo había heredado de su padre.

Ant permaneció unos segundos de pie cerca de un Ricky descamisado y de una Maureen con ojos brillantes, rígido e incómodo como el signo de exclamación al final de «¡tonto!». Cuando ninguno de los dos dijo nada, se escabulló hacia un lugar oscuro dentro del garaje, se apoyó en la pared y se apretó contra mi póster favorito, en el que la batería de Fanny, Alice de Buhr, te sonreía a medias con la boca abierta, como a punto de contarte un secreto.

Lo fulminé con la mirada. Para mi sorpresa, se sonrojó y se miró las zapatillas.

—Sonáis bien, chicas —dijo Ricky, que sorbió entre dientes—. Quizá lo bastante para subir al escenario.

—Lo sabemos —espetó Maureen, que puso los ojos en blanco y se escabulló de debajo de su brazo.

—¿Sabías que te he conseguido un concierto? —dijo Ricky mientras se rascaba el pecho desnudo. El sonido que produjo al hacerlo resonó con fuerza en el garaje, y un gesto de regodeo se le dibujó en la cara.

—No has sido tú —contradijo Ant desde las sombras—. Ha sido Ed.

Ricky se abalanzó sobre él con la mano levantada, con la intención de darle un guantazo, y Ant se encogió a pesar de que los separaba metro y medio de distancia. Entonces Ricky se rio como si solo hubiera sido una broma. Se sopló los nudillos y los pulió sobre una camisa imaginaria, antes de dirigirse a Maureen.

—A Ed y a mí se nos ha ocurrido la idea juntos. Seremos vuestros cománagers.

—No… —La frase se me congeló en la boca. Estaba a punto de decir que no buscábamos un mánager y que estábamos muy seguras de que no queríamos tocar delante de extraños, pero la forma en la que todos se giraron en mi dirección hizo que se me secara la boca. Me eché el pelo hacia delante para ocultar mi deformidad. Un hábito.

Por suerte, Brenda estaba allí.

—Solo tocamos para divertirnos —dijo—. Eso es todo.

—¿Crees que sería «divertido» tocar en el recinto ferial del condado de Benton? —preguntó Ricky—. Porque mi amigo Ed y yo estábamos trabajando allí, montando el escenario, y hemos oído que los teloneros de Johnny Holm se han retirado en el último momento. Necesitan un grupo que los sustituya. Las actuaciones son el viernes y el sábado. No pagan, pero tiene buena exposición. Seríais como las Runaways de Pantown. ¡Las Pantaways! —Soltó su risa áspera otra vez.

No quería decirle que me encantaban las Runaways casi tanto como Fanny. No quería decirle nada. Pero ya era demasiado tarde. Lo vi en la cara de Maureen mientras giraba alrededor de Brenda, suplicante.

—Oh, chicas —dijo, con las manos entrelazadas a modo de súplica mientras daba saltitos—. Por favor, tenemos que hacerlo. Podrían descubrirnos.

Brenda seguía con la guitarra colgada. Se giró hacia mí.

—¿Qué te parece?

Su voz era uniforme, pero le brillaban los ojos. Ella también quería hacerlo.

Fruncí el ceño.

—Vamos, Heather —dijo Maureen, con la voz melosa por la súplica.

—Podemos hacer una actuación, ¿no? Solo la primera y, si no nos gusta, no haremos la segunda.

Miró a Ricky, que había apretado la mandíbula. No le gustaba esa idea, ni que Maureen decidiera si íbamos y cuándo. Nos estaba ofreciendo un regalo y teníamos que aceptarlo, era todo o nada. Maureen y Brenda debieron de interpretar lo mismo, porque encogieron los hombros.

Exhalé con los labios apretados.

—Vale —dije con toda la descortesía humanamente posible.

La idea de tocar delante de una multitud me aterrorizaba, pero no quería decepcionar a Brenda y Maureen. No se trataba solo de que fueran mis amigas y mis compañeras de grupo. Últimamente, el año que nos separaba —ellas iban a pasar a penúltimo año, yo estaba en segundo— se había convertido en un cañón infranqueable, y en su lado destacaban los chicos, las faldas cortas y el maquillaje. Yo no sabía cómo cruzar, así que hacía todo lo posible por fingir que ya estaba allí.

—Pero vamos a tocar una canción original —exigí—. No solo versiones.

Claude me sonrió y yo le devolví la sonrisa. Aparte de su altura —tenía la misma edad que yo, pero era uno de los chicos más grandes de nuestro curso; más alto que la mayoría de los padres—, al menos él no había cambiado. Claude era el tío alto de siempre, tan fiable como un reloj (e igual de emocionante). Para ser justos, era guapo. Cuando sonreía, era idéntico a Robby Benson de *Ode to Billy Joe*.

—Sí, da igual —dijo Ricky, que intercambió una mirada iracunda con Anton—. A mí me la trae floja lo que toquéis. Solo intento ayudaros a conseguir vuestra gran oportunidad. Pensé que estaría bien.

Maureen corrió a plantarle un beso en la mejilla a Ricky.

—¡Gracias! Estamos muy agradecidas.

Ese comportamiento, la risita, el coqueteo, eran exactamente el tipo de cambios a los que me refería. Mientras que Brenda siempre había sido despreocupada, Maureen era feroz, o al menos solía serlo. Una vez, en primaria, pilló a unos chicos mayores metiéndose con Jenny Anderson. Los niños de Pantown habíamos crecido sabiendo que nuestro trabajo era cuidar de Jenny, asegurarnos de que llegara a tiempo al autobús y de que tuviera alguien con quien sentarse a la hora de comer, pero Maureen era la única que se atrevía a luchar por ella. Un grupo de chicos de la zona norte había empujado a Jenny del columpio y la había insultado cuando lloró. Maureen se abalanzó sobre ellos como el demonio de Tasmania. Los pateó, les escupió y les mordió hasta que los matones huyeron.

Creo que más que hacerles daño, los asustó.

Jenny no era la única a la que Maureen cuidaba. Cualquier desvalido valía, incluso yo. Si a alguien se le ocurría burlarse de mi deformidad en su presencia, ella se le echaba encima. Por eso su efusividad me puso enferma. No celosa. Me dio asco. Tomé una baqueta y la dejé caer contra el pedal como por accidente. Maureen se apartó de Ricky.

—Deberíamos ensayar, entonces, ¿no? —dije.

—O podríamos dar una vuelta —propuso Ricky—. A ver si tienen más trabajo para nosotros en el recinto ferial. Tal vez podamos conseguir algo de hierba.

Los ojos de Ant se deslizaron hacia mí.

—Recuerda quién es el padre de Cash, tío.

—No me digas, claro que lo recuerdo —contestó Ricky, pero me di cuenta de que lo había olvidado. Su bocaza se había adelantado a su cerebro. Otra vez. Ricky era el mediano nebuloso de una docena de niños, siempre tratando de que lo escucharan, de que se le viera. Mi padre decía que era una pena que no hubieran nacido en una granja, donde habrían sido útiles. Mientras no se metieran en líos, papá decía que estaba bien tener tantos hijos. Algunos de los chicos incluso podrían acabar en la escuela técnica, comentó.

—Pero no importa —continuó Ricky—. Es hora de hacer algo interesante.

Agarró a Maureen y la sacó del garaje. Ella se puso bizca y nos dedicó una mueca bobalicona, como si estuviera protagonizando una estúpida comedia en el papel de la siempre sufrida esposa. El agarre de Ricky era tan fuerte que la piel de alrededor de su brazo se puso blanca.

—Me alegro de verte, Heather —dijo Ant con timidez antes de seguir a Ricky. Había olvidado que todavía estaba allí. Arrugué la nariz porque ¿a qué venía aquel comentario? No era la única que se encontraba en el garaje y, además, lo había visto dos días antes. Era un barrio pequeño.

Tuve un recuerdo fugaz: Ant se había quedado dormido en un simposio de nuestro colegio el invierno pasado y había emitido un gemido por accidente. Intentó toser para disimularlo, pero los que estábamos sentados cerca lo oímos. Después, se burlaron de él sin piedad, aunque podría haberle pasado a cualquiera. Al recordarlo, volví a sentirme mal por él.

Brenda se descolgó por fin la guitarra y la dejó en el atril.

—Creo que ya hemos ensayado suficiente por hoy.

—¿Cuánta gente va a la feria del condado? —pregunté. Empezaba a asimilar lo que había aceptado.

Claude percibió mi temor enseguida.

—Sonáis muy bien —dijo, y asintió de forma alentadora—. Muy bien. Estáis listas. ¿Vais a tocar «Jailbreak Girl» como canción original?

—Tal vez. —Metí las baquetas en un estuche del set—. Recoge, Junie. Es hora de volver a casa.

—Pero no he podido tocar la pandereta —se quejó mientras parpadeaba.

Junie era otro aspecto de mi vida que estaba cambiando. Hasta hacía poco, había sido mi hermana pequeña, con énfasis en lo de «pequeña», toda una Pippi Calzaslargas con su pelo y las pecas, además de descarada con creces. Pero, al igual que Maureen, había empezado a crecer pronto (y de forma injusta, si me preguntabas a mí, que tenía el pecho plano). Últimamente me recordaba a un zorro. En parte se debía a su cabello pelirrojo, claro, pero había algo más, algo fluido y astuto en la forma en que empezaba a moverse. Me ponía los pelos de punta.

—Lo siento, J —dije, y era cierto. Había estado tan callada como le había pedido, y le había prometido que podría tocar con nosotras si lo estaba—. ¿La próxima vez?

Un coche pasó por fuera y tocó el claxon. Todos saludamos, sin molestarnos en mirar. Sería un padre, un profesor o un vecino.

Brenda se acercó y rodeó a Junie con el brazo, exactamente igual que Ricky había hecho con Maureen.

—Esos pardillos que han pasado por aquí lo han estropeado todo, ¿verdad? ¿Qué tal si vengo este fin de semana y las tres practicamos nuestras sonrisas?

Hacía unas semanas que Claude me había dicho que tenía una sonrisa bonita. Lo había comprobado al llegar a casa, y no estaba exactamente en lo cierto, pero mi boca era mi rasgo menos propenso a hacer llorar a los niños. Pensé que, si practicaba, podría hacerla aún más bonita para que, cuando los chicos me pidieran que sonriera, tuviera algo que ofrecer. Brenda había prometido ayudarme, y Junie había rogado que la incluyéramos, pero hasta ahora habíamos estado demasiado ocupadas con los trabajos de verano y los ensayos.

—¿Lo juras por Dios? —preguntó Junie.

—Claro —contestó Brenda, que se rio entre dientes—. Claude, será mejor que tú también vengas, antes de que todos seamos tan viejos que se nos quede la cara congelada. —Le dio un golpecito a su reloj de pulsera—. El tiempo corre rápido.

Claude gritó, se abalanzó sobre nosotras y empezamos a luchar como cuando éramos pequeños. Brenda me dio una colleja, Claude adoptó su característico papel de monstruo de las cosquillas y Junie pellizcó narices. Seguimos así mientras desenchufábamos las lámparas de lava y cerrábamos juntos el garaje.

Nos estábamos divirtiendo tanto que casi no vi al hombre al volante del coche aparcado al final de la calle, inmóvil, con la cara ensombrecida, que parecía mirarnos fijamente.

Casi.

Beth

No sería exacto decir que Beth no recobró el conocimiento hasta llegar a la celda. La niebla mental se había disipado dos veces mientras viajaba en el asiento del copiloto. Lo suficiente para que una alarma empezara a sonar en su cabeza, su visión se iluminara y un grito se le quedara atascado en la garganta. Él se había acercado y le había apretado el cuello en ambas ocasiones, hasta que se había sumido de nuevo en la oscuridad.

Pero la habitación completamente negra fue el primer lugar en el que despertó del todo.

Era un vacío sin fondo, un espacio tan oscuro que al principio sintió que caía. Estiró las manos y arañó el pegajoso suelo de tierra. Cuando parpadeó, no logró distinguir ninguna forma, solo un negro asfixiante e infinito. Un grito estalló y se arrastró por su garganta como unos anzuelos oxidados. Desesperada por despertar de aquella pesadilla, se puso en pie de un salto y corrió hasta que se estrelló directamente contra la pared. El impacto la hizo caer sobre el trasero y los codos, y probar el sabor salado de su propia sangre le devolvió la sobriedad.

Permaneció tumbada en el suelo helado, con la respiración agitada, y se tocó con cautela. Le palpitaban la parte izquierda de la frente y la nariz, donde se había golpeado contra la pared. Tenía la garganta hinchada y blanda, sensible como un diente expuesto al tacto. Continuó moviendo las manos para centrarse en el aquí, el ahora, lo real. Sus dedos recorrieron las gotas de kétchup que casi parecían un patrón braille sobre la parte delantera de su blusa de la cafetería Northside. Un cliente había golpeado demasiado fuerte el fondo de una botella y había masacrado a los que estaban cerca. ¿Había sido hacía unas horas? ¿Ayer? Parpadeó para no llorar y siguió explorándose con las manos. No podía detenerse o perdería el valor.

La falda. Todavía la llevaba puesta.

Se la subió por las caderas. También llevaba la ropa interior. Presionó. No le dolía.

El alivio amenazó con ahogarla. Aún no la había violado.

Aún.

Estaba muy oscuro.

Capítulo 3

El barrio de Pantown constaba de seis kilómetros cuadrados de edificios.

Lo había edificado Samuel Pandolfo, un vendedor de seguros que, en 1917, decidió que iba a construir la próxima gran fábrica de automóviles en la vieja Saint Cloud (Minnesota). Su recinto, de veintidós hectáreas, incluía cincuenta y ocho casas, un hotel e incluso un cuerpo de bomberos para sus trabajadores. Y para asegurarse de que llegaran al trabajo, aunque lloviera o nevara, ordenó cavar unos túneles que unieran los talleres y las casas.

Para los que han vivido el invierno de Minnesota, tenía sentido.

La empresa de Pandolfo quebró dos años después de su apertura y dejó los enormes edificios de la fábrica vacíos y a todos los nuevos propietarios sin trabajo. Tuve un profesor de historia, el señor Ellingson, que juraba que lo sabotearon porque sus ideas eran demasiado buenas. Mi padre decía que no era así, que Pandolfo era un pésimo hombre de negocios y que tenía lo que se merecía: diez años de cárcel. En cualquier caso, Pandolfo dejó atrás la fábrica —ahora la fábrica Franklin—, las casas y los túneles subterráneos.

Claude, Brenda y yo vivíamos en un lado de la misma calle de Pantown y Maureen en el otro. La casa de Claude estaba en la esquina, y la de Maureen, que vivía con su madre, justo enfrente. Brenda vivía tres casas más abajo de Claude, en un amplio bungaló marrón con un porche envolvente. Tenía dos hermanos mayores: Jerry, que estaba en el ejército, y Carl, que estaba en un programa veterinario fuera del estado. Junie y yo vivíamos en el extremo opuesto del bloque. Y justo bajo nuestros pies, un laberinto subterráneo conectaba todos nuestros sótanos. Llevábamos una vida normal y feliz en la superficie, pero por debajo de esta nos habíamos convertido en algo diferente: roedores, criaturas que se escabullían en la oscuridad y movían los bigotes.

Sería raro si no hubiéramos crecido con ello.

Aunque a los niños se les permitía, e incluso se les animaba, a jugar en los túneles, nunca pillarías a un adulto allí abajo, a menos que tuviera que llegar a otra casa e hiciera muy mal tiempo, como en la fiesta del pasado enero. Una tormenta de invierno había hecho estragos en el exterior, lo que convirtió a los túneles adyacentes a la fiesta en un lugar ajetreado, iluminado con linternas, caras amables y brazos cargados de fiambreras y ollas de cocción lenta. La fiebre hawaiana estaba arrasando el Medio Oeste, lo que significaba que casi todos los platos contenían piña. Por mí, perfecto. Sobraban las cosas buenas: las castañas de agua envueltas en beicon, las ensaladas de fruta y la gloriosa y chorreante *fondue* de queso.

Claude había preguntado una vez por qué seguíamos viviendo en Pantown ahora que mi padre era un fiscal de distrito tan importante y nosotros éramos ricos y podíamos mudarnos a cualquier parte. Cuando le transmití su inquietud a él, se rio. Se rio tanto que tuvo que secarse los ojos.

Papá se parecía a un Kennedy. No al famoso que había sido presidente, sino quizá a su hermano menor. Cuando recuperó el aliento, dijo:

—Heather, no somos ricos. Tampoco somos pobres. Pagamos nuestras facturas y vivimos en esta casa, que nos basta, en la casa donde crecí.

Vivir en una casa toda tu vida como mi padre había hecho era algo importante. Era un habitante de Pantown. Nunca conocí a mis abuelos. Ambos murieron antes de que yo naciera. El abuelo Cash incluso, antes de que mamá y papá se casaran. Había luchado en la Segunda Guerra Mundial, aunque volvió a casa después. Tenía un aspecto sombrío en la única foto suya que yo había visto, la que descansaba sobre nuestra chimenea. La abuela Cash parecía más amable, pero había una tirantez alrededor de sus ojos, como si la hubieran engañado demasiadas veces.

Me dirigía a su casa, que ahora era la nuestra, y me detuve con tanta brusquedad que Junie chocó contra mi espalda. Había estado tan preocupada por la próxima feria del condado que no me había dado cuenta de que la entrada estaba vacía hasta que casi fue demasiado tarde.

—¿Qué pasa? —preguntó Junie, y me rodeó—. ¿Papá se ha ido?

Asentí con la cabeza.

—Sí.

Junie suspiró. Era un sonido tan antiguo como las estrellas.

—Iré a mi habitación.

Le di un beso cuando entramos.

—Gracias, June, bichito. Solo será un ratito.

No solo se trataba de que papá cuidara de mamá: una parte de ella permanecía presente cuando estaba cerca, una parte importante que se perdía cuando solo estábamos Junie y yo.

Eso, y que lloraba menos cuando papá estaba en casa.

«El trabajo de una mujer es mantener un hogar feliz», había dicho ella una vez, hacía mucho tiempo.

Esperé a oír el clic de la puerta de Junie en la planta de arriba para ir de puntillas al dormitorio de mamá y papá. Junie ya era lo bastante mayor para no tener que protegerla de esto, pero no había ninguna buena razón para exponernos a las dos cuando yo tenía toda la práctica. Además, a pesar de las inquietantes curvas que aparentemente habían transformado su cuerpo de la noche a la mañana, Junie solo tenía doce años.

Pegué el oído bueno a la puerta de mamá antes de llamar. Había silencio al otro lado.

Toc toc.

Esperé.

Y esperé.

Mamá no contestó. El corazón me dio un vuelco. Que no hubiera llantos era bueno, pero ¿no emitir sonido alguno? La última vez, eso implicó un viaje a urgencias. La sensación de *déjà vu* fue tan fuerte que alteró la gravedad durante un segundo y me vi obligada a apoyarme en la pared. Una vez, antes de todo esto, mamá me había dicho que si experimentaba un *déjà vu*, debía hacer algo totalmente fuera de lo normal para romper el hechizo. De lo contrario, me quedaría atrapada en un bucle infinito, reviviendo ese mismo lapso de tiempo una y otra vez. Ella se había agarrado las orejas para sacarlas hacia fuera e inflado las mejillas para demostrar qué tipo de comportamiento bastaría. Me había reído mucho.

Ahora no lo hacía.

Aunque me sentí como si tragase cemento, abrí la puerta de su habitación. Y lo hice rápido.

Mejor acabar con esto de una vez.

Capítulo 4

La línea de su cuerpo era visible bajo las sábanas, inmóvil. Ni siquiera se movía con la suavidad de la respiración. Normalmente se peinaba los rizos y se maquillaba incluso en sus peores días, pero el mechón de pelo oscuro que asomaba por encima de la manta era salvaje. Me lancé hacia delante, aterrorizada al descubrirla fría y pesada.

—¡Mamá! —grité, y la sacudí con las piernas entumecidas.

Ella gruñó, me apartó las manos y se incorporó despacio, con los ojos sombríos.

—¿Qué pasa, Heather? ¿Qué sucede?

El alivio fue repentino y abrumador. Tardé un momento en recuperar la sensibilidad y, con ella, la sangre caliente y acumulada me llenó los oídos con un fuerte oleaje. Me obligué a calmar la voz. Si oía el más mínimo temblor en ella ahora que estaba despierta, atacaría.

—Nada, mamá. Lo siento. —Pensé rápido—. Solo quería decirte que Junie y yo hemos vuelto del entrenamiento.

Cogió el paquete de cigarrillos de la mesilla de noche y se apartó el pelo enmarañado de la cara. El resplandor del mechero perfilaba la nitidez de su cráneo en la habitación en penumbra. Como siempre, su rostro me llenaba de orgullo. No importaba que estuviera demasiado delgada y que le sobresalieran los huesos bajo la piel pálida. Sus ojos eran enormes y de un color entre azul y violeta, tenía una nariz como una suave pala y sus labios parecían unas exuberantes almohadas.

Era guapísima.

Y, aunque su pelo era negro y el de Junie era pelirrojo, podrían ser gemelas.

Yo era casi de otra especie. *Baterista ganglititus,* tal vez. O *Chica fearensis.* Demasiado alta, con las rodillas y los codos huesudos y un corte de pelo a lo Dorothy Hamill que estaba muy pasado de moda, pero que ocultaba mi oreja quemada. Sin embargo, al mirar a mamá, me olvidaba de mi propio aspecto. Así de guapa era. Me ponía nerviosa subir las persianas, dejar que el sol de la tarde le diera en la cara, verla.

Lo sabía bien.

—¿Qué tal? —preguntó con la boca humedecida por el humo.

Tardé un segundo en recordar de qué estábamos hablando.

—El ensayo ha ido bien —dije con la frente fruncida—. Muy bien. Vamos a tocar en la feria del condado este fin de semana. Nuestro primer concierto de verdad.

No había querido decirle lo último. A veces, a mamá le parecía bien recibir mucha información, pero no siempre. Veía cómo le funcionaban los engranajes. Se le había quedado la cara desencajada. Se me heló la nuca esperando a ver qué versión de sí misma vencía.

Por suerte, al final las palabras correctas encajaron en su sitio y formó una frase perfectamente normal.

—Maravilloso. Tu padre y yo iremos a veros tocar.

¿Mi madre sabía que estaba mintiendo? No importaba. Me había escapado sin molestarla. Hoy era un buen día. Me di cuenta de que estaba frotándome la oreja buena, masajeándola entre el dedo índice y el pulgar. Dejé caer la mano.

—No hace falta, mamá. Solo somos las teloneras. Tocaremos quince minutos como mucho. La feria olerá mal y habrá un montón de ruido, es mejor que os quedéis en casa.

—Tonterías —dijo ella. Se acomodó el pelo exactamente como solía hacer cuando papá y ella salían por la puerta para ir a una cena. Se le nubló la mirada y me pregunté si estaría recordando lo mismo.

—Claro que iremos —murmuró—. Por supuesto.

Entonces, sus ojos se enfocaron de repente. Había bajado la guardia demasiado rápido.

—Estarías muy guapa con un toque de rímel y un poco de colorete —añadió.

Tomé aire. Estaba afilando sus cuchillos. Hacía años que había aprendido a reconocer la primera señal de pelea para marcharme antes de que me hiciera sangrar.

—Gracias, mamá —respondí mientras retrocedía hacia la puerta—. ¿Te parece que cenemos espaguetis con albóndigas?

—Ya cenamos eso hace dos noches —siseó, con los ojos entrecerrados, mirándome retroceder. Odiaba que le negaran una pelea.

—Es cierto —dije con un tono de voz más pequeño y sumiso—. Debería haberlo recordado.

Sabía que los había preparado hacía dos días. También sabía que podría pasar el resto de mi vida sin comer otro plato de espaguetis. Sin embargo, a Junie le encantaban, y ella y papá cantaban esa estúpida canción de «On Top of Spaghetti» mientras daban vueltas a sus platos, así que los hacía a escondidas siempre que podía.

—Sí, deberías haberlo recordado —me dijo enfadada—. Eres una chica muy despistada y poco de fiar.

Casi había llegado a la puerta. Alcancé el pomo sin apartar la vista de ella, con los bordes de la boca dibujando una sonrisa.

—Podríamos comer algo precocinado. Papá ha traído una buena selección. Cada uno puede elegir lo que quiera y yo lo caliento.

—Me parece muy bien —contestó ella, sin la agresividad que la caracterizaba y con los ojos fijos en las persianas cerradas. La mano del cigarrillo se acercó peligrosamente a la colcha—. Hoy no me encuentro bien. Puede que no vaya a cenar.

—A papá le gusta que lo hagas —le dije—. A todos nos gusta. —Era difícil que mamá fuera buena compañía, pero cuando lo era, brillaba como un diamante. El último recuerdo que tengo de ella iluminando una habitación era de hace años, antes de mi accidente. Mamá y papá estaban celebrando una reunión y ella hizo que los invitados se partieran de risa hablando de un sueño mortificante que había tenido en el que se paseaba por Zayre Shoppers City con los rulos y nada más. Todos los hombres de la sala le sonrieron. Incluso las mujeres no pudieron evitar reírse. Así de buena era para contar historias.

Quizá podríamos volver a organizar una de esas enormes cenas si le dijera que yo prepararía toda la comida. Llevaba tiempo encargándome de ello. Nadie me lo había pedido, surgió de forma natural. No podía ser tan diferente cocinar para un montón de gente. En la sección de comestibles de Zayre, donde trabajábamos Claude, Ricky y yo, vendían tarjetas de recetas Betty Crocker especialmente para fiestas. Podía comprar algunas con mi descuento de empleada.

Me sentí efervescente y cálida por primera vez desde que había entrado en su dormitorio.

Mamá no me había dicho si bajaría a cenar con nosotros. Peor aún, el cigarrillo se le estaba quemando hasta los dedos. Quitárselo era un riesgo. Sin embargo, me sentía tan bien imaginando la fiesta que decidí arriesgarme.

Me apresuré a acercarme de nuevo a la cama y cedí todo el espacio que me había ganado. Tarareando suavemente, deslicé la colilla ardiente de entre las yemas de sus dedos y la aplasté en el cenicero rebosante. En un impulso, le aparté el pelo de la cara y le besé la frente con delicadeza. Hacía un par de días que no se duchaba.

Esta noche le prepararía un baño y se lo llenaría de pétalos de rosa.

Nuestros rosales aún estaban llenos de flores. Olían tan dulces como una manzana recién cortada. Si le preparaba un baño casi hirviendo, le rociaba su aceite de almendras favorito y esparcía los pétalos rosados como confeti por encima, siempre conseguía convencerla para que se metiera. A veces, incluso me pedía que me quedara en el baño y hablara con ella, como en los viejos tiempos.

—Te quiero —le dije al salir de su habitación.

No esperaba respuesta, así que no me dolió no recibirla.

En la encimera de la cocina había cuatro cenas precocinadas de la marca Swanson. Las había seleccionado en función de los platos favoritos de cada uno. *Fish and chips* para mamá, aunque no quería salir de la habitación; unos filetes rusos para papá; el plato favorito de Junie, al estilo polinesio, con el pastel de té de naranja; y la única opción que quedaba, judías y salchichas, para mí. (No era tan malo como sonaba). Estaba esperando a que se precalentara el horno cuando un ruido en el sótano llamó mi atención. Subí las escaleras y me asomé a la penumbra. El sonido no se repitió. Debía de haber sido mi imaginación.

Estaba abriendo la caja de *fish and chips* cuando sonó el teléfono, tres timbres largos y uno corto que indicaban que era para nuestra casa. Había oído que en las ciudades ya no se usaba el sistema de línea compartida: si vivías allí, cuando sonaba el teléfono podías suponer que era para ti, pero en Pantown aún no habíamos llegado a ese punto.

Descolgué el teléfono dorado de la pared y me lo apoyé en el hombro mientras sacaba la bandeja de la caja. El compartimento más grande contenía dos triángulos de pescado marrón claro espolvoreados con escarcha. La hendidura más pequeña contenía las patatas fritas. Eso era todo, ni postre ni verduras de colores, solo pescado y patatas fritas.

—¿Hola? —dije al teléfono.

—¿Estás sola?

Era Brenda. Miré hacia el pasillo. Junie no había salido de su habitación y mamá estaría durmiendo de nuevo.

—Sí —dije—. ¿Qué pasa?

—Ya sé lo que puedes regalarme por mi cumpleaños.

Se me dibujó una sonrisa en la cara. Brenda hacía esta llamada cada agosto, una semana antes de su cumpleaños. Siempre proponía algo completamente inalcanzable, como una cita con Shaun Cassidy o las botas rojas de cuero que habíamos visto llevar a Nancy Sinatra en una reposición de Ed Sullivan.

Pasé a la caja de los filetes rusos.

—¿El qué?

—Puedes venir conmigo a la fiesta que dará Ricky el viernes. Después de que toquemos en la feria.

Se me borró la sonrisa de la cara.

—Para —dijo, como si viera mi expresión.

—Ricky es un inútil —añadí. Y era verdad. Incluso antes de que empezara a salir con el tal Ed, Ricky se había vuelto un tipo raro. Estaba dispuesta a apostar que había faltado más al colegio el año pasado de lo que había asistido. Ya casi no iba a la iglesia. Ninguno de los chicos de Pantown quería ir a San Patricio, pero lo hacíamos igualmente. Todos menos Ricky.

—Ya sé que es un inútil —dijo—, pero tiene la llave de la cabaña de un amigo, cerca de las canteras. Seguro que lo pasaremos bien.

—¿Cuándo te ha dicho todo esto? —pregunté.

Reconocí el tono suspicaz de mi madre en mi propia voz. No me gustaban los celos que masticaban mis entrañas. Primero Maureen salía con el «buenorro» de Ed, y ahora a Brenda la invitaban a la fiesta de Ricky sin mí. No importaba que yo no quisiera ir, seguía queriendo que me invitaran; una invitación de verdad, no una polvorienta invitación de «segunda mano» de una amiga.

—Me ha llamado. Acabo de hablar con él. —Su voz se volvió burlona—. ¿Sabes quién más estará en la fiesta?

—¿Quién?

—Ant. —Brenda hizo una pausa, como si esperara que yo respondiera. Cuando no lo hice, continuó algo molesta—. Ricky me ha dicho que le gustas a Ant, Heather, que le has parecido muy *sexy* en el ensayo de hoy.

—Qué asco —respondí al recordar cómo había actuado en el garaje. Anton Dehnke podría llegar a ser un brillante neurocirujano o un astronauta, y yo solo seguiría viendo al niño que comía pegamento en primero—. De todos modos, ¿por qué te ha llamado Ricky? Por la forma en que Maureen ha actuado hoy, he supuesto que eran pareja.

Una vez terminé con los filetes rusos, saqué las judías y las salchichas de la caja. Tenían peor aspecto del que recordaba, como un proyecto de ciencias que merecía un suspenso. Desenrollé el cable del teléfono para alcanzar el congelador. Rebusqué en el interior, con la esperanza de encontrar otro plato congelado en el fondo, uno que no hubiera visto, cualquier cosa menos salchichas y judías.

No hubo suerte. De todas formas, ¿por qué papá había comprado esto?

—No, no están juntos —me aclaró Brenda, tras una pausa demasiado larga—. Ya sabes cómo es Mau, le gusta tontear.

Ricky me ha dicho que nunca han salido y que a ella le gusta Ed desde hoy. Supongo que estaba emocionada porque vamos a tocar en la feria y quería «agradecérselo como es debido». ¿Te puedes creer que tengamos un concierto de verdad? ¡Será la leche! Nuestra High Roller particular.

—Más te vale que no —contesté con una sonrisa a regañadientes. Sus padres nos habían llevado a Valleyfair, el nuevo parque de atracciones de las afueras de Minneapolis, dos semanas después de su inauguración. Habíamos hecho cola durante una hora para subir a la montaña rusa—. Echaste la pota.

Brenda soltó una risita.

—Como la High Roller sin vomitar, entonces. ¿Te apuntas entonces?

Suspiré.

—Claro.

—Bien. —Se quedó callada unos instantes—. ¿Te has enterado de lo de la camarera? Beth no sé qué.

—No. —Abrí la última caja, la cena de Junie, del color de una puesta de sol—. ¿Qué pasa con ella?

—Trabaja en la cafetería Northside. Va a San Patricio, creo. Mi padre se encontró con su madre en Warehouse Market. Estaba muy preocupada, dijo que Beth había desaparecido. Pensé que tal vez tu padre lo había mencionado.

Negué con la cabeza, aunque ella no podía verlo.

—No, lo que significa que es probable que no esté realmente desaparecida. —Me mordí la lengua antes de añadir algo mezquino, como «probablemente se haya escapado con un chico como hacéis Maureen y tú»—. Estoy segura de que aparecerá en cualquier momento. Oye, ¿quieres venir esta noche y jugar al pillapilla de la tele en los túneles? ¿Después de cenar?

No sabía por qué lo había propuesto. El pillapilla de la tele era un juego de niños al que no habíamos jugado desde hacía dos veranos. Era una mezcla entre el escondite y el pillapilla en el que, cuando te pillaban, te quedabas inmóvil. Si no podías gritar el nombre de un programa de televisión —y era sorprendentemente difícil pensar en uno bajo presión— antes de que te tocara quien pillaba, te quedabas congelado hasta que un compañero de tu equipo se armaba de valor para salir de su escondite y liberarte.

Era un juego infantil, pero, de repente, estaba desesperada por creer que aún podíamos jugar a cosas así.

No tendría que haberme preocupado siendo Brenda: su corazón era más grande que todo Pantown, había llorado hasta quedarse dormida después de ver el anuncio del seguro de vida ese que decía: «No hace falta estar muerto para cobrar»; que organizó una limpieza del barrio después de que su padre y ella pasaran con el coche por delante del cartel con el indio llorando por la suciedad del planeta.

—¡Esa es una gran idea! —dijo—. Invitaré a Maureen. Tú díselo a Claude y a Junie.

—Mensaje recibido —contesté, y sentí un alivio desproporcionado.

Capítulo 5

—¡Esto está delicioso, bollito! —dijo papá—. Ya sabes que me encanta el pastel de carne.

—Me alegro —respondí, con cuidado de no corregirlo. Otra vez había tenido que trabajar hasta tarde. No necesitaba que lo hiciera sentir tonto. De todas formas, el pastel de carne y el filete ruso eran básicamente lo mismo: carne que no necesitaba cuchillo para comerse. A papá le gustaban más que el filete de verdad por esa misma razón. No le gustaba la comida para la que había que esforzarse, según me confesó una vez cuando los Pitt sirvieron costillas en una barbacoa del vecindario.

Cuando todavía era abogado, papá tenía un horario normal. Desde que lo habían elegido fiscal del distrito del condado de Stearns, salía antes del amanecer y a veces no volvía hasta la noche. Juraba que solo sería así hasta que se acostumbrara al lugar, y el lugar a él. A mí no me gustaba que estuviera fuera todo el tiempo, pero alguien tenía que pagar las facturas, al menos eso decía mamá. Me gustaba que papá se sentara a la mesa con la corbata puesta, como hacía ahora. Parecía tan guapo, tan al mando.

Cuando alguien en la iglesia o un profesor me preguntaba qué quería ser de mayor, les decía que quería tocar la batería, pero, en ocasiones, y solo para mí misma —Maureen me había sermoneado tanto sobre feminismo que sabía lo suficiente para no decirlo en voz alta—, soñaba con ser ama de casa. Sin esposas, el mundo se detendría, había dicho mamá. Me sentía bien imaginándome en ese papel vital, siendo la mano derecha de un hombre fuerte y guapo. Sabría exactamente cómo actuar.

A veces incluso me imaginaba como la esposa de esta casa. No de forma asquerosa, no me imaginaba casada con mi padre. Solo fantaseaba que esta sería mi vida cuando estuviera casada. Mi marido a la mesa, mientras apreciaba la comida que había cocinado, la casa limpia cuando llegase. Él dirigía el mundo ahí fuera y, al final del día, su recompensa era volver a su castillo, donde yo lo mimaba.

Me enderecé en mi asiento. Junie se estaba metiendo en la boca un brillante *nugget* naranja. Le guiñé un ojo, como imaginaba que haría una madre. Puso los ojos en blanco y me sacó la lengua. Estaba cubierta de restos de comida.

—Mastica con la boca cerrada —dije, remilgada. Volví a dirigir mi atención a papá—. Estaba pensando que, si mamá y tú queréis organizar una fiesta, yo podría cocinar. Estoy acostumbrada a hacer la cena para los cuatro. No me importaría cocinar para más gente. Podría investigar cómo.

Papá se rascó la barbilla.

—Eso estaría bien —contestó, claramente sin escucharme.

Sabía que tenía que cambiar de tema para mantenerlo entretenido.

—¿Qué tal el trabajo?

Entornó los ojos. Se había quitado la chaqueta al llegar a casa, le había alisado las arrugas y la había colocado sobre el respaldo del sofá antes de reunirse con nosotras en la mesa, donde Junie y yo llevábamos casi veinte minutos esperando frente a nuestras bandejas de comida precocinada. Se zampó un pedazo de carne apenas caliente.

Hizo una pausa para apoyar el tenedor en la bandeja.

—Ha estado bien —respondió, y lo hizo de modo que quedaba claro que no era cierto.

—¿Nuevo caso? —le pregunté.

—Algo así. —Se pasó las manos por la cara—. Hay un hombre muy malo que está operando fuera de las ciudades. Se llama Theodore Godo. Les preocupa que esté gravitando hacia Saint Cloud. Incluso han enviado a un agente de la BCA* para

* Minnesota Bureau of Criminal Apprehension (Oficina de Aprehensión Criminal de Minnesota). Es una oficina estatal de investigación criminal dependiente del Departamento de Seguridad Pública de Minnesota que proporciona servicios expertos de ciencia forense e investigación criminal en todo el estado. La BCA ayuda a los organismos locales, estatales, tribales y federales en las principales investigaciones criminales. *(N. de la T.)*.

ayudar, lleva aquí unos días. Jerome no está muy contento. Me pidió que hoy asistiera a una reunión, aunque no suelo involucrarme hasta que se acusa a alguien.

El comisario Jerome Nillson y papá trabajaban mano a mano ahora que papá era fiscal del distrito. El comisario Nillson había venido a una fiesta a nuestra casa la noche en que papá fue elegido. Mamá se había puesto tan guapa que casi rompió el espejo, y aguantó una media hora antes de decir que no se encontraba bien. Yo estaba orgullosa de ella. Papá también. La había agarrado del brazo como si fuera un verdadero tesoro mientras la llevaba a su dormitorio y la había puesto a salvo antes de volver para decirles a todos, en voz baja, que la fiesta había terminado.

—Creo que Jerome quería una demostración de fuerza ante el agente. Ya sabes cómo nos miran los de las grandes ciudades —continuó papá.

Sonreí con complicidad y pasé por alto la mención al agente de la BCA o a lo que la gente de la gran ciudad pensaba de nosotros —esto último era uno de los temas favoritos de papá— para centrarme en el asunto principal.

—Apuesto a que el comisario Nillson no llamó a ese tal Godo «un hombre muy malo». No soy una cría, papá. Puedes decirme lo que está pasando de verdad.

Su mirada se dirigió a Junie, que tenía la cara inclinada sobre la tarta de té de naranja, para justificarse. Puede que no fuera un bebé, pero era joven, ni siquiera era una adolescente del todo.

—Podemos hablar más tarde —dije mientras sentía una pequeña ráfaga de calor en el pecho. A veces, cuando Junie se dormía, papá repasaba su día conmigo con una copa de *brandy*, como si ya no pudiera contenerse. Me hacía prometerle que no se lo contaría a nadie porque todo era confidencial. Me encantaba que confiara tanto en mí, pero, sinceramente, todas sus historias sonaban iguales. Gente que hacía daño a otra gente, robándoles, engañándoles o pegándoles, hasta que mi padre intervenía para solucionarlo todo.

—Me temo que esta noche no. —Sus ojos volvieron a ensombrecerse—. Tengo que volver a la oficina. Ese hombre del que te he hablado, Godo. Tengo que asegurarme de que lo tengo todo preparado para presentar cargos si aparece por Saint Cloud.

Asentí, aunque me sentía sorprendentemente triste.

—No pongas esa cara, Heather. Mi trabajo es importante. —Cogió de nuevo el tenedor—. Dime, ¿conoces a una tal Elizabeth McCain? El año pasado cursó su último año de instituto. Es camarera en el Northside.

Se me revolvió el estómago por la preocupación. Debía de ser la tal Beth a la que Brenda se había referido por teléfono, aquella cuya desaparición yo había ignorado.

—Sé quién es. ¿Por qué?

Usó el tenedor para cortar un delicado triángulo de carne, como un caballero.

—Al parecer, lleva casi tres días desaparecida.

Esto atrajo toda la atención de Junie.

—¿Alguien la ha secuestrado?

Papá frunció el ceño mientras masticaba y se le formó una especie de acordeón de arrugas sobre las cejas. Cuando tragó, dijo:

—No es probable, bichito. Puede que esté haciendo autostop en algún sitio. A los chicos de esa edad se les va la cabeza y se largan. En unas semanas se iba a mudar a California para ir a la universidad. Seguro que aparece para entonces.

Asentí para mis adentros con el consuelo de haber acertado al decirle a Brenda que no se preocupara por la chica. Sin embargo, me había equivocado al pensar que mis judías con salchichas no eran tan malas como parecían. Empujé los trozos de salchicha alrededor de mi bandeja.

—¿A qué hora estarás en casa?

Quería saber si le molestaríamos con el juego del pillapilla de la tele. No teníamos toque de queda en verano. Papá decía que confiaba en mí y en Junie, y que dependía de nosotras seguir ganándonos esa confianza. Eso significaba que no hiciera estupideces. La hora del túnel no contaba como estupidez —era parte del tejido de Pantown—, así que, si ni siquiera iba a estar en casa, no necesitaba saberlo.

—Después de que te vayas a dormir —añadió. Volvió a su comida precalentada, con los ojos más brillantes que de costumbre. Debía de haber mucho más en el caso Godo de lo que decía. Le preguntaría cuando Junie no estuviera.

Unos golpes en la puerta nos sobresaltaron. Las visitas durante la cena no eran habituales en Pantown, ya que la mayoría comíamos al mismo tiempo. Empujé la silla hacia atrás, pero papá alzó una mano.

—Ya abro yo.

Dejó la servilleta sobre la mesa y se dirigió a la puerta. Sus hombros se tensaron cuando la abrió.

—¡Gulliver! —dijo, con una voz más grave que de costumbre.

Junie estaba tan echada hacia atrás intentando echar un vistazo al recién llegado que estuvo a punto de caerse. Golpeé las patas delanteras de su silla contra el suelo.

—No cotillees —le susurré.

Ella frunció el ceño.

—Pero no conocemos a ningún Gulliver.

Tenía razón. De hecho, esta podía ser la primera vez que un extraño que no era un vendedor se había presentado en nuestra puerta. Nunca había pasado. No estaba segura de cuál era mi deber en esta situación, ya que mamá estaba en la cama y yo era la mujer de la casa. Me levanté, caminé hacia el sofá y me detuve, nerviosa. Seguía sin ver al hombre de la puerta. Hablaba con papá en voz baja y con urgencia, pero entonces su conversación se interrumpió de forma brusca. Papá se hizo a un lado.

—Gulliver, estas son mis hijas: Heather y June.

El hombre se inclinó hacia la habitación y asintió una vez, un movimiento rápido y escueto. Era la persona más pálida que había visto, tan blanco que era casi translúcido, con la piel salpicada de pecas de color canela que hacían juego con el color de sus ojos, su pelo bien recortado y el bigote. Lo primero que pensé fue que era irlandés, tan diferente del saludable color crema y los ojos azules de los suecos de Pantown o del color tierra de los ojos y el pelo de los alemanes.

Lo segundo que pensé fue que no era de aquí.

—Encantado de conoceros —dijo, y levantó la mano en un gesto torpe.

—Este es el señor Ryan —añadió papá—. El agente de la BCA del que os he hablado.

51

—Hola —dije.

—Hola —lo saludó Junie, con la mirada gacha pero astuta, no sumisa.

Nos quedamos todos así unos segundos y luego el señor Ryan agradeció a papá su tiempo.

—Siento molestarte en casa —continuó—. No quería darte el mensaje por teléfono.

—Te lo agradezco —dijo papá, pero su voz era ronca—. ¿Te apetece cenar con nosotros? Heather podría calentar otro plato de comida.

—No, gracias —rechazó el señor Ryan—. Tengo que ir a la casa del comisario Nillson.

Se despidió. Volví a la mesa. Papá también, pero no alzó el tenedor. Junie y yo lo vimos mirar algo a un millón de kilómetros de distancia. Finalmente habló:

—Han encontrado un cadáver en Saint Paul. Otra camarera, pero no es Elizabeth McCain. No tienen pruebas contundentes, pero creen que podría ser el tipo del que os he hablado.

—¿Y crees que vendrá aquí? —preguntó Junie, con un tono de voz alto—. ¿A Saint Cloud?

Eso hizo que la mente de papá regresara a la habitación. Le apretó la mano.

—No, cariño, probablemente no. De todas formas, es una posibilidad remota, y lo estamos vigilando. No te preocupes por nada.

—Así es, Junie —añadí, en un intento de apoyar a papá—. No tienes que preocuparte.

Me lanzó una mirada de agradecimiento y yo seguí su ejemplo. Mi trabajo consistía en distraer la atención de todos de las cosas malas, al menos hasta que papá terminara de comer. Abandoné mi papilla de judías y me incliné hacia él, con la barbilla apoyada en las manos, igual que había visto hacer a mamá.

—¿Te he dicho que las Girls tocamos en la feria del condado?

—¡Yo también! Tocaré la pandereta —anunció Junie, que tiró de la parte delantera de su camiseta favorita, que ahora era más un *crop top* que una camiseta. «Ayudante de pesca de papá», decía, encima de una caricatura de una sonriente lucioperca enroscada. Un cliente se la había regalado a papá, que no pescaba, durante la época en que había ejercido la abogacía privada; un cliente que entendió Johnny en vez de Junie. A papá le encantaba contar esa historia.

—No, desde luego que no me lo habéis contado —contestó papá, con el rostro relajado—. Quiero oírlo todo. ¿Tengo que acampar para conseguir entradas? ¿Cuánto costarán las camisetas del concierto?

Luego sonrió, con esa sonrisa de joven Kennedy que había sido lo bastante buena para conquistar a mi hermosa madre de cuento de hadas cuando aún estaba viva por dentro, y terminamos de cenar.

Beth

Beth se desplomó en el suelo de tierra. Su entorno seguía siendo tan negro que no alcanzaba a distinguir si tenía los ojos abiertos o cerrados. Contó los latidos de su corazón con golpecitos con los dedos sobre la tierra fría. Sesenta latidos eran un minuto.

«Uno. Dos. Tres».

Sesenta vueltas era una hora.

«Sesenta y uno. Sesenta y dos. Sesenta y tres».

Nada cambió. La oscuridad permanecía imperturbable, el olor de la tierra no desaparecía, no había ningún sonido excepto el golpeteo de su corazón.

«Ciento uno, ciento dos, ciento tres».

La primera vez que oyó sus pasos fue como un contragolpe, un ligero temblor en lo alto que le hizo perder la cuenta. Se incorporó despacio mientras luchaba contra las oleadas de vértigo y se escabulló hacia atrás hasta llegar a la fría bofetada de un muro de hormigón. Tenía la boca seca, los labios agrietados y mucha sed. Ya había orinado dos veces, a regañadientes, en un rincón. Tenía que volver a hacer pis.

En lo alto, una pesada puerta crujía y chirriaba. El ruido parecía proceder del techo, pero no estaba cerca, aún no. Luego, unos pasos de verdugo en las escaleras, lejanos y cercanos al mismo tiempo.

Después silencio, excepto por el escabroso golpeteo de los latidos de su corazón. Intentó tragárselo mientras la oscuridad la engullía a ella.

Unas llaves tintinearon al otro lado de la puerta de la mazmorra. Se mordió la lengua para no gritar.

La puerta se abrió.

Lo que vino después sucedió muy rápido. Más oscuridad lo rodeaba a él, pero no era tan negra como en la que ella estaba, era más neutra. Vislumbró lo que parecía un pasillo detrás de él. Absorbió ese detalle, lo tragó como agua helada.

Él entró en la habitación y cerró la puerta tras de sí.

Otra vez la oscuridad.

Oyó el tintineo del metal colocado sobre la tierra, olió el queroseno y luego le ardieron los iris con el destello de la llama de un mechero. Inmediatamente, se encendió una luz cálida. Una lámpara de *camping*.

La colocó en el suelo junto a dos ollas de metal.

—La dejaré aquí si te portas bien. Si gritas, me la llevo.

La llama titilante lo iluminó y convirtió su rostro en una máscara demoníaca.

Había visitado el restaurante muchas veces. Se había sentado en su sección. Ella se había sentido ligeramente halagada, aunque había algo en él que la inquietaba, como unos susurros a lo largo de la tierna curva de su cuello. Pero ¿a quién se lo dices? ¿Quién te escucharía sin decirte que aprecies la atención?

«Alégrate. Le gustas».

—Aunque no querrás consumirlo todo —dijo, y devolvió su atención a la habitación.

«La habitación».

Era un cubo de unos tres metros por tres. Paredes de cemento. Suelo de tierra. Una sola puerta. Torció el cuello, aunque le dolía mucho. Vigas de madera en el techo. Lo había explorado todo a gatas, y luego de pie. No había sorpresas.

—Consumirá el oxígeno y te asfixiarás. —Se hizo a un lado y señaló la parte inferior de la puerta. Estaba sellada con un reborde de goma.

Había planeado traerla aquí. Tal vez no era la primera.

—No puedes hacer esto —dijo ella, con la voz quebrada y cruenta—. La gente nos vio juntos, estoy segura. Nos vieron hablando fuera de la cafetería.

—Niña, si lo hicieron, decidieron meterse en sus propios asuntos. Es lo que hace la mayoría de la gente, si es lista. —Se rio, rápido y sin gracia, y luego recogió las ollas. Las llevó al rincón detrás de la puerta, justo encima de donde ella ya había orinado—. Una tiene agua limpia. La otra es para que la uses.

Enganchó los pulgares en las trabillas del pantalón. Las sombras jugaban con sus dedos largos y serpenteantes. Ella observó cómo se desabrochaba el cinturón y sintió que algo frío le llenaba las venas.

Movió las manos despacio por detrás, intentando que no se diera cuenta, en busca de una piedra, un trozo de algo afilado, cualquier cosa que pudiera interponerse entre ambos.

—Recuerda —dijo él—. Si gritas, te quito la luz.

Capítulo 6

Si ponían en una balanza padres y puertas, Claude tenía el mejor acceso al túnel de nuestro grupo. Mamá y papá habían mantenido la entrada subterránea original, una pesada puerta de roble tan lujosa como la principal, con la P de Pandolfo incrustada en el marco superior, igual que en la de Claude. Por desgracia, la situación de mamá hacía que entrar por nuestra casa fuera un éxito o un fracaso. Los padres de Brenda eran técnicamente los más tranquilos del grupo, pero a uno de sus hermanos —Jerry, creo— lo pillaron escapándose después de que lo castigaran hace un par de años, y el señor Taft les cerró el acceso al sótano. Ahora la puerta de su sótano parecía la escena de aquel libro de Barrio Sésamo: *The Monster at the End of This Book* en la que Grover intentaba mantener fuera a una terrible criatura, llena de tablas entrecruzadas, atadas y clavadas con pesados clavos. El sótano de Maureen estaba tan lleno de trastos que era difícil llegar hasta su puerta.

Así que el mejor era el de Claude.

Las cuatro habíamos explorado la mayor parte del sistema de túneles y conocíamos nuestra zona de arriba abajo. Incluso habíamos explorado la fábrica original, aunque hacía tiempo que aquellas enormes puertas metálicas estaban soldadas. Nunca nos preocupó no poder encontrar el camino de regreso, por muy lejos que viajáramos, porque en el lado del túnel, algunas paradas aún tenían el número de la casa grabado en la mampostería. Quienquiera que lo hubiera pensado había sido muy listo, para que no te equivocaras de casa después de un largo día de trabajo. Algunas personas habían borrado los suyos, pero quedaban suficientes para que nunca nos perdiéramos durante mucho tiempo.

Lo que no le habíamos dicho a ninguno de los padres era que la misma llave funcionaba en más de una de las puertas. Lo habíamos descubierto por accidente, cuando la madre de Claude había cerrado la entrada de su sótano después de que la atravesáramos una tarde. Fue antes de que los padres de Brenda sellaran la suya, así que ella tenía su llave. La probamos en la puerta de Claude y, efectivamente, entró como la seda. Lo mismo pasaba con todas las demás en las que lo intentamos. Era un fallo en el diseño de Pantown que nos encantó aprovechar.

Claude estaba tan emocionado cuando lo llamé para contarle lo del pillapilla de la tele que ya nos esperaba en el porche cuando Junie y yo llegamos. Bajó dando saltitos, luciendo un nuevo corte de pelo que debía de haberle hecho su madre. Se parecía más que nunca a Robby Benson. Era una locura lo mucho que había crecido, como una mala hierba al sol. Era una monada, para qué negarlo. Planeaba que tuviera que hablar conmigo sobre cualquier novia potencial.

—¿Te has acordado de invitar a Maureen? —preguntó. Llevaba buscando un apodo desde la guardería, cualquier cosa que no fuera «Claude rima con fraude». Su apellido era Ziegler, así que su última petición de que le llamaran Ziggy era una de las más razonables. El problema era que lo conocíamos de toda la vida, por lo que no podíamos evitar pensar en él con su nombre de pila.

—Brenda se lo ha dicho —contesté, y eché un vistazo a la casa de Maureen al otro lado de la calle. Su casa estaba oscura, igual que el cielo. Esperaba que la lluvia rompiera el muro de calor en el que vivíamos. El aire parecía una sopa recién hecha—. ¿Somos las primeras en llegar?

—Sí —dijo Claude—. Espero que las otras lleguen en cualquier momento.

En el húmedo paseo hasta casa de Claude, Junie había pedido jugar a la caza de palabras en vez de al pillapilla de la tele. La caza de palabras era nuestro juego más inteligente. Pegábamos la cabeza contra la puerta de la gente para intentar oír la frase que habíamos elegido, como la canción de la salchicha de Oscar Mayer o la de McDonald's: «Dos hamburguesas de ternera, salsa especial, lechuga, queso, pepinillos y cebolla en un panecillo con semillas de sésamo». Cuando pillábamos la primera palabra, corríamos entre risas a la puerta de al lado, con la esperanza de oír la segunda, y así sucesivamente. Rara vez dábamos con la frase completa. Escuchábamos muchos silencios, algunas conversaciones entre dientes, gente discutiendo o, lo que era peor, gente haciendo el amor. Cada vez que oíamos eso por accidente, agradecía que no todo el mundo tuviera el número de su casa visible en el lado del túnel. No quería ver sus rostros en la iglesia y saber lo que habían hecho por la noche.

Así es como habíamos oído cómo el padre de Ant le gritaba. Ocurrió el pasado mes de enero, durante un descanso de la fiesta vecinal para ver *Raíces* que celebraban los Pitt. Después de atiborrarnos, un grupo de chavales nos metimos en los túneles para jugar y corretear. Fue entonces cuando me di cuenta de que Ant no había ido a la fiesta. Fuimos directos a su puerta para escuchar.

El señor Dehnke no paraba de gritar y, por la forma en que lo hacía, se notaba que era algo habitual. Pero lo extraño era que, aunque le gritaba a Ant, lo hacía sobre su madre.

—Tu madre no quiere que sea feliz, ¿verdad, muchacho? No, ella quiere regañarme todo el día. Quiere decirle a tu viejo lo que tiene que hacer, ¿no es así, Anton?

Claude se apartó enseguida de la puerta en cuanto se dio cuenta de lo que pasaba. Por su cara, comprendí que pensaba que no debíamos espiar a un amigo. Aun así, yo me quedé con una sensación nueva, fría y caliente a la vez, como la vergüenza y el placer mezclados en una bola de chicle. Intenté imaginarme qué hacía Ant mientras su padre le gritaba, aunque no fuera a él. ¿Su madre también estaba allí?

—Supongo que soy horrible, Ant. Supongo que no puedo hacer nada bien. Tu madre odia que nos divirtamos, debe de ser eso. Cree que no busco trabajo lo suficiente, pero no sabe que estoy todo el día por ahí, pateándome las calles sin dejar de intentarlo.

Oí un gruñido de Ant como respuesta: así de cerca estaba de la puerta del sótano. Fue suficiente para apartar el oído. Claude y yo volvimos juntos a la fiesta, en silencio, sin mirarnos, sin decir una palabra hasta que llegamos a casa de los Pitt.

La siguiente vez que vi a Ant, fue como si supiera que lo habíamos escuchado. Se mostró avergonzado y agresivo, empujó a Claude en el helado patio de recreo y me gritó cuando le dije que parara. Fue más o menos en la misma época en la que gimió dormido durante el simposio, el invierno pasado. Quise decirle que no tenía por qué sentirse mal, que a todos nos pasaban cosas raras por la cabeza y detrás de nuestras puertas, pero no lo hice.

En cualquier caso, Ant se alejó del resto poco después de la noche en que Claude y yo (yo más que Claude) espiamos tras su puerta. Las pocas veces que estuvo con nuestro grupo se mostró nervioso, soltaba «no sé» en voz baja cada vez que le hacíamos una pregunta. Casi fue un alivio cuando empezó a salir con Ricky.

Claude se sacudió un mosquito que se le había posado en el cuello mientras esperábamos a Brenda y Maureen. Otra cosa buena de los túneles: no había bichos. Me dio un ligero puñetazo en el brazo.

—¿Cómo está la cosa?

—Mamá no ha salido de la habitación. —Junie contestó por mí con voz sombría.

Eso me sorprendió. Había pensado que ya no prestaba atención. Supongo que no era realista. Toda la casa estaba en sintonía con mamá y su estado de ánimo.

—Está bien —le dije a Claude—. Muy cansada, eso es todo.

Asintió. No solo era grande para su edad, también era inteligente. Inteligente de corazón, lo llamaba mi madre, cuando prestaba atención a esas cosas. Eso me hizo pensar en el último día de clase de este año. Estábamos haciendo ejercicios de álgebra, en los que las x y las y encajaban perfectamente, cuando la profesora sustituta me llamó la atención delante de toda la clase.

—Heather Cash, quítate el pelo de la cara.

Sus palabras hicieron que pegara la barbilla al pecho como si hubiera pulsado un botón. El movimiento convirtió mi melena hasta los hombros en un escudo protector, lo contrario de lo que me había pedido. Fue un instinto, no una falta de respeto, pero ella vio la parte superior de mi cabeza como un ataque directo.

—¿No me has oído? —preguntó con voz temblorosa.

Todos los lápices se detuvieron en cuanto olieron mi sangre en el agua. Se me crispó el brazo y tiré al suelo mi bolígrafo favorito, el que tenía la silueta de París que se movía de un extremo a otro dentro de un líquido pegajoso. Me agaché a por él y me miré las puntas del flequillo rizado para no llorar.

El chirrido de una silla llamó momentáneamente la atención de todos. Era Claude. Claro que era Claude. Siempre había sido ese tipo de chico, el que no podía dejar estar las cosas. Eso me encantaba de él, pero, en ese momento, también me cabreaba tanto que oía lo rápido que me latía el corazón. Se dirigió al frente de la clase, donde le susurró algo a la sustituta. Estoy segura de que le dijo que me había quemado la oreja, que por eso tenía el pelo tan tupido y hacia delante, y que no debía castigarme por ello. Al menos, eso es lo que imaginé que dijo, ya que ella se disculpó conmigo de inmediato. El resto de la clase fue tan incómoda que me sentí como si estuviera hecha de cuerda y campanillas.

Sin embargo, me callé. Yo siempre seguía las reglas.

—Algunos días son muy cansados —dijo Claude, que me devolvió al momento presente, a nuestra conversación sobre mamá.

Sus palabras me ablandaron. Era un alivio no tener que explicar nada. Eso era lo que más me gustaba de Pantown, que conocíamos las historias de los demás.

—Oye, Junie quiere jugar a la caza de palabras en vez de al pillapilla de la tele. ¿Qué te parece?

—Creo que me prometisteis un pillapilla de la tele, ¡y un pillapilla de la tele es lo que tendré! —gritó Brenda desde la acera. Me alivió verla con la misma ropa que llevaba antes: unos pantalones cortos afelpados, la parte inferior delantera de la camiseta color frambuesa atada al cuello y tirada hacia abajo para dejar al descubierto el vientre y una camisa verde militar atada a la cintura. Me preocupaba que viniera maquillada y enfundada en alguna prenda ajustada. Ese era el virus que las había infectado a ella y a Maureen.

Hablando de la reina de Roma.

—Todavía estamos esperando a Mau.

—No vendrá. Me ha dicho que está ocupada —nos informó Brenda, que se frotó los brazos y miró al cielo grisáceo. Estaba claro que iba a llover. Lo olía en el aire.

—¿Ocupada haciendo qué? —preguntó Junie.

Yo tenía la misma duda, pero me había parecido entrometido preguntar. Brenda se encogió de hombros.

—No me lo ha dicho.

—Chicos —comentó Junie con complicidad.

Escondí una sonrisa detrás de la mano y miré a Claude. Él y yo siempre habíamos compartido el mismo sentido del humor. No era tan amiga suya como lo era de Maureen o Brenda, pero solo se debía a que él era un chico. Me sorprendió que le echara una mirada sombría a Junie en lugar de sonreír conmigo. Tal vez se trataba de la tormenta: hacía que el aire estuviera caliente e inquieto, impregnado de ese olor a cielo rasgado.

—Probablemente, Bichito J. —dijo Brenda—. ¿Deberíamos meternos bajo tierra antes de que rompa el temporal?

—Sí —respondimos Claude, Junie y yo al unísono, justo antes de que la alarma de relámpagos atravesara el cielo. Entramos corriendo en casa de Claude.

Capítulo 7

Nunca lo había dicho en voz alta, ni siquiera a Brenda, pero la verdad era que, aunque los túneles me eran tan familiares como mis propias rodillas, siempre me hacían sentir perdida. Reflexioné sobre ello mientras Claude y yo nos dirigíamos a su sótano y Brenda y Junie se quedaban en la planta principal. El señor Ziegler las había acorralado para que admiraran su último barco en una botella, que yo ya había visto.

Cuando llegué al final de las escaleras de Claude, me vino una frase a la cabeza.

«No puedes vivir en la oscuridad y sentirte bien contigo misma».

Repasé las palabras como las cuentas de un rosario, frotándolas para sacarles brillo.

«No puedes vivir en la oscuridad y sentirte bien contigo misma».

¿Dónde había oído eso?

—Estás muy callada esta noche —dijo Claude mientras mantenía abierta la puerta de los túneles—. ¿Lo de tu madre es peor de lo que cuentas?

El olor a tierra húmeda se extendía por el sótano. Consideré confesar que hoy me sentía como si el diablo hubiera despejado su calendario —desde que Ricky y Ant habían aparecido y nos habían hablado de tocar en la feria del condado, no solo por mi madre—, pero expresarlo en voz alta lo haría más real

—No, solo estoy cansada.

Claude asintió con la cabeza. Parecía que iba a añadir algo más, pero yo no quería oírlo. Me abrí paso a través de la piel invisible que separaba la casa de la oscuridad de los túneles justo cuando aparecieron Brenda y Junie. Un silbido a mi izquierda llamó mi atención, un ruido silencioso. Ant juraba que una vez se había encontrado ratas aquí abajo, gordas y rosadas, con colas como gruesos gusanos que se arrastraban tras ellas, pero yo nunca las había visto. Un escalofrío me hizo cosquillas en la columna.

—¡Brrr! —dije desde dentro del túnel—. Junie, ponte la chaqueta.

Le había hecho traer una y deseé haber hecho lo mismo.

—¿Quieres mi camisa de repuesto? —preguntó Brenda cuando entró en el túnel a mi lado.

Encendí la linterna e iluminé a derecha e izquierda. La luz del sótano de Claude creaba un círculo espeso en el suelo de tierra, pero, más allá de eso, el mundo se desvanecía en todas direcciones.

—Entonces tendrás frío —dije.

Encendió su propia linterna y luego la sostuvo entre las rodillas, con el resplandor amarillo balanceándose, mientras se desataba la camisa verde que llevaba alrededor de la cintura. Era el uniforme militar de su hermano Jerry, con un parche en el pecho en el que se leía «TAFT».

—Toma —dijo—. Sabes que siempre tengo más calor que tú. —Me guiñó un ojo. Tomé la camiseta. Olía fuerte, como el detergente que usaba su madre.

—Gracias.

—No me las des —dijo, y me dio unos golpecitos en la cabeza—. Significa que me importas.

Claude silbó. Cerró la puerta al pasar, cogió a Junie de la mano y echó a correr en una dirección mientras Brenda se iba en la otra.

—¡Vais a perder! —grité entre risas.

Aquí abajo no hacía falta cerrar los ojos para contar. Bastaba con apagar la linterna y dejarse caer en la oscuridad infinita, así que eso hice.

—Uno, dos, tres…

Me apoyé en la puerta de los Ziegler mientras contaba, sintiendo la fuerza de la madera en la espalda, oliendo el sabor de las costillas y el chucrut que la señora Ziegler había cocinado para cenar y que se introducía en el almizcle de los túneles. A pesar de lo espeluznantes que eran los túneles, había algo en ellos que te animaba a dar rienda suelta a tu imaginación, a estirarla en direcciones que no podías alcanzar en la superficie, con el sol vigilando.

—… cuatro, cinco, seis, siete…

Brenda era afortunada de tener un hermano en el ejército y de poder quedarse con su uniforme. La mayoría de las chicas tenían que salir con un tío para llevar su uniforme.

—… ocho, nueve…

Cuando llegué al treinta, la emoción de la persecución me corrió por la piel y me deleité con la inquietud de la oscuridad. Tal vez podría recorrer esta sección de los túneles —mi bloque— sin linterna, pero la idea de encontrarme con alguien sin verlo me ponía la piel de gallina. Nos habíamos cruzado muchas veces con otros niños, e incluso con adultos, pero solo una vez con un desconocido.

Había ocurrido el verano pasado. Nos habíamos desviado al extremo más alejado de los túneles de Pantown, en el lado opuesto a la fábrica. Alguien había iniciado el rumor de que esa sección en particular estaba embrujada. Lo único que sabíamos era que allí abajo nadie tenía hijos, por lo que resultaba aún más espeluznante que el resto de los túneles. Sin embargo, fue uno de los retos de Ant en el último viaje subterráneo que compartió con nosotros —le gustaban los retos casi tanto como hacer sus imitaciones de John Belushi: «Soy una abeja asesina, dame tu polen», «Bienvenido al Hotel Samurai», «Pam, pam»—. Maureen, Brenda, Claude, él y yo habíamos recorrido aterrorizados todo el camino hasta el final embrujado. Se parecía al resto de los túneles, con puertas, recovecos y callejones sin salida, pero nuestro miedo lo hacía especial. Tocamos la esquina más lejana y volvimos corriendo para presumir mientras reíamos y nos sentíamos seguros y unidos.

Fue entonces cuando Claude tropezó con el vagabundo. Al principio, pensamos que era un montón de harapos, pero luego se movió.

Salimos pitando mientras pedíamos ayuda a gritos hacia la puerta familiar más cercana, la de un niño de cuarto curso que acudía a nuestra iglesia. Los padres llamaron a la policía. El comisario Nillson —que entonces aún no era colega de papá— sacó al vagabundo por su propia puerta, según nos dijeron. Tuvo que haber entrado por la puerta de alguien: no se podía acceder desde la calle, ni existía un acceso público.

Eso era lo que más nos había extrañado de la presencia del vagabundo. ¿Cómo había llegado ahí?

—¡Preparados o no, allá voy! —grité, y encendí la linterna.

Capítulo 8

La opción más obvia era correr en la dirección que Claude y Junie habían tomado. Dos por el precio de uno. Probablemente tres, en realidad. Aparte de un par de callejones que no tenían salida más allá de Pantown, los túneles reflejaban las seis manzanas del barrio, más o menos, lo que significaba que volvían sobre sí mismos.

—¡Fi, fi, fo, fum! —retumbé, al tiempo que golpeaba el ritmo contra mi muslo.

Cualquiera que estuviera al otro lado de la puerta me oiría y sabría exactamente lo que estábamos haciendo. Esperaba que me criticaran por ello en la fiesta de San Patricio del próximo domingo, dada mi edad; demasiado mayor para jugar a la mayoría de los juegos de los túneles.

—Podéis correr, pero no esconderos —les grité a mis amigos.

Giré a la izquierda, en dirección a la casa de Maureen. Estaba dispuesta a apostar que esta noche estaba de fiesta con Ricky o, peor aún, con Ed. Podía resultar ser un buen tío, pero lo dudaba, teniendo en cuenta lo colocado que Ricky solía estar desde que habían empezado a juntarse y cómo Maureen hablaba de él. «Está buenísimo», decía.

No me gustaba lo mucho que los chicos le importaban de repente. También me daba envidia.

Un gateo delante, cerca de la puerta de los Pitt, captó mi atención.

—¡Te veo! —dije, y eché a correr hacia delante. Giré la esquina rápido, con la esperanza de pillar a Junie intentando desaparecer entre la pared, con *Laverne & Shirley* en los labios. Es lo que siempre gritaba durante la primera ronda del juego.

Pero cuando doblé la esquina, no había nadie. Me detuve, ladeé la cabeza, moví la linterna arriba y abajo por las paredes para iluminar los huecos de almacenamiento que aparecían cada seis metros, más o menos, uno por casa. Mi respiración era el único sonido, el aire oscuro como una tumba se cerraba a mi alrededor. Pero entonces volví a oírlo; no cabía duda de que alguien estaba hablando.

El sonido no procedía de la puerta de los Pitt, como había pensado al principio.

Venía de la dirección donde tropezamos con el vagabundo.

El extremo más espeluznante.

Una brisa me lamió el cuello. Me di la vuelta y encendí la luz.

—¿Hola?

Nadie. Detrás de mí, el sonido se repitió. Giré hacia atrás, con los músculos de los hombros tensos como cuerdas de guitarra. Estaba haciendo el tonto. No había nadie en los túneles aparte de Brenda, Claude, Junie y yo. Vale, nunca había andado sola hasta aquí, pero nunca estaba sola en realidad. Mis amigos habían venido conmigo, probablemente esperaban escondidos a la vuelta de la siguiente esquina. Alumbré con la linterna hacia delante.

—¡Preparados o no, allá voy!

Cuanto más caminaba hacia el extremo embrujado, más se intensificaba el ruido, pero seguía siendo sordo y tenía un ritmo inconfundible. Sabía lo que solía significar: alguien estaba celebrando una fiesta en el sótano. Estaban en su derecho. Iluminé con la linterna las puertas por las que pasaba. A la mayoría les habían quitado los números, pero aparecía alguno de vez en cuando, más o menos cada cinco entradas.

Oí un grito. ¿Música? Alguien se lo estaba pasando en grande. Avancé deprisa por el terreno, intentando llegar a la fuente de los sonidos de la fiesta para ver si sabía quién era. Tal vez podríamos pasar a jugar a la caza de palabras, como Junie nos había pedido.

Sonreía mientras pensaba en las frases que usaríamos cuando una mano fría me agarró la muñeca.

Capítulo 9

Brenda me arrastró hasta un rincón y me encendió la luz en la cara, con el dedo sobre los labios. Luego iluminó a Claude y Junie, que estaban agachados junto a ella y miraban fijamente al frente. Brenda dirigió la luz hacia la pared opuesta para mostrarme el motivo.

El pomo de bronce de la puerta se movía.

Encima de la puerta ornamentada —una de las originales, como la mía y la de Claude— todo estaba desconchado menos el número 23. Conocía esta zona incluso sin el número completo de la casa, así que hice los cálculos enseguida. Estábamos justo en el centro de la sección encantada. Como por aquí no vivían niños, eso significaba que por esa puerta iba a entrar un adulto. Conocíamos a la mayoría de las familias de Pantown, pero no a todas. Sentí una punzada de miedo.

El movimiento cesó. Solté un suspiro pesado.

—Ahí dentro se lo están pasando en grande —susurró Brenda.

Música, Elvis Presley, lo que garantizaba que quienquiera que estuviera de fiesta al otro lado de la puerta era mayor. Algunos vítores y risas masculinas.

Algo en esos ruidos hizo que se me erizara la piel.

—Deberíamos marcharnos —dije.

Claude asintió. Brenda también. Los tres lo sentimos: una mugre negra y aceitosa que rezumaba junto con la música estridente y las risas gruñonas. Habíamos sido testigos de muchas fiestas durante la caza de palabras. Esto era diferente, algo malo pasaba al otro lado de esa puerta.

Pero Junie no sentía la amenaza, quizá por su edad o su forma de ser. Papá siempre decía que era simpática y cercana.

O puede que estuviera emocionada por estar con nosotros y quisiera lucirse. Fuera lo que fuese, actuó antes de que pudiera detenerla y echó a correr por el túnel, con el lateral de la cara brillante por la luz reflejada.

—Voy a girar el pomo —susurró—. Preparaos para correr.

Girar el pomo era otro de nuestros juegos. Escuchábamos la puerta del sótano hasta estar seguros de que había alguien al otro lado y entonces girábamos el pomo. Salíamos corriendo y chillando mientras nos decíamos a nosotros mismos que el dueño de la casa debía de pensar que era un fenómeno paranormal. Era una tontería, pero en aquel momento podía ser más que eso.

Parecía peligroso.

—¡Junie! Vuelve aquí —siseé, y me abalancé sobre ella. De repente, estaba desesperada por sacarnos de allí, pero el aire me empujaba y lo convertía todo en una gelatina que se movía a cámara lenta.

Junie alcanzó el pomo, lo agarró y lo giró. La linterna transformó su rostro en una sonriente calabaza de Halloween. Miró en mi dirección y su alegría se transformó en desconcierto al verme correr por el túnel para alcanzarla. El haz de luz se apagó, pero su mano se movía de forma automática y siguió girando el pomo.

La puerta se abrió de golpe.

Brenda, Claude y yo respiramos conmocionados.

Las puertas de los extraños no debían abrirse.

Ninguno de nosotros lo había intentado nunca, que yo supiera. Habíamos supuesto que estarían cerradas.

La música salía a borbotones por la entrada que se abría: música, humo de puro y algo salado y sudoroso. Apenas pude catalogar el olor y el sonido porque lo que veía me golpeó en la cara.

Luces estroboscópicas.

Una fila de tres hombres.

«No».

Unos destellos de luz y oscuridad los cortaban y solo los iluminaban entre la cintura y las rodillas. La misma luz que me ocultaba hasta el pecho, pero que dejaba al descubierto el parche Taft cosido en el uniforme prestado.

Elvis cantaba. «Well, that's all right, mama, that's all right for you».

«No, no».

Había una chica de rodillas, con la cabeza moviéndose hacia la cintura del hombre del centro.

«That's all right, mama, just anyway you do».

Tenía el pelo largo y rubio.

Un destello estroboscópico.

«Feathered, with green streaks».

El hombre la agarraba por la parte posterior del cuero cabelludo y le apretó la cara contra su entrepierna. Llevaba una pulsera de cobre que me resultaba familiar.

«No, no, no, no».

No podía aferrarme a un pensamiento, mi mente borraba lo que veía mientras lo miraba fijamente.

«Well, that's all right, that's all right».

—¡Ciérrala! —gritó Brenda, y la chica que estaba de rodillas, cuyo rostro no quería ver, se giró, con lo que contemplé su barbilla, su mejilla y su perfil. En un segundo, ella y yo nos estaríamos mirando directamente a los ojos.

La puerta se cerró de golpe. Antes de que le viera el rostro.

«No puede ser, no era Maureen. Por supuesto que era Maureen. ¿Quién más tiene mechas verdes en el pelo? ¿Quiénes eran esos hombres?».

Claude me agarró de la mano, Junie la otra y Brenda nos guio. Huimos muy deprisa, hacia las entrañas negras y terrosas de los túneles, siguiendo su círculo de luz, con la respiración agitada, sin mirar atrás, ralentizando tan solo para abrir y salir por la puerta de salida más cercana —la mía y la de Junie— y correr por el sótano, subir las escaleras y salir al césped empapado por la lluvia, donde me incliné hacia delante y tuve arcadas bajo la mirada incrédula de la luna.

Capítulo 10

—¿Qué era, Heather? ¿Qué has visto? —Junie se balanceaba sobre un pie y luego sobre el otro mientras se mordisqueaba el borde de la almohadilla del pulgar. La tormenta llegó y se fue mientras estábamos bajo tierra. Había dejado tras de sí un cielo nocturno despejado en el que brillaban las estrellas, un suelo esponjoso y el olor intensificado de los gusanos.

Me limpié la boca con el dorso de la mano, con una desagradable sensación en el estómago por el montón humeante de judías parcialmente digeridas que había vomitado. A menos que volviera la tormenta, tendría que desenrollar la manguera y lavar los trozos.

—Sí, ¿qué era? —preguntó Claude—. ¿Qué has visto? —Estaba de pie junto a Junie, con el rostro sonrojado, esperanzado. Su expresión me decía que, por algún milagro y por cómo estaba situado, él tampoco había visto el interior de aquel sótano.

No podía aplazarlo más. Arrastré la mirada hacia Brenda.

Sus ojos eran dos círculos vacíos y le temblaba la barbilla. Parecía tan joven, tan niña, que me vi transportada al verano en que aceptó saltar conmigo desde el trampolín de la piscina municipal. Teníamos unos siete años. Mientras los adolescentes y los mayores iban a las canteras, los niños de Saint Cloud pasábamos los días calurosos allí.

Creo que ese primer verano todos habríamos estado bien nadando al estilo perrito en la parte menos profunda de la piscina. Entonces, Ant nos encontró a Maureen y a mí sentadas en el borde junto a las escaleras de la piscina mientras Brenda flotaba en el agua junto a nuestros pies. Intentó tomarnos el pelo, pero no le hicimos caso, así que, sin venir a cuento, retó a Maureen a saltar desde el trampolín.

—No —dijo ella, y se inclinó hacia delante para echarse agua fría en los brazos rosados.

No es que tuviera miedo. Maureen nunca había tenido miedo de nada en su vida. Incluso a los siete años, no le importaba lo suficiente lo que Ant pensara de ella como para hacer el esfuerzo.

«Maureen, ¿qué hacías con esos hombres?».

Yo nadaba fatal y me asustaban las aguas profundas. Pero, para mi sorpresa, grité:

—Yo lo haré.

Brenda levantó la vista de la piscina, tan asombrada que en sus ojos se dibujó un anillo blanco adicional. Ella tampoco sabía lo que me había pasado.

—No tienes por qué hacerlo —dijo Maureen, arrugando la nariz.

—Lo sé —respondí mientras me ponía de pie de un salto y marchaba hacia el trampolín. Recorrí casi un metro antes de preguntarme por qué había aceptado algo tan absurdo y cómo podía echarme atrás.

En ese momento, Brenda saltó fuera del agua para seguirme, con los bordes del traje de baño rosa goteando sobre el cemento caliente.

—¡Yo también saltaré! —anunció, con sus fuertes muslos de niña apretándose a cada paso.

—¡No permitiré que lo hagáis sin mí! —chilló Maureen. Espantó a un pato hinchable que había eludido al socorrista. Las tres nos dirigimos dando saltos hacia la parte más profunda de la piscina, sorteando grupos de niños. El sol ardiente intensificaba el olor a cloro, pero nos acurrucamos a la sombra de la plataforma de cuatro metros, temblando mientras esperábamos nuestro turno.

—Puedo ir primero —susurró Maureen—. Para mostraros que es seguro. ¿Te parece bien, Heather?

Asentí con la cabeza. Creo que ya sabía que de ninguna manera subiría por esa escalera.

Vimos cómo el culo de Maureen se elevaba hacia el cielo y, cuando le llegó el turno, salió corriendo por el borde con un grito rebelde. Pasó a nuestro lado en picado, como una bala de cañón, con los ojos muy abiertos y la nariz tapada. Brenda se agarró a mi muñeca y no la soltó hasta que Maureen resurgió con una sonrisa y un pulgar en alto.

—Puedo ser la siguiente, si quieres —se ofreció Brenda, que me miraba con la boca entreabierta, como si acabara de darse cuenta de que había aceptado un trato horrible.

La misma cara que tenía ahora.

«Maureen, ¿quiénes eran esos hombres? ¿Saben que saltaste de un trampolín para que yo no tuviera que hacerlo?».

—¿Estás bien? —le pregunté a Brenda.

Asintió sin decir palabra y se dejó caer a mi lado, aunque estábamos justo al lado del vómito. Agarró una brizna de hierba y la desmenuzó.

—¿Nos vamos a meter en problemas? —preguntó Junie—. Siento haber abierto la puerta.

—Podemos olvidarlo. —Brenda la ignoró, con los ojos tan profundos y desesperanzados como las canteras—. No tenemos por qué haber visto nada.

—Venga —respondió Junie, lloriqueando—. ¿Qué había?

—Nada —contestó Brenda, con los ojos aún clavados en mí—. Estaba demasiado oscuro para ver.

Me tendió la mano y la acepté. Temblaba y estaba fría.

—Júralo —añadió. Su voz rechinaba como un pulidor—. Jura que estaba demasiado oscuro para ver nada.

Pero no necesitaba que me pidiera que no lo contara. Mi cerebro ya estaba eliminando lo que quedaba del recuerdo. Solté las piezas a las que intentaba dar sentido, la historia que seguía intentando formarse. «Olvídalo. No tienes por qué recordar».

Brenda confundió mi silencio con duda.

—Su reputación —dijo—. Jura que estaba demasiado oscuro.

Ahí estaba. No solo el horror de lo que habíamos visto, sino lo que le costaría a Maureen si otros se enteraban. Oí la voz del padre Adolph como si estuviera junto a nosotros, sonriendo con tristeza por tener que decirlo: «Una buena reputación es más valiosa que un perfume caro».

Apreté la mano de Brenda y luego tosí, con la garganta sensible por haber vomitado.

—Lo juro.

El recuerdo volvió: Brenda, Maureen y yo en la piscina, tres mosqueteras contra el mundo. Eso no volvería a ocurrir. En aquel apretón de manos, una parte de Brenda se cerró para mí y yo para ella, y ambas nos alejamos de Maureen.

Beth

La primera vez, Beth pensó que se volvería loca.

La siguiente vez, se entumeció.

En las interminables horas desde que la habían secuestrado, seguía volviendo a ese lugar. El vacío. El no estar aquí.

No era virgen. Mark fue el primero y había sido el único. Él también había perdido la virginidad con ella. Mark quería esperar hasta después de su boda, pero ella sabía que no quería casarse. Cuando ella lo convenció de que nunca se casaría —con nadie—, él finalmente accedió a hacerlo. La primera vez había sido torpe, seca y dolorosa, pero, desde entonces, habían descubierto el cuerpo del otro. Ahora era una de las pocas cosas que deseaba hacer con él. Ojalá hubiera tenido el valor de romper con él de forma amistosa. Se lo merecía.

Pero no podía pensar en él, ahora no, o su cerebro se soltaría y saldría flotando como un globo rosa. Intentó pensar en la universidad. Era buena en los estudios, pero excepcional en los deportes. Le habían ofrecido una beca de atletismo en varias universidades estatales, además de en Berkeley. Sus padres decían que sería un flaco favor a los dones que Dios le había dado que eligiera otra carrera que no fuera Derecho o Medicina.

En otras palabras, cualquier trabajo que no viniera acompañado de prestigio y dinero.

Sin embargo, adoraba a los niños, le encantaban sus caritas mugrientas, y sus risitas ridículas, y la preciosa luz perfecta que traían al mundo. Quería ser su maestra, la persona con la que pudieran contar pasara lo que pasara, la que viera lo especiales que eran, ya se tratara de ser buenos leyendo, escuchando o dibujando pavos con lápices de colores. ¿Había algo más importante que enseñar a los niños?

Un gorgojeo quejumbroso alteró la habitación iluminada por la lámpara de *camping*.

Beth se dio cuenta de que era ella misma.

Él había entrado en su habitación momentos antes, y había permanecido de pie a su lado mientras se desabrochaba el cinturón.

Se detuvo al oír el ruido de Beth.

—¿Qué? —preguntó.

Lo miró fijamente, a ese hombre que sabía que era un extraño, a esa persona que había arriesgado todo en su mundo para secuestrar a otro humano y poder follar como un mono de zoo cuando quisiera. Este pringado había hecho de un acto biológico algo tan imperativo que estaba dispuesto a ir a la cárcel para sentir el mismo alivio que podía obtener con su propia mano.

Volvió a hacer un ruido extraño, pero esta vez fue una risita. La risita se convirtió en una carcajada.

Y una vez desatada, no podía parar. Él podría matarla por ello, lo sabía, pero ¿a quién coño le importaba? La había atrapado en una mazmorra. Quién sabía qué sucedería.

—¿Qué? —volvió a preguntar con el rostro descompuesto.

Al mirarlo, se dio cuenta de que podía elegir a las mujeres que quisiera, al menos en Saint Cloud. Esto solo la hizo reír más, una carcajada estridente mezclada con sollozos. ¿Acaso no sabía lo que era el amor de verdad, el buen amor? ¿Nadie le había dicho que el acto vergonzosamente animal era la puerta de entrada, no el destino? ¿Que la parte divertida, la magia, consistía en bajar la guardia por completo con otra persona? ¿Que la conexión y la vulnerabilidad elevaban lo que esencialmente era un estornudo prolongado a algo por lo que valía la pena librar guerras? Había robado un Maserati para conseguir su llavero. Era un idiota de nivel olímpico. El rey de los idiotas.

Ella soltó una carcajada aún más fuerte.

—Zorra estúpida —murmuró con rabia, y volvió a colocarse el cinturón. La luz convertía sus ojos en cavidades, pero sus manos temblorosas lo decían todo—. La próxima vez no te reirás —dijo con voz espesa—. Créeme.

Salió de la habitación.

Beth oyó el ruido de las cerraduras al cerrarse y empezó a planear.

No regresaría al vacío.

Sobre todo ahora, que había recordado quién era.

Capítulo 11

Me desperté triste y con dolor de cabeza. Tardé unos momentos en recordar por qué. No quería pensar en Maureen ni en lo que había hecho. No era asunto mío. Si quería contármelo, lo haría. Si no, Brenda y yo habíamos tomado la decisión correcta al quitárnoslo de la cabeza.

Pero seguía volviendo, arrastrándose. Así que, en lugar de levantarme de la cama, saqué mi cuaderno de debajo del colchón. Me había distraído de cosas incluso peores que lo que había presenciado anoche. Lo utilizaba como un diario normal, donde escribía mis sueños, lo que me enfadaba y quién me parecía guapo. También escribía canciones, palabras para acompañar los ritmos que me llegaban. Pero no me apetecía hacer nada de eso, no tenía ni una pizca de creatividad, así que volví a meterlo en su escondite y bajé las escaleras.

La noche anterior no había oído a papá llegar a casa. Escuché los sonidos matutinos. Nada. Debía de haberse ido ya a trabajar. La puerta del baño estaba parcialmente abierta. Normalmente, llamaba a la puerta para asegurarme de que no había nadie dentro, pero estaba de mal humor y entré sin más.

Junie estaba inclinada frente al espejo. Dio un respingo hacia atrás.

—¡Deja de cotillear! —gritó.

—Lo siento. Pensaba que no había nadie. —Miré a mi alrededor y fruncí el ceño—. ¿Qué hacías?

—Practicar mi sonrisa —dijo, hosca. Y entonces sonrió.

Era una gran sonrisa. Cuando le crecieran los dientes, sería la chica más guapa de Pantown, con el pelo castaño ondulado, los ojos verdes y la piel sedosa. Inquieta por lo de anoche y cansada por no haber dormido bien, no pude evitar devolverle el gesto.

—Asegúrate de llevarle la comida a mamá, ¿vale? Trabajo hasta las dos.

Como acto reflejo, me eché el pelo hacia delante para protegerme un lado de la cabeza mientras cruzaba en bicicleta el aparcamiento de Zayre Shoppers City. No hacía falta. Mi nudo de carne derretida ya estaba cubierto. Llevaba los auriculares pegados al cuero cabelludo y reproducía la selección de este mes, *Presence,* de Led Zeppelin. Empecé a llevarlos justo después del accidente, una vez que se curó lo suficiente como para que no me doliera, para ocultar mi deformidad. En retrospectiva, eso fue oficialmente lo más tonto que he hecho, porque llamaba la atención al llevar unos viejos auriculares grandes conectados a nada. Al menos ahora era lo bastante lista para llevar un reproductor de casete.

Gracias a Columbia Records y al Tape Club, toda mi vida tenía una banda sonora.

«Nobody's Fault but Mine» empezó a sonar en mis auriculares. Era mi canción favorita de la cinta. Lástima que estuviera casi en la entrada de empleados de Zayre. Tendría que escuchar el resto más tarde.

Empecé a trabajar en el centro comercial la semana después de acabar las clases. Papá había insistido en que consiguiera un trabajo. Decía que una mujer tenía que ser capaz de valerse por sí misma en este mundo, que no quería que tuviera que depender de nadie, y pidió un favor para conseguirme el puesto. Trabajaba en el mostrador de la charcutería con Claude, Ricky y algunas señoras mayores. Preparábamos refrescos helados y sándwiches con una guarnición de patatas fritas y un pepinillo color rana.

Todos nuestros clientes eran compradores que se tomaban un descanso. Lo necesitaban. Zayre era tienda de comestibles, ferretería, tienda de muebles, tienda de ropa... incluso había una barbería. Nunca le dije a papá que habría preferido trabajar en el departamento de ropa, doblando camisas de seda bonitas y alisando los últimos vaqueros de campana, o en el mostrador de joyería, ordenando las piedras de color esmeralda, rubí y zafiro.

En lugar de eso, fingí agradecimiento por el trabajo en la charcutería.

No era del todo malo. De hecho, al principio era bastante emocionante. Me gustaba ser responsable de la caja. Disfrutaba haciendo felices a los clientes. Me sentía bien dándoles de comer. Había jugado tanto a ser dependienta cuando era niña —dependienta, profesora, actriz y ama de casa— que parecía cosa del destino hacerlo en la vida real.

Tampoco estaba nada mal trabajar con Claude en la mayoría de los turnos. De vez en cuando, recordábamos cómo, cuando éramos pequeños, nos mordíamos la lengua e intentábamos decir Zayre Shoppers City y luego casi nos meábamos de la risa cuando «City» sonaba como una palabrota. Ahora los dos trabajábamos allí. Claude se quedaba delante conmigo, donde llenaba vasos de refresco y se aseguraba de que Ricky preparara los pedidos correctos. No había una gran variedad. Sándwiches club, perritos calientes, barbacoa y un sándwich de queso Velveeta en lonchas a la plancha sobre pan blanco. Tres tipos de patatas fritas y un pepinillo encurtido. Kétchup, mostaza y condimentos que los clientes se servían ellos mismos. Incluso con el menú limitado, estábamos ocupados. Zayre era el lugar al que ir en este extremo de la ciudad. Algunas personas lo hacían durante su tiempo libre.

Apoyé la bici contra el cartel de la parte trasera de la charcutería y cerré el candado. Solo quedaba alrededor de un minuto de canción, pero no quería fichar tarde, así que pausé a John Bonham y me deslicé los auriculares hasta el cuello. El aire pegajoso era tan incómodo como el abrazo de un extraño.

—Hola, Head.

Di un respingo. Ricky estaba entre el contenedor y el edificio, a punto de encenderse un cigarrillo.

—Hola —lo saludé, con el corazón latiéndome con fuerza.

Ricky era prácticamente el único que me llamaba Head. No era un apodo cariñoso, pero tampoco era tan mezquino como parecía. Lo decía con voz normal y, en cualquier caso, era mejor que fingir que tenía dos orejas. Se le había ocurrido justo después del accidente, cuando yo aún llevaba las vendas. Mamá y papá no me dejaban salir de casa. Creo que no querían que nadie viera lo maltrecha que estaba, pero actuaban como si fuera por mi propio bien. Ricky era el único que venía con regularidad.

Fue antes de su fiebre, así que no tendría más de ocho años. Traía a su vieja gata malhumorada. La llamaba Señora Brownie. Bufaba a todo el mundo menos a él y a mí, y él sabía que a mí me encantaba acariciar su sedoso pelaje. Aunque toleraba que Ricky y yo la acariciáramos, no soportaba que la agarraran en brazos y aún menos que la alzaran y luego la sacaran a pasear, así que cuando él llegaba, tenía los brazos ensangrentados de arañazos. La dejaba en la cama junto a mí y se tiraba en una silla mientras se quejaba de sus hermanas, sus hermanos, su madre y su padre. Hablaba hasta que llegaba a algún punto que solo él veía, momento en el que agarraba a una furiosa Señora Brownie y desaparecía hasta el día siguiente.

Que Ricky viniera por aquí con su vieja gata atigrada, que nunca me preguntara por el accidente, que fingiera que todo era normal excepto porque me llamaba Head en lugar de Heather, todo esto evitaba que sintiera demasiada lástima de mí misma. Dejó de visitarme cuando me quitaron las vendas. Nunca volvimos a hablar de aquellas visitas; actuábamos como si jamás hubieran ocurrido.

Se me encogió el corazón al pensar en ellas.

Estaba a punto de preguntarle si se acordaba cuando soltó una columna de humo.

—Tienes un aspecto horrible —me dijo, y entornó los ojos.

—Gracias, Ricky —contesté mientras ponía los ojos en blanco y recordaba por qué nunca había sacado el tema. Lo dejé en el sofocante día y entré en la fresca sala de descanso.

Claude estaba sacando una caja de pajitas del estante. Me dedicó una sonrisa tensa. Anoche había intuido que pasaba algo, por supuesto. Nos conocíamos de toda la vida. Pero no insistió.

—Va a ser un día duro —comentó, e inclinó la cabeza hacia el frente—. Ya tenemos cola.

Fiché.

—¿Quién se come un perrito caliente a las diez de la mañana? —Se me revolvió el estómago al recordar la comida que había vomitado por la noche y que había limpiado en el césped antes de subirme a la bici.

—Ya tenemos veinticinco grados —dijo—. La gente comerá muchos perritos calientes si eso significa que pueden permanecer bajo el aire acondicionado.

—¿Vienes mañana a mi fiesta?

Ricky llevaba un sombrero de papel sobre una redecilla, igual que Claude y yo. Estaba encorvado frente a la fuente de refresco, donde llenaba su vaso de plástico con una mezcla, un poco de cada sabor. Era el primer descanso que teníamos en dos horas. La afluencia de clientes había sido constante. Cuando los hombres se acercaban a mi mostrador, me quedaba mirándoles las muñecas en busca de una pulsera de color cobre, aunque me había dicho a mí misma que olvidaría lo de anoche. Se lo había prometido a Brenda.

También le había dicho que iría con ella a la fiesta de Ricky.

—Puede que sí.

Muy a mi pesar, sentí un aleteo de emoción al decirlo en voz alta. Si la cabaña estaba donde Brenda decía, sería mi primera fiesta en la cantera. Eso era algo importante para un niño de Pantown. Saltar desde esas grandes fortificaciones de rocas a las profundidades heladas. No había lugar para pararse y recuperar el aliento porque no había fondo, solo un agujero enorme que bien podría extenderse hasta el centro de la tierra. Un agujero que probablemente escondía monstruos acuáticos prehistóricos, criaturas escurridizas de dientes afilados que necesitaban profundidades inmensas para sobrevivir, pero que, a veces, solo cada pocos años, más o menos, desplegaban un tentáculo, te rodeaban el tobillo y te succionaban hacia abajo, muy abajo.

—¿Puedo ir? —preguntó Claude, que salió de la parte de atrás con un paquete de servilletas para llenar el dispensador metálico.

—Nada de pollas —dijo un hombre que apareció de pronto en el mostrador.

Parpadeé al ver al tío. Parecía salido de un plató de cine de los años cincuenta. Llevaba el pelo negro azabache y engominado, las correas de la cazadora de cuero tintineaban y los bajos de los tejanos desgastados estaban enrollados. ¿Cómo soportaba llevar todas esas capas con este calor?

—¡Eh, Ed! —dijo Ricky. Dio un trago a su bebida antes de añadir más naranja—. Head, ¿ya conoces a Eddy?

Ladeé la cabeza. Aquí estaba, por fin, el famoso Ed. El hombre que Maureen había descrito como que estaba buenísimo. Sentí un escalofrío en el vientre. Era bajito y tenía los dientes amarillos de fumador, pero era atractivo, a pesar de su extraña forma de vestir, o quizá debido a ella, como si no tuviera miedo de ser diferente. Ese tipo de confianza contaba en Pantown. ¿Era eso lo que Maureen veía en él?

—Hola, cariño —dijo mientras me estudiaba—. ¿Cómo te llamas?

Aunque lo dijo así, como si protagonizara una obra de Tennessee Williams, sonaba igual que un minesotano, igual que el resto de nosotros, como suecos que olvidaron bajarse del barco. Aun así, me sorprendió lo grave que era su voz, dado su cuerpo compacto.

—Heather.

Se inclinó un sombrero imaginario.

—Encantado de conocerte, Heather.

—Es la batería del grupo del que te hablé —añadió Ricky, que cambió el peso de un pie a otro, nervioso—. ¿Las que tienen plaza para la feria?

Me di cuenta de que ya no se atribuía el mérito compartido, no con Ed allí mismo.

Ed, que no me había quitado los ojos de encima, sonrió lenta y deliciosamente, como si de un estiramiento matutino se tratase.

—Muy bien —dijo—. Eres amiga de Maureen.

Asentí con la cabeza. Me preguntaba dónde se habían conocido Ricky y Ed, porque Ed era demasiado mayor para andar con chicos de instituto, incluso con un cabeza hueca como Ricky. Aunque era difícil aferrarse a la pregunta: Ed era interesante y aterrador, y aquí desentonaba. El pelo negro engominado y la cazadora de cuero contrastaban con las delicadas compras en tonos pastel de la gente de Pantown a sus espaldas. Me recordaban a un elegante gato salvaje suelto en un zoo de mascotas.

—Maureen es una buena chica —dijo Ed, y ensanchó su sonrisa—. ¿Tienes RC Cola ahí detrás?

—Claro que sí —confirmó Ricky, que sacó un vaso encerado del dispensador.

—Se supone que no debes servir comida ni bebida —le advirtió Claude, que escudriñó el perímetro en busca del encargado. Ricky ya había recibido dos amonestaciones este mes, una por no llevar la redecilla en el pelo y la segunda por tomarse demasiados descansos para fumar. Estaba en la cuerda floja.

—Se supone que no debes servir comida ni bebida. —Ricky imitó a Claude y siguió llenando la taza—. ¿Qué te parece esto, Claude? Puedes venir a la fiesta si traes a dos chicas.

Ed soltó una carcajada, como si Ricky hubiera dicho algo gracioso, y se inclinó sobre el mostrador para darle un golpe en el hombro a Claude.

—¿Qué clase de nombre es Cloudy?* —preguntó—. ¿Qué, tienes una hermana que se llama Windy?† Si es así, me gustaría conocerla. Seguro que la sopla fuerte.

Ed y Ricky soltaron una carcajada, y así se rompió el hechizo que Ed había lanzado sobre mí. Lo miré mal.

—Da igual, no queremos ir a tu estúpida fiesta —espetó Claude mientras se frotaba el brazo donde Ed lo había golpeado.

Bajé la mirada y evité la de Claude. No quise mencionar que ya le había dicho a Brenda que iría, se lo había prometido. Durante la hora de la comida, mientras tenía los dedos ocu-

* En español significa 'nublado' y juega con el nombre de Claude. *(N. de la T.)*.
† En español significa 'ventoso'. *(N. de la T.)*.

pados y la mente libre, empecé a preguntarme si lo que había visto anoche significaba que tenía que ponerme al día más de lo que pensaba.

No quería hacer lo mismo que Maureen, obviamente, pero debería hacer algo, ¿no? Fue entonces cuando se me pasó por la cabeza que tal vez le estuvieran pagando por lo que la había visto hacer la noche anterior. Eso explicaría de dónde había sacado el dinero para comprar ese anillo de Black Hills, con unas curvadas hojas de oro verde que abrazaban unas uvas de oro rosa. Esperaba que no le estuvieran pagando. Si ganaba el sorteo de la Publishers Clearing House, le compraría todas las joyas de oro de Black Hills del mundo para que no tuviera que arrodillarse nunca más.

Aun así, no pude evitar imaginar cómo sería. Se me revolvía el estómago al pensarlo, pero… aquellos hombres la habían esperado. Estaban esperando. En fila. Demasiado concentrados en su turno para darse cuenta de que la puerta del sótano se había abierto y cerrado. ¿Cómo se sentía? ¿Poderosa? ¿Hermosa? ¿Era el brillo de labios Kissing Potion lo que le había dado ese poder sobre los chicos? La prima de Maureen de Maple Grove decía que no podían resistirse a ti si te lo ponías. Transformaba en imanes para los tíos hasta los labios más sosos. De inmediato, compré mi propio tubo de Cherry Smash. Se lo había escondido a mi padre como si fueran drogas, pero el rodillo se había salido por accidente. Me estropeó mis pantalones de pana morados favoritos.

—Gracias, tío —dijo Ed, que tomó el refresco que Ricky le ofrecía. Sacó un bote marrón de aspirinas del bolsillo interior del abrigo, sacó tres pastillas, se las metió en la boca y empezó a masticar.

Me sorprendió mirándolo.

—¿Quieres una? —me preguntó, y me ofreció el mientras me miraba el pecho en lugar de la cara.

«Buena suerte encontrando algo ahí».

—Me acostumbré en Georgia cuando estaba de servicio —continuó, imperturbable—. Evita que me duelan los dientes. No hay nada mejor para bajar la aspirina que la cola, Dios.

Como no le tendí la mano, volvió a tapar el bote, se lo metió en el bolsillo del abrigo y bebió un trago de su refresco. Le miré la muñeca en busca del brillo de la pulsera de cobre que había visto en aquel hombre la noche anterior, con la mano enredada en el pelo de Maureen.

Pero tenía las muñecas desnudas.

Beth

Beth pensó que solo tendría una oportunidad de lanzarle la lámpara de *camping*. El orinal era demasiado ligero y la jarra de agua, muy difícil de manejar. Tenía que ser la lámpara.

Se la rompería en la cabeza con la fuerza suficiente para que se le salieran los sesos. No solo era una corredora de fondo, sino que se había pasado el verano cargando bandejas con platos pesados. Sabía que tenía suficiente fuerza en los brazos como para sorprenderlo, para llegar hasta él antes de que levantara un brazo para protegerse.

Se agazapó detrás de la puerta, en la intacta oscuridad.

Cuando las piernas se le empezaron a acalambrar, recorrió las esquinas en silencio, atenta a cualquier sonido, a cualquier cosa que no fuera el suave acolchado de sus propios pies.

Se sentiría muy bien al hacerle daño.

Las cabezas sangran. Sangran mucho. Lo recordaba de la clase de salud.

No se quedaría a verlo. Le tiraría la lámpara y correría. Saldría corriendo por esa puerta y por el pasillo; no importaba a dónde. Seguiría corriendo y corriendo sin parar. La policía tendría que viajar a Canadá para interrogarla sobre ese tío y sus sesos sangrientos y pegajosos esparcidos por el suelo de la celda.

Tal vez al Polo Norte.

Capítulo 12

El aire estaba cargado de olor a minidónuts y palomitas. La gente gritaba y reía, y los sonidos de la feria —el tintineo de una campana cuando el martillo de alguien hacía volar el disco hasta lo alto del martillo, el zumbido delirante de las máquinas de Skee-Ball y la voz cantarina del feriante que lanzaba anillas mientras ordenaba a la gente que «se acercara y ganara» un gorila gigante de peluche— interrumpían sus conversaciones.

Estábamos listas para tocar en el escenario principal.

The Girls, en directo.

Formar el grupo había sido idea mía. La batería había sido mi refugio desde segundo año. Antes de eso, yo era una chica de esas a las que nadie ve. Ya sabes, las que son invisibles a menos que se interpongan en tu camino. Entonces llegó la llamada de teléfono. Había estado cavando en el arenero del patio trasero, enterrando un tesoro que volvía a sacar. De fondo sonó el teléfono de nuestra casa, seguido de la voz apagada de mamá, y luego se abrió la puerta trasera. Mamá apareció con el auricular apoyado en el pecho y un pañuelo sobre el pelo. Llevaba pintalabios color coral, aunque no tenía intención de salir de casa.

—Heather —gritó—, el señor Ruppke necesita a alguien que toque la batería en la banda. ¿Quieres hacerlo tú?

—Vale.

Eso fue todo.

Me apunté a la banda y luego a la orquesta, e incluso toqué el tambor en la banda de verano. Me conformaba con cualquier música que me pidieran hasta que me topé con Fanny en *American Bandstand,* el 3 de agosto de 1974. Ya no había vuelta atrás después de haber visto a esas cuatro mujeres —cuatro mujeres— tocar *rock and roll* con tanta facilidad, tan bien y sonriendo con «I've Had It». Empecé a desesperarme por tener un grupo, uno de verdad.

Brenda tenía la voz, Maureen el garaje y el resto se unió como el chocolate y la mantequilla de cacahuete. Los padres de Brenda donaron un rollo mohoso de alfombra verde lima y yo traje todos mis pósteres, de Fanny, las Runaways y Suzi Quatro, suficientes para forrar las paredes del garaje. Una vez colocados los instrumentos, las lámparas de lava y con la barrita de incienso de Nag Champa encendida, se convirtió en un club acogedor. The Girls pretendía ser un nombre temporal. Tan estúpido que parecía inteligente, ¿sabes? Pero nunca llegamos a cambiarlo.

Y aquí estábamos nosotras, The Girls, a punto de dar nuestro primer concierto en directo.

Me quedé mirando al público que había venido a ver a Johnny Holm y que probablemente se preguntaba qué demonios hacían tres chicas en el escenario. Se notaba que me temblaban las rodillas. Toc, toc, toc. Maureen acunaba el bajo y Brenda sujetaba la guitarra, pero yo estaba sentada junto al equipo del batería de Johnny Holm porque no habría tiempo suficiente para desmontar el mío y montar el suyo entre una actuación y la otra. El batería había sido amable cuando me había enseñado a ajustar el asiento, todo el mundo lo había sido, pero estaba tan aterrorizada que me sentía como el cable de color blanco unido con la electricidad. Si alguien me miraba de reojo, me dividiría en un millón de átomos chisporroteantes y nunca volvería a estar entera.

Brenda probaba los pedales, con el pelo reluciente y las orejas brillantes con los pendientes de pavo real que su madre le había prestado para el gran concierto. Maureen parecía no tener miedo y miraba por encima de la multitud. También llevaba unos pendientes nuevos, unas bolas de oro del tamaño de una uva que colgaban de unas cadenas. Parecían caros. No habíamos podido hablar con ella para ensayar antes, así que Brenda y yo habíamos esperado en el garaje, preocupadas por si no aparecía esta noche.

Pero claro que lo había hecho. Tenía ganas de que la gente la quisiera, y lo harían en cuanto nos oyeran tocar. Después de lo que había visto anoche, esperaba que hoy estuviera apagada, triste, tal vez, pero actuaba como siempre, despreocupada y segura de sí misma, e iba vestida de maravilla. Llevaba sus pantalones campana de pana marrón con pequeñas flores naranjas y amarillas bordadas. Los había combinado con una blusa blanca de campesina, con el escote con cordón lo bastante holgado para que le colgara de un hombro desnudo. Se había puesto el pelo como Farrah, y las luces del escenario hacían que las mechas verdes parecieran muy chulas.

Maureen era una estrella del *rock*. Brenda también, con su camiseta naranja vibrante, unos vaqueros H.A.S.H. con la estrella en el culo y unas sandalias de plataforma de cuero y madera de Candie. Apareció con unos anillos para cada una de nosotras y nos los entregó solemnemente.

—Para la buena suerte —dijo—. Si os sale azul oscuro, significa que todo irá bien.

Me puse el mío. Enseguida se volvió de un amarillo enfermizo.

—Dale un minuto —dijo Maureen entre risas, y me dio una palmada en el brazo antes de que Brenda nos abrazara a las tres.

Nos soltamos y nos dirigimos a nuestros instrumentos, esperando nuestra señal para tocar.

Miré a la multitud. Aún sentía el calor de Brenda y Maureen en el pecho. Por muy asustada que estuviera, notaba el pulso del momento. Con la caída del sol, las luces brillantes de la feria hacían que aquello pareciese Las Vegas. Puede que aquella gente no hubiera venido a vernos, pero íbamos a darles un espectáculo.

Un fuerte golpe en el escenario llamó mi atención. Me di cuenta de que había estado mirando la noria con la boca abierta y seca. La cerré de golpe y eché un vistazo a Jerome Nillson vestido con el uniforme completo. Maureen, Brenda y yo habíamos visto *Los Caraduras* en el Cinema 70 a principios de verano y, al salir del cine, Maureen juró que, si Jackie Gleason y Burt Reynolds se metieran juntos en una batidora, lo que saldría sería exactamente igual que el comisario Nillson.

Brenda y yo nos reímos mucho, sobre todo porque era verdad.

Mi padre estaba de pie junto al comisario y me sonreía como si estuviera a punto de descubrir la cura del cáncer. El agente de la BCA, de aspecto irlandés, se encontraba detrás de ellos, con expresión sombría.

—Estamos encantados de que vayáis a actuar —dijo el comisario en voz alta, y señaló con la mano el escenario—. Chicas locales. Con talento. Hacéis que Pantown se sienta orgulloso.

—Gracias, señor —contesté, aunque dudaba que me oyera por encima del ruido de la feria.

—Aunque —continuó, mirando fijamente a Maureen y Brenda y luego a la fila de trabajadores de la feria que miraban embobados desde las casetas—, en el futuro, puede que sea mejor no llevar tanto maquillaje. No querréis atraer la atención equivocada.

Los hombros de Maureen se tensaron.

—¿Por qué no les dices a ellos que dejen de mirar en lugar de decirnos a nosotras que dejemos de brillar?

La boca del agente de la BCA se crispó como si quisiera sonreír. Gulliver Ryan, ese era su nombre. El hecho de que siguiera en la ciudad no era buena señal.

El comisario levantó las manos para aplacar a Maureen y le dedicó una sonrisa fácil.

—Oye, los hombres somos así. Debajo de las palabras bonitas y la ropa, somos animales. Será mejor que te acostumbres.

La pandereta de Junie interrumpió la incomodidad del momento. Se había escondido detrás de uno de los altavoces, con los tacones de plataforma casi tan altos como los de Brenda. Sus pantalones cortos color cereza y el top Mary Ann a juego, rojo como la sangre, dejaban ver más de lo que cubrían.

Me pareció adorable lo adulta que intentaba parecer. Al menos, esa fue la sensación que me dio hasta que me dijo que yo parecía una abuelita justo antes de salir al escenario, cuando ya era demasiado tarde para hacer nada al respecto. Llevaba una camiseta holgada, unos pantalones *palazzo* ondeantes y mis sandalias favoritas de Dr. Scholl. Teniendo en cuenta lo que acababa de decir el comisario Nillson sobre que no deberíamos llamar la atención, su comentario resultó gracioso —irónico, no en plan para reírse— porque, en un momento dado, yo había propuesto cambiar el nombre del grupo de The Girls a The Grannies. Podríamos hacernos la raya en medio, llevar gafas redondas y vestidos sin forma, y no tendríamos que preocuparnos tanto por nuestro aspecto, solo por nuestra música. Brenda y Maureen lo habían vetado tan rápido que casi hicieron retroceder al tiempo.

—Estoy muy orgulloso de vosotras —dijo mi padre, haciéndose eco del comisario Nillson.

Brenda, que había apartado la mirada del comisario, sonrió a mi padre con amabilidad. Maureen miraba a la multitud. ¿A quién esperaba? Golpeé el pedal de la batería, un ligero golpe que solo se oyó en el escenario. Era grosero que ignorara a mi padre.

Maureen giró la cabeza. Vi su perfil y la forma en que parpadeaba, como si se estuviera despertando de una siesta. Sonrió.

—Gracias —dijo en dirección a mi padre y al comisario Nillson antes de ponerse a tocar los botones de su amplificador.

—No os importa si subo al escenario y os presento, ¿verdad? —preguntó el comisario, que se dirigió a mí.

Nerviosa, miré a Brenda. De repente, parecía un poco pálida. Iba a ocurrir de verdad.

—¿Todo el mundo preparado? —preguntó ella.

Maureen asintió, con la cara radiante. Junie temblaba tanto que la pandereta que sostenía sonaba sola. Ver lo asustada que estaba me dio una oleada de confianza.

—¿Estás lista, Bichito J.? —grité, y le guiñé un ojo.

Asintió con la cabeza, pero no abrió la boca. Sospeché que oiría el castañeteo de sus dientes si lo hacía.

—Estamos bien —le dije a Brenda con una sonrisa tranquilizadora. Ella le sonrió con ganas al comisario Nillson—. Preséntanos.

Él saltó al escenario.

Capítulo 13

—Ha sido increíble —cacareó Claude—. Habéis sonado mejor que nunca.

Asentí, todavía aturdida. Claude tenía razón. Habíamos empezado un poco flojas, como si cada una tocara una canción distinta. Un tío nos había abucheado. Pero a la segunda canción, la gente que ni siquiera había ido allí por la música abandonó la avenida central y empezó a acercarse al escenario llevando los peluches que habían ganado y mordisqueando algodón de azúcar pegajoso.

A la tercera, ya estaban bailando.

Bailando.

Gente con la que ni siquiera teníamos relación.

—¡Valhalla! —gritó entonces Maureen, y compartimos una sonrisa sobre los instrumentos, exultante y secreta. Estábamos dentro de la música, completamente dentro, juntas contra el mundo, volando, cayendo, haciendo magia.

Podría haber tocado toda la noche, pero se acabó casi antes de empezar. El comisario Nillson saltó de nuevo al escenario, agarró a Maureen del brazo, le susurró algo al oído y se dirigió al micrófono.

—¡Un aplauso para The Girls, las chicas de Pantown!

Los aplausos parecían inyectarse directamente en mis venas.

Los *roadies* de Johnny Holm empezaron a corretear por el escenario, ajustando y moviendo cosas, chocando las manos con nosotras antes de guardar los instrumentos de Maureen y Brenda en un rincón para que pudiéramos disfrutar de la feria. Flotamos sobre las nubes hasta la zona de bastidores. Allí nos esperaban Claude, Ed, Ricky y Ant. Maureen co-

94

rrió directa a los brazos de Ed. Ni siquiera eso me desanimó. Volaba muy alto.

—¿Qué te ha parecido, Ed? —le preguntó—. ¿Te ha gustado cómo he sonado?

—Claro —contestó él, y sus labios se estiraron de una forma que seguro que pensaba que era guay. Esta noche tenía un aspecto muy Fonzie,* con una camiseta blanca, unos tejanos y el pelo negro engominado, que reflejaba las luces del estadio. Llevaba unas botas altas de tacón, que debían de aumentar su estatura en dos centímetros y medio.

—Creo que a esta no la conozco —dijo Ed, y rodeó a Maureen para echarle un vistazo completo a Junie, que estaba sonrojada y radiante por la actuación—. ¿Cómo te llamas, guapa?

—Junie —chilló ella mientras tiraba de su top color cereza.

Ed aplastó la lata de refresco y la tiró a un lado antes de sacar un paquete de Camel del interior de la chaqueta de cuero que llevaba al hombro. Sacó un cigarrillo como en las películas. Lo sostuvo entre los dientes mientras lo encendía. Estaba montando un espectáculo para nosotras, eso estaba claro, pero ¿por qué todas lo estábamos mirando?

Con el cigarrillo encendido, dio una calada profunda y luego lo soltó. Le guiñó un ojo a Junie a través de una nube de humo.

—Te pareces a mi primera novia, ¿lo sabías?

Junie sonrió.

—Me rompió el maldito corazón —continuó. Su boca se retorció como si hubiera mordido un cacahuete en mal estado—. Mujeres, ¿verdad?

Junie siguió sonriendo, pero su cara se descompuso y su boca quedó asilada del resto de su rostro. No tenía un mapa para navegar por este tipo de conversaciones. Yo tampoco, pero no pensaba dejar que hiciera sentir mal a mi hermana de esa manera.

Sin embargo, Ed se volvió hacia Maureen antes de que pudiera responderle.

* Arthur Herbert Fonzarelli (conocido como El Fonz o Fonzie) es un personaje de la *sitcom* estadounidense *Happy Days* (1974-1984). Su estilo y actitud fueron fuente de inspiración para muchos. *(N. de la T.)*

—¿Qué tal si salimos a la multitud para que pueda presumir de ti? —preguntó.

Eso era todo lo que había que decirle a Maureen.

—¿Qué pasa con mi fiesta? —se quejó Ricky.

—No puede empezar hasta que lleguemos —dijo Ed. A pesar de su tosquedad, entendía lo que Maureen veía en él: su delicada astucia. Pero ¿ella no era capaz de ver lo mismo que yo, que había unas cincuenta señales de peligro estampadas sobre él?

—¡Chicas!

Me giré hacia una voz familiar. El padre Adolph Theisen, nuestro párroco en San Patricio, caminaba hacia nosotras. Nunca lo había visto sin alzacuellos, y esta noche no era una excepción.

Ricky se puso rígido. Ant se fundió detrás de él con la evidente esperanza de desaparecer.

Ed miró fijamente al padre Adolph, como si lo desafiara a hablarle.

Si el padre Adolph se dio cuenta de algo, no lo demostró.

—Ha sido maravilloso escuchar esa música que salía de cuatro de mis feligresas favoritas. ¿Puedo contar con que volváis al coro para compartir algo de esa belleza con los hijos de Dios?

Miró con ojos brillantes a Brenda, la única de nosotras que era capaz de entonar una melodía, algo que el padre sabía muy bien.

Ella asintió, pero no respondió. Había dejado el coro el año pasado, poco después de que Maureen y ella regresaran de uno de los retiros de verano del padre Adolph. Las salidas se celebraban en una cabaña en el bosque, a las afueras de Saint Cloud, en la zona de la cantera. Mi padre y el comisario Nillson ayudaban al padre Adolph a organizarlas como una de sus iniciativas comunitarias. Se rumoreaba que la cabaña tenía sauna y que se podía comer *pizza* toda la semana, pero ni Maureen ni Brenda habían querido hablar mucho de ello cuando regresaron.

—Maravilloso —le contestó a Brenda antes de girarse hacia Ricky—. ¿Te veré en la iglesia este domingo?

—Sí, padre —dijo Ricky. No importaba lo duro que fingieras ser con tus amigos; cuando el párroco te hacía una pregunta, respondías.

—Bien —dijo el padre Adolph. Era joven para ser párroco, no mucho mayor que nuestros propios padres, y tenía todo el pelo y los dientes, por lo que a cada una de nosotras nos había gustado en un momento u otro—. ¿Y tú, Anton? Sabes que puedo verte ahí detrás, ¿verdad?

Claude y yo ahogamos una risita.

—Sí, señor —respondió Ant, que se quedó detrás de Ricky.

—Maravilloso —dijo el padre Adolph—. Me voy a comer las almendras tostadas con canela que he olido antes. Espero que todos disfrutéis de la velada.

Ed esperó hasta que desapareció del escenario para escupir:

—Malditos párrocos podridos. No te fíes de ninguno.

Me tuve que contener para no enfadarme.

Un chirrido de guitarra indicó que la Johnny Holm Band estaba a punto de tocar.

—Larguémonos de aquí —dijo Ed—. Estoy harto de la feria.

Brenda me miró. A las dos nos encantaba el tiovivo, montábamos todas las ferias. Este año, nos habían dado un rollo de entradas gratis como pago por nuestra actuación.

—Nos encontraremos con vosotros en la cabaña —le dijo Brenda a Ed—. Dame la dirección.

Ricky y Ed intercambiaron una mirada vil, como un gruñido o el olor a plástico quemado.

—Tenemos que ir juntos en coche hasta allí —respondió Ricky.

Brenda se encogió de hombros.

—Entonces tendréis que esperar. Maureen, Heather y yo acabamos de hacer la actuación de nuestras vidas. Nos merecemos que nos lleven.

Claude accedió a llevar nuestros instrumentos al coche de los padres de Brenda (que habían visto la actuación desde lejos) mientras Ricky, Ed y Ant iban a comprar hierba a uno de los trabajadores de la feria, y Brenda se aseguraba de que Junie volviera sana y salva con mi padre.

Así fue como me quedé a solas con Maureen durante un breve instante, las dos juntas en medio de la multitud y el calor, tan cerca que vi lo que había intentado ocultar toda la noche con sus amplias sonrisas, su brillante sombra de ojos y la oscura caída del delineador de ojos: tenía el rostro atormentado, tal vez por un recuerdo, como si unas cuchillas palpitaran bajo su tierna piel. La estreché entre mis brazos.

—¿Estás bien, Mau? —le dije contra el pelo. Maureen estaba temblando.

—Siempre quiero más —susurró.

No estaba segura de haberla oído bien. Me aparté y miré fijamente su rostro puro y hermoso.

—Tú también lo sabes. —Intentó sonreír, pero no lo consiguió. Su voz era tan fina como una tela de araña—. Probaría cualquier cosa. Comida. Fumar. Pastillas. Lo que sea. Pero nunca me siento llena. Ni siquiera la actuación de esta noche lo ha conseguido. Me cansa mucho, Heather.

No tenía ni idea de lo que hablaba. Volví a acercarla a mí.

Esa última conversación me perseguiría para siempre.

Beth

Beth sabía que tenía que permanecer despierta. Si se quedaba dormida, él podría entrar con sigilo y tomarla cuando estuviera vulnerable. No permitiría que eso sucediera dos veces. Pero llevaba horas paseándose, con el metal caliente del mango de la lámpara clavándose en su palma.

Según sus cálculos, llevaba cuatro días atrapada en la habitación.

En ese tiempo, solo le había traído media barra de pan y un bote casi vacío de mantequilla de cacahuete. Había aguantado todo lo que había podido, pero tenía hambre, estaba cansada de oler sus propios excrementos y le dolían los pies de tanto andar, andar y andar en su jaula cuadrada. También hacía flexiones, sentadillas y *burpees*, todo lo que podía para mantener el cuerpo fuerte.

Pero el cansancio tiraba de ella.

Dejó la lámpara en el suelo duro. Descansó los ojos un momento. No pasaría nada. Ni siquiera se tumbó del todo. Se apoyaría en la fría pared, echaría la cabeza hacia atrás y se relajaría. En cuanto oyera sus pisadas, se pondría en pie de un salto, con la lámpara en la mano, para golpearle en esa horrible cabeza y aplastarla como una calabaza.

Puf. Pum.

Se acurrucó en un rincón. El cansancio la cubrió con su manto.

Antes de darse cuenta, estaba soñando con una calabaza que desaparecía bajo un neumático de coche hasta que, de repente, él estaba sobre ella, con una mano en la boca y la otra en la garganta. Se sintió como si saliera de un charco de pegamento, los miembros apenas le respondían; todo era una pesadilla oscura. Estaba tan desorientada que tardó un momento en percibir el nuevo olor, tan fuerte que cortaba el aroma avinagrado de la orina y el sudor de días de miedo. El nuevo olor era grasiento. Espeso. Dulce.

Inconfundible.

Comida de feria.

Capítulo 14

Había visitado la cantera del Hombre Muerto durante el día. Estaba a poco más de cinco kilómetros de Pantown en línea recta. Cuando Brenda, Maureen y yo tuvimos edad suficiente, fuimos en bicicleta, supuestamente para nadar. En realidad, era una excusa para mirar y que nos miraran. Nunca me metí en el agua. La altura de las rocas y la profundidad del agua me aterrorizaban. Además, una historia de campamento sobre las canteras —a veces era la del Hombre Muerto, a veces otra, dependía de dónde hubieras nadado— afirmaba que estaban embrujadas por el cadáver hinchado de un tío que se había ahogado en sus profundidades acuáticas. Una vez al año, engañaba a un nadador haciéndole creer que abajo era arriba. Se lanzaban al agua entre risas y haciendo el signo de la paz. Sin embargo, tan pronto como se sumergían bajo la superficie, se daban la vuelta. Nadaban hacia el fondo, mientras creían que estaban a punto de salir a la superficie, la respiración cada vez más agitada, las patadas más frenéticas a medida que el agua se volvía más helada y la dulce luz del sol se convertía en una promesa que se alejaba.

Cuando se daban cuenta, ya era demasiado tarde.

Sabía que solo era un cuento. También que nunca me bañaría en la cantera.

Brenda tampoco se metía en el agua, pero en su caso era porque no quería despeinarse. Las dos nos tumbábamos sobre una toalla, cerca del agua, pero no demasiado, y nos untábamos con aceite de bebé mezclado con yodo, nos rociábamos el pelo con Sun-In con olor a limón y nos preparábamos para un día de bronceado.

Maureen era todo lo contrario. Solo esperaba el tiempo necesario para quitarse la camiseta y los pantalones cortos antes de correr hacia el acantilado más alto con su bikini verde. Se ponía en fila, sobre la pared de roca erosionada que se elevaba quince metros por encima del agua, con enormes rocas de granito esparcidas detrás de ella a modo de bloques de juguete gigantes. El agua era transparente pero tan profunda que parecía negra, y el aire estaba impregnado de un olor a rana.

Cuando Maureen llegaba al principio de la fila, se tiraba tranquilamente, con los ojos abiertos y la nariz tapada, como había hecho aquel día en el trampolín de la piscina municipal. Brenda y yo la animábamos, a veces otros chicos de Pantown se acercaban a hablar con nosotras y, al final del día, volvíamos a casa en bicicleta, sudorosas y cansadas, con la piel agradablemente tirante por un día al sol.

Además de esos viajes diurnos a la cantera del Hombre Muerto, sospechaba que Brenda y Mau también habían asistido allí a fiestas a las que no me habían invitado. Me escocía pensarlo. No quería ser la aguafiestas del grupo, pero cuando me confesaron que habían fumado hierba, ¿qué fue lo primero que hice? Pues echarles un sermón sobre los peligros. Papá me había dado el mismo discurso y yo se lo repetía a ellas. Después de eso, se callaban lo de fumar y lo de los barriles de *wapatuli* en cuanto yo entraba en la habitación, o peor aún, cuchicheaban a mis espaldas.

Así que era bueno que ahora, por fin, asistiera a mi primera fiesta en la cantera.

Ed y Ant estaban sentados a mi izquierda, Ricky y Brenda frente a mí, todos sobre losas de granito alrededor de las vacilantes llamas de una hoguera, cuyo calor y movimiento me producían náuseas. Conté más de veinticuatro personas que reían y bebían, también algunos chicos de Saint Cloud que conocía de vista, y luego unos desconocidos que sospechaba que eran trabajadores de la feria a los que Ed había invitado. También me pareció ver a Maureen. Había venido con Ant y Ed, así que debía de haber compartido el coche de Ricky junto con Brenda. Estaba preocupada por ella después de lo que había dicho en la feria, pero no pude localizarla a pesar de que se trataba de una reunión pequeña y dispersa.

Seguro que no era una de las legendarias fiestas de Jerry Taft. Todos los chicos de Pantown habían oído hablar de ellas.

Yo había deseado asistir a una, pero Jerry se fue al ejército antes de que yo tuviera edad suficiente. Había vuelto a casa hacía una semana en extrañas circunstancias. Nunca me crucé con él, y Brenda no quiso hablar del tema más que para decir que, de hecho, había celebrado una fiesta durante su estancia en la ciudad.

Creo que fue una de esas a las que asistió sin mí.

Me abracé con fuerza. Las canteras parecían antiguas y espeluznantes por la noche, con un viento cálido que silbaba entre los pinos del mirador. Ed nos había llevado a Ant y a mí más allá del aparcamiento del Hombre Muerto, por un camino de grava con una entrada tan cubierta de ramas que no la verías si no supieras dónde mirar. Llegamos a una cantera más pequeña rodeada de árboles negros que se balanceaban a la luz de la luna. El agua me inquietaba. Parecía un ojo lloroso que nos miraba fijamente, su pesado párpado era la pared de roca que se alzaba detrás de donde los mineros habían apilado la tierra recién excavada. Nuestra hoguera estaba enfrente del párpado de la roca.

En el coche de Ed, con las puertas abiertas de par en par, sonaba «Bad Moon Rising» de CCR. Yo marcaba el ritmo sobre la rodilla con los dedos. Ed encendió el fuego y la música cuando llegamos y luego desapareció en el bosque antes de regresar con una bolsa de papel marrón. Ant, Ricky, Brenda y yo lo esperamos sentados con torpeza. Aún no sabía qué era exactamente lo que nos había hecho cambiar de idea, lo que nos había hecho sentir que teníamos que hacerle caso o esperarle, pero eso era exactamente lo que habíamos empezado a hacer.

—Joder —dijo Ed, que se guardó un porro que acababa de liarse—. Nunca me cansaré de esta canción.

No pude discutírselo. No había abierto la boca para decir gran cosa.

Al otro lado del fuego, Ricky empezó a pegarse a Brenda y a tratarla de forma diferente a cuando la había visto antes. No me gustaba.

—Vamos —decía demasiado alto, con la boca junto a la oreja de ella y agarrándole el cuello con la mano—. ¡*Squirm: Gusanos asesinos* tampoco es una película asquerosa! No seas cobardica.

Ella intentó quitárselo de encima.

—Para ya.

Él movió los dedos delante de su nariz.

—¡Vas a ser la cara de gusano!

Reconocí la cita de la película, pero fue su voz, aguda e infantil, la que me devolvió a aquella fresca tarde de otoño en la que hacía años que no pensaba. Yo debía de tener cuatro o cinco años y Junie era solo un bebé. Fue justo antes de mi accidente, así que a veces mamá seguía siendo ella misma. Ese día había sido uno de los buenos.

«La señora Schmidt no se encuentra bien, así que le llevaremos un plato caliente», dijo mamá.

Metió a Junie en su cochecito, se atavió con su mejor abrigo verde, que tanto me gustaba, me ayudó a ponerme mi propia parka y salimos. Estaba muy orgullosa de poder empujar a Junie mientras mamá llevaba la cazuela de cristal. Las hojas crujientes se deslizaban por la acera, finas como el papel. Al principio, nadie contestó a la puerta de los Schmidt, pero, de repente, apareció Ricky, todavía con su pijama de Tom y Jerry a pesar de que estábamos más cerca de la cena que del desayuno. Sentí vergüenza ajena.

—Hola, Heinrich. ¿Está tu madre en casa? —preguntó mamá.

Ricky miró por encima del hombro.

—No se encuentra bien.

—Lo entiendo —dijo mamá, pero entró en la casa de todos modos, como si no fuera así. Puso el plato caliente de arroz y hamburguesas en la mesa más cercana, sacó a Junie de su cochecito, la dejó en el suelo y me pidió que la vigilara. Luego entró en el dormitorio de los Schmidt como si fuera su propia casa.

Ricky, Junie y yo nos quedamos mirándonos.

—¿Quieres ver mi tren de juguete? —preguntó por fin Ricky, mientras la señora Brownie se frotaba contra sus tobillos y sus ojos anaranjados no se apartaban de la chillona de Junie. —Es el mejor del barrio —prometió, pronunciándolo con chulería porque así hablaba entonces.

—Claro —dije.

Ayudé a Junie a ponerse en pie y seguimos a Ricky hasta el dormitorio que compartía con sus hermanos. Por el camino, vi a la señora Schmidt en su cama, con un ojo amoratado e hinchado y el labio tan partido que el corte estaba negro. Se dio cuenta de que la observaba y volvió la cara hacia la cuna que había junto a su cama. Mamá se levantó para cerrar la puerta y me lanzó una mirada de advertencia, con la cara tensa como un ojal.

La hoguera de la cantera crepitó y me devolvió al presente. Tragué saliva y aparté la mirada de Ricky y Brenda. Ant estaba dando una calada al porro que Ed le había pasado. Cuando terminó, me lo ofreció. Parecía tan asustado como yo. ¿También era su primera vez? Agarré el porro entre el pulgar y el índice y me lo acerqué a la boca. Mis ojos se encontraron con los de Brenda al otro lado del fuego. Ricky atacaba su oreja como si buscara oro, pero ella me miraba fijamente, con expresión clara.

«No tienes por qué hacerlo».

Di una calada, breve, y lo sostuve en la parte posterior de mi boca. No quería toser y hacer el ridículo. Tampoco quería colocarme. Solo quería pertenecer al grupo. Había visto fumar a mi madre cien millones de veces. Sorbí el porro como ella hacía con un cigarrillo.

—Muy bien, chica —dijo Ed con aprobación.

Sonreí y me levanté para acercárselo a Ricky. Se separó de Brenda y le dio una calada. Volví a mi roca y me pregunté si estaba confusa o solo lo imaginaba. Alguien soltó una carcajada a lo lejos, seguida de un chapoteo.

—Deberíamos ir a nadar —propuso Ant cuando volví a sentarme a su lado. Parecía desesperado, pero últimamente siempre daba esa impresión.

Hice una mueca.

—¿Sabes que hay una cabaña entre los árboles? —preguntó.

Miré en la dirección que me indicaba, pero solo vi un bosque oscuro, y luego volví a mirarlo. Se había cortado el pelo oscuro como Ricky, corto por delante y largo por detrás, y algo en él me recordaba a un juguete que la abuela le había regalado a Junie unas navidades atrás. Un Freddy de cuatro lados. Freddy era un rectángulo de madera de treinta centímetros de alto y cinco de ancho. Tenía cuatro lados, un hombre diferente dibujado en cada uno, y cada uno estaba dividido en tres partes móviles: cabeza, torso y piernas. Cuando empujabas hacia abajo la manivela situada en la parte superior de la cabeza de Freddy, las tres secciones giraban por separado. Muy rara vez coincidían al final. En su lugar, obtenías algo parecido a un hombre calvo con pecho de niño y piernas musculosas.

Últimamente, Ant me recordaba a ese juguete: un borrón cambiante que nunca aterrizaba del todo bien.

—La cabaña es de un amigo de un amigo de un amigo —dijo Ed, riendo entre dientes—. Me deja usarla cuando está fuera de la ciudad.

Metió la mano en el abrigo, sacó el bote de aspirinas y se metió un par en la boca, masticándolas con vigor.

Cuando vio mi expresión, me guiñó un ojo.

—¿Cómo puedes masticar esas pastillas? —solté. Solo había tomado aspirinas para adultos una vez en mi vida, cuando se nos acabaron las masticables. Papá me había dicho que me las tomara rápido porque eran amargas.

—Me gusta el sabor —dijo—. Me recuerda que estoy vivo.

Había estado bebiendo las minicervezas Grain Belt que Ricky había traído, los llamaba «granadas de mano» e imitaba una explosión cuando abría una, pero no debían de estar causando efecto, porque agarró la bolsa de papel marrón que tenía a los pies y sacó una botella de licor Southern Comfort. Desenroscó el tapón, bebió un trago y se inclinó hacia delante para ofrecérmela.

La acepté. El exterior estaba pegajoso. Me la acerqué a la nariz y aspiré. Olía a diarrea de bebé.

—Pruébalo —dijo Ant—. Sabe mejor de lo que huele.

Le di un trago. No sabía mejor de lo que olía. En todo caso, sabía como si un pato se hubiera cagado en mi boca. Un chorro. No obstante, tragué.

—¿Qué te pasa en la oreja? —preguntó Ed.

Abrí los ojos. Me observaba fijamente, con una mirada intensa.

—Se le quemó en un accidente —dijo Ant—. Ya te lo conté.

—Sé quién es tu padre —me dijo Ed, que ignoró a Ant.

Le devolví la botella, pero negó con la cabeza.

—Será mejor que bebas otro trago —añadió mientras abría una RC Cola—. Puedes mezclarlo con esto.

El licor áspero se deslizó con más suavidad cuando el refresco lo siguió de inmediato.

—Gracias —dije, y me limpié la boca con la muñeca antes de devolverle los dos.

—Supongo que querrás irte de este pueblo en cuanto seas lo bastante mayor —comentó Ed, que tomó de nuevo el Southern Comfort.

Mi piel se ruborizó.

—¿Qué?

Sonrió, y parecía una sonrisa sincera.

—Se ve que eres inteligente. Las calladas siempre lo son. Y una chica lista se largaría de este agujero en cuanto pudiera.

Me puse a pensarlo. ¿Dejar Pantown? Supuse que para ir a la universidad. Pero ¿no volvería? Todos lo hacían.

—¿Crees en la pena de muerte? —preguntó Ed, que seguía mirándome, aunque la sonrisa desapareció.

De repente, no me gustó su atención.

—Claro, para cosas realmente malas.

—¿Como qué?

Me encogí de hombros y me pasé la lengua por el interior de la boca. Estaba seca a pesar de que acababa de beber. También sentía que tardaba más en parpadear, como si el mensajero entre mi cerebro y mis ojos siguiera dormido.

—Como un asesinato —dije.

La boca de Ed se torció en un gesto feo.

—Entonces eres tan malvado como cualquiera. Al asesino siempre se le ocurre una razón que tiene sentido para él, pero matar a un hombre es matar a un hombre, seas policía, soldado o un vagabundo de mierda con un cuchillo. ¿Por qué no se lo dices a tu papi el fiscal?

Anton se rio como un estúpido.

—Papi fiscal —repitió.

De repente, me invadió un extraño y salvaje deseo de estar jugando al Monopoly con Junie y comiendo Jiffy Pop, o tal vez bailando. Cuando éramos pequeñas, bailábamos en nuestro sótano de paneles de madera al ritmo de «Twist and Shout» de los Beatles. Siempre llevábamos faldas para verlas girar. Preferiría estar girando con ella, entre risitas mareadas, mientras mamá y papá nos mantenían a salvo.

El porro apareció delante de mí. Hice una señal para que lo dejaran pasar.

—Tu amiga ha dado otra calada —dijo Ed, y señaló a Brenda—. No seas aburrida.

—Sí, Heather —siguió Ant—. No seas aguafiestas.

Obedecí y, cuando llegó la botella, también le di otro trago.

Fleetwood Mac sonó en la radio, pero no pude distinguir qué canción.

Los ruidos se habían hecho más fuertes, como si alguien me estuviera tocando la oreja.

Miré a Brenda a través del crepitante fuego, el resplandor iluminaba su rostro en forma de corazón. Mi amor por ella estaba grabado en mis huesos. El porro se había detenido ante ella y le había caído en la mano como a veces hacían los cigarrillos de mamá en la suya. Brenda tenía los ojos vidriosos. ¿Sería por el porro? ¿O es que ella, Maureen y Ricky habían tomado algo por el camino? Habíamos hablado de probar el LSD juntos, pero siempre en futuro lejano. ¿Era otra cosa más que habían hecho sin mí?

—¿Estás bien? —le pregunté, con la boca como una oruga peluda, una imagen que hizo que me diera un vuelco al estómago. Se me escapó una risita parecida a un eructo. Deseé que Maureen estuviera aquí, sentada alrededor del fuego con nosotros. Miré hacia el agua, a un grupo de tres chicos y una chica. Ella se parecía a Maureen. ¿Por qué no se había unido a nosotros junto al fuego?

—Preocúpate por ti misma —dijo Ricky, que volvió a atraer mi atención mientras agarraba de nuevo el cuello de Brenda—. Mejor aún, ¿por qué no os largáis Ant y tú y os preocupáis el uno del otro?

Ant se estaba estudiando los pies.

«Luego les harán un examen». Aquello me pareció excepcionalmente gracioso, así que empecé a reírme de nuevo, pero no debió de ser en voz alta porque nadie se dio cuenta. Ed estaba contando una historia sobre el combate. Algo sobre bombardeos y disparos. Si tenía unos veinte años, como yo había pensado al principio, eso significaba que podría haber visto batallas en Vietnam. Intenté hacer cuentas, pero los números se pusieron sombreritos y se largaron bailando. Solté más risitas.

—La niña piensa que algo es gracioso —dijo Ed desde muy lejos—. ¿Por qué no te la llevas a la cabaña y le enseñas dónde están los chistes de verdad?

No sabía con quién estaba hablando, pero entonces algo me agarró del brazo, cerca del hombro. Me eché hacia atrás, sorprendida al descubrir la mano de Ant ahí, al sentir cómo me ponía en pie mientras tiraba de mí en dirección a la cabaña. Brenda se había ido, y ahora había un gran espacio que antes ocupaban ella y Ricky. ¿Dónde estaban? Tampoco había nadie cerca del agua.

Solo estábamos Ed, Ant y yo.

El corazón me latía como un colibrí mientras Ant me guiaba hacia el bosque.

Capítulo 15

Cuando la cabaña tomó forma en el sombrío centro del bosque, sentí alivio, y luego algo parecido a la emoción. Nunca había planeado besar a Anton Dehnke, pero eso era lo que estaba a punto de ocurrir. Estaba segura de ello. Me sentí agradecida por el licor y la hierba. Sin ellos, no habría tenido el valor de seguir adelante.

La puerta estaba abierta.

Ant me metió dentro y encendió una luz. Aún no me había soltado la muñeca. Quería decirle que no iba a huir, que quería quitarme de encima el primer beso para dejar de ser la rara, así que su sentido de la oportunidad fue impecable. Sin embargo, sentía la lengua demasiado seca e hinchada para hablar.

Esperaba que besarme no fuera asqueroso.

A juzgar por la decoración, era una cabaña de caza: había cornamentas y peces rígidos de ojos marmóreos en las cuatro paredes. Estábamos en la habitación principal, una combinación de cocina, comedor y salón, con un frigorífico y un fogón estrecho junto a un fregadero a un lado y, al otro, un sofá con una manta de cuadros rojos de aspecto áspero colgada sobre él y una mesa de cartas en medio. Una sarnosa alfombra marrón cubría el centro del suelo. Además, parecía el guardián de los malos olores de la cabaña, sobre todo de la orina de ratón y humo de cigarrillo rancio y, debajo de ambos olores, algo oscuro y similar a un hongo.

La habitación principal tenía dos puertas además de la que habíamos atravesado, una que daba a un cuarto de baño y otra que estaba cerrada.

El dormitorio.

Ant tiró de mí hacia allí.

Tropecé con la alfombra apolillada y me dolieron las rodillas al golpear el suelo.

—¿De qué está hecha esa alfombra? —pregunté, tratando de alisar la parte que me había hecho tropezar. Daba la sensación de haber estado viva alguna vez, aceitosa y triste.

—¿A quién le importa? —contestó Ant, con voz temblorosa, mientras me ayudaba a levantarme. Sus ojos azules brillaban demasiado o entornaba los ojos como Popeye de forma exagerada: el ojo derecho ahora era el doble de grande que el izquierdo. Me fijé en su boca, sus labios carnosos y suaves, sus dientes blancos y rectos. Era una buena boca para un primer beso.

—Sí que eres guapa —dijo.

Me reí.

Frunció el ceño.

—Lo digo en serio.

Eso me hizo reír aún más.

Me soltó la mano.

—A nadie le gustan los chicos buenos —se quejó—. Las chicas siempre quieren a los chicos malos, como Ed o Ricky. ¿Tú no?

—No —contesté. Intenté imaginar lo que sentiría al estar a solas con cualquiera de ellos. La idea me estremeció. Pero, al menos, Ant había calado a Ed, lo había visto como el peligro que era—. ¿Por qué sales con él? Con Ed, quiero decir.

Ant se retorció como si algo le hubiera mordido.

—No sé —respondió sin dejar de mirar a un punto por encima de mi hombro. Su voz se volvió ambigua—. Paso mucho tiempo pensando que lo estoy estropeando todo. Con Ed no tengo que pensar en absoluto.

Reflexioné sobre ello. Pensé que sabría qué quería decir.

—¿Puedo hacerte una foto? —preguntó Ant, quien de repente me miraba fijamente, muy sincero y apremiante.

Fue entonces cuando recordé algo más sobre él, algo aparte del pegamento que se había comido en primero de primaria o de su padre gritándole en el sótano de su casa o de aquel quejido que había soltado durante el simposio de invierno. Anton Dehnke hacía muebles para Barbies para todas nosotras, las niñas de Pantown. Era un mago con el cartón, el pegamento y la tela. Nos construía sofás diminutos, armarios con cajones funcionales que había fabricado con cajas de cerillas y palitos de helado, y sillas tapizadas con retales de tela que su madre había tirado. Recordar aquello me reconfortó.

—Claro —le dije—. Puedes hacerme una foto.

Pensé que mi respuesta le haría feliz, pero, en su lugar, algo feo apareció en su rostro, como un bulto que se arrastraba bajo su piel. Se dio la vuelta a toda prisa, lo que me dio la oportunidad de convencerme de que lo había imaginado. Apagó la luz de la habitación principal, con lo que quedamos bañados por el resplandor de la luna, y me indicó que lo siguiera por la puerta cerrada, que, como bien había adivinado, conducía a un dormitorio.

—Siéntate allí —me pidió, y señaló una cama de matrimonio hundida en un rincón a través de la penumbra. Cerró la puerta tras de mí y se acercó a una lámpara con forma de oso que sostenía un tarro de miel y una pantalla que le cubría la cara. La encendió. Al lado había una cámara Polaroid. Antes de que pudiera preguntar, Ant arrojó un pañuelo rojo sobre la pantalla de la lámpara, con lo que tiñó la habitación de un rojo sangre. Agarró la cámara y se volvió hacia mí, impersonal, rodeado de un aura de luz roja.

—Iba en serio cuando antes he dicho lo guapa que eres —insistió, con voz ronca—. ¿Puedes quitarte la camisa?

—Qué asco, Ant —reaccioné.

Dejó la cámara, se acercó a la cama y se dejó caer a mi lado.

—Es porque soy demasiado bueno, ¿verdad?

Volví a reírme. No me parecía especialmente gracioso lo que había dicho, pero reír me resultaba más sencillo que discutir. Solo me detuve cuando vi la expresión de Anton. Tenía una mirada pétrea.

Me rasqué una picadura de insecto en el brazo.

—¿Qué te pasa?

No me refería solo en ese momento. Me refería a salir con Ricky y ahora con Ed, que fumara hierba como ellos y se cortara el pelo como el primero, e incluso antes de eso, que se alejara de nuestro grupo para convertirse en un extraño irascible.

—Ya te lo he dicho —contestó de forma brusca—. Creo que eres guapa. Creo que eres muy muy guapa. ¿No te hace sentir bien?

—Sinceramente, me hace sentir un poco rara —dije. Estábamos sentados lo bastante cerca como para que sintiera cómo le temblaba la pierna a través de los vaqueros.

—Soy el único que nunca ha besado a una chica —añadió, y su voz se deslizó hacia la desesperación.

—Yo tampoco he besado nunca a un chico.

Su mirada hambrienta me hizo sentir poderosa. Por fin sentía lo que Brenda y Maureen habían buscado, al menos eso creía, y quería más. Cerré los ojos y me incliné hacia él. Algo húmedo y pegajoso se aferró a mi boca. Sabía a Southern Comfort. Un espeso eructo brotó de mí.

La humedad se retiró.

—Por Dios, Heather. Qué asco.

Abrí los ojos.

—Lo siento. Intentémoslo de nuevo.

Esta vez, nos acercamos el uno al otro tan rápido que nuestros dientes chocaron. Me dolió. No me atreví a intentarlo por tercera vez, así que seguí besándole. Él me devolvió el beso, su lengua era como una almeja musculosa que buscaba en el fondo de mi boca.

No era lo más desagradable que había experimentado. Esa fue la vez que mamá me llevó al doctor Corinth cuando tenía ocho años y mucha fiebre, y él le dijo que el mejor lugar para revisar mis glándulas inflamadas era el borde entre mi pierna y mis partes privadas. Justo debajo de las líneas de la ropa interior. Mamá parecía pensar que él lo sabía mejor que nadie, y supongo que así era. Besar a Ant no era tan malo, pero sí tenía algo así de asqueroso.

Aunque no era agradable, descubrí que, aun así, me gustaba algo de ello.

Al menos, hasta que me agarró una teta como si estuviera robando un Snickers del Dairy Bar y me la estrujó. Quise decirle que si quería leche que se buscara una vaca, pero eso hizo que me volviera a reír, e hice lo posible por disimularlo con una tos.

Ant me soltó el pecho y se apartó. Parecía aturdido y voraz.

—Deberías dejar de reírte de mí. Sé que mucha gente piensa que eres asquerosa por tu oreja, pero yo ni siquiera la veo. Solo veo tus ojos bonitos.

Lo que había dicho era horrible. Sin embargo, de alguna manera, me hizo sentir peor por él que por mí.

—Lo siento. No debería reírme.

—No, no deberías. —Se miró las manos y luego volvió a mirarme con ojos de cachorrito—. ¿Puedo hacerte una foto ahora?

Sonaba mejor que lo que habíamos estado haciendo.

—Claro.

Saltó de la cama y sostuvo la cámara en la mano antes de que pudiera cambiar de opinión. Era halagador, supuse, yo me sentía relajada por el *whisky* y la marihuana y caliente por los besos. Conocía a Ant de toda la vida y me sentía bien con él, pese a que se estuviera comportando como un bicho raro.

Decidí posar como lo hacían en la portada de *Vogue,* así que me incliné de forma provocativa hacia delante y sin parecer lista. Hice un mohín con los labios. Apuesto a que mi boca parecía magullada e hinchada de tanto besuquearme. Me sentí tonta y bien, lo que fue un alivio después de aquel grotesco beso con lengua. Pensaba contárselo todo a Claude la próxima vez que lo viera. Pensaría que la noche había sido divertidísima, de principio a fin.

—Eso está bien —me animó Ant. Su voz era casi un gruñido—. *Sexy.*

Sus pantalones cortos habían crecido por la parte delantera. Me abrí paso a través de la niebla mental, le miré los calzoncillos con curiosidad y, de repente, lo comprendí. La vergüenza me invadió.

—Tengo que irme, Ant.

Bajó la cámara y todo tipo de sentimientos le cruzaron el rostro, el más largo de los cuales fue la ira, antes de quedarse finalmente en blanco, que era la expresión más aterradora de todas. Había visto cómo el rostro de su padre pasaba por la misma rutina en la iglesia cuando Ant se portaba mal. Era como si le diera vueltas a varias opciones hasta que florecía la rabia y, después, eliminaba todo rastro de emoción.

114

—No puedes irte a casa hasta que tenga la foto —exigió Ant, con la voz tan plana como su cara. La parte delantera de sus pantalones cortos se mantuvo firme—. Me lo debes.

—¿Qué? —Me costaba seguirle el ritmo.

—No puedes entrar aquí y no darme nada. —Su resentimiento era un ente viviente en la habitación, tan concentrado que casi podía verlo.

—Bien —dije, mientras apretaba las rodillas, apoyaba los codos en ellas y la barbilla sobre las manos. Se me hizo un nudo en la garganta por lo injusto de todo aquello.

Hizo clic. La cámara escupió un cuadrado de película.

—Ahora quítate la camiseta —repitió.

—¿Qué? —Al parecer, era mi nueva palabra favorita.

—Ya me has oído. No es diferente a estar en bañador. Quítatela.

Mi estómago borboteó.

—Creo que voy a vomitar, Ant. Quiero irme a casa.

—Enséñame el sujetador. —Ya ni siquiera parecía Ant.

Empecé a llorar, no sé por qué. Era Ant.

—Está bien.

Me pasé la camiseta por la cabeza y me miré el pecho. La parte delantera de cada copa blanca estaba arrugada. Mamá había dicho que ya me crecería el pecho, que ahorraríamos dinero si comprábamos la talla más grande.

Las lágrimas me corrían por la cara.

—Haz la maldita foto.

Quitó la primera foto y disparó una segunda, con un sonido nítido en la pequeña habitación. En cuanto se imprimió la segunda foto, la tomó y la agitó en el aire para secarla.

—No ha sido tan difícil, ¿verdad? Ahora Ed te llevará a casa.

Capítulo 16

—¿Qué pasó anoche?

Me alejé de un salto de la nevera. No había oído a mamá entrar en la cocina, ni siquiera sabía que estaba despierta. «Dios mío, ¿lo sabe? ¿Sabe que dejé que Ant me hiciera una foto en sujetador?». El penetrante olor a hoguera en mi pelo me mareó de repente.

—¿Qué quieres decir?

Llevaba su mejor bata. Tenía el pelo rizado y el maquillaje perfectamente aplicado.

—Me refiero a tu actuación en la feria del condado. Fue anoche, ¿no?

El alivio me dejó aturdida.

—Estuvo bien, mamá. Muy bien. —Me sonrojé al recordarlo—. Hubo mucho público, unas doscientas personas. Estaban allí para ver al grupo principal, pero creo que les gustamos.

Entrecerró los ojos.

—No presumas, Heather. Está feo. —Se acercó a la cafetera y la sacó de su lugar—. Esto está frío.

Me acerqué y la toqué.

—Papá debe de haberse ido temprano.

—O no volvió a casa anoche.

Se me erizaron los pelos de la nuca.

—¿No fue a la cama?

A veces me lo encontraba saliendo a hurtadillas de su despacho por la mañana, el sofá detrás de él tenía una manta y una almohada arrugada. Torcía la boca con tristeza y murmuraba algo sobre que mamá había pasado una mala noche. Acceder a su despacho estaba prohibido estos días, era su reino personal, decía. No me correspondía a mí cuestionarlo. Además, sabía lo difícil que mamá podía ser.

Entrecerró los ojos.

—Yo no he dicho eso.

Me recordaba a su madre —mi abuela— cuando tenía ese aspecto. La abuela Miller, la que le regaló a Junie el Freddy de cuatro lados, vivía en Iowa y la visitábamos en Pascua y Navidad. Tenía los muebles cubiertos por unos plásticos gruesos y arrugados y solo tenía discos de Butterscotch,* pero era amable con Junie y conmigo. Sin embargo, a veces la sorprendía mirando a mamá como ella me estaba mirando a mí ahora, como si la otra persona le hubiera gastado una broma que ella estaba tratando de decidir si permitiría o no.

—Voy a hacer café —dije. Tomé la cafetera y me dirigía al fregadero para enjuagarla cuando me detuvo.

—Puedo hacerlo yo —anunció—. ¿Junie sigue durmiendo?

—Sí —dije, vacilante. Estaba rara. Alerta.

Fue entonces cuando recordé quién había dicho la frase que me había perseguido hasta los túneles la otra noche. «No puedes vivir en la oscuridad y sentirte bien contigo misma». Mamá se lo había dicho a la señora Hansen, la madre de Maureen, poco después de mi accidente. Fue una de las últimas veces que recordaba a mamá abriendo la puerta. Allí estaba la señora Hansen, con la cara llena de lágrimas, hinchada de llorar. Por aquel entonces, la mujer iba bien peinada, vestía con elegancia y tenía el pelo negro liso como el de un gato. Eso fue antes, o más o menos al mismo tiempo, de que el padre de Maureen las abandonara.

—No puedes vivir en la oscuridad y sentirte bien contigo misma —había gritado mamá y le había dado con la puerta en las narices a la señora Hansen.

—Bien —dijo mamá, y tiró de mí hacia la cocina—. Junie necesita descansar para fortalecer los huesos. Me aseguraré de que coma y luego la enviaré a ensayar con vosotras. —Acercó

* Un tipo de golosina elaborada con azúcar moreno y mantequilla. También incluye otros ingredientes como jarabe de maíz, crema, vainilla y sal. (N. de la T.)

la mano hacia mí, vaciló y continuó hasta acariciarme el brazo—. ¿No deberías estar ya allí?

Miré por encima de su hombro y luego volví a observarla mientras me preguntaba quién era. Hacía meses que no salía de su habitación antes del mediodía, y aún más que no se preocupaba por mi horario ni me tocaba.

—¿Cómo sabías que hoy teníamos ensayo?

Puso una mueca como si yo hubiera dicho una estupidez.

—Ensayas casi cada segundo que no estás en el trabajo. Estoy segura de que no harás una excepción el día que tienes otra actuación en la feria.

Sonreí con muchas ganas de abrazarla, pero sin querer presionarla.

—Así es.

—Puede que vaya a verte tocar esta noche. Tu padre no debería ser el único que se divierta. —Se quedó callada un momento—. Tienes suerte de tener tan buenas amigas, ¿sabes? Yo también las tenía.

Asentí. Lo recordaba.

Reflexioné sobre aquel encuentro de camino a casa de Maureen, intentando averiguar de qué se trataba. Había muchas cosas que no recordaba de mis primeros años de vida. Creo que a la mayoría de los niños les pasa lo mismo. Mamá y papá estaban ahí, en segundo plano, ocupándose de lo que había que ocuparse. Había risas y comidas familiares en la mesa. Tenía todo un álbum de fotos que demostraba que incluso habíamos viajado a Disney, donde aparecía encaramada a los hombros de papá con unas orejas de Mickey Mouse y mamá con su voluminosa melena estilo *bouffant,* de puntillas, le besaba la mejilla. También tenía recuerdos de mamá y la señora Hansen riéndose tanto que una vez, a esta le salió Sanka a chorros por la nariz.

De hecho, la señora Hansen estaba en la mayoría de mis primeros recuerdos, ella y mamá estaban tan unidas como hermanas.

Luego nació Junie.

Después, la señora Hansen dejó de visitarnos. Mamá desapareció de muchos de mis recuerdos y papá apareció con más claridad, preparando el desayuno en lugar de mamá y llevándome al colegio los días que llovía. Cuando mamá aparecía, era una fuerza, brillaba en las reuniones, corría por la cocina preparando cenas de cuatro platos, pero parecía que le costaba. Permaneció así, a medio gas, durante un par de meses.

Hasta mi accidente.

Me llevé la mano al nódulo marchito donde había estado mi oreja.

—Hola, ¿qué tal?

—¡Hola! —Casi había pasado junto a Brenda, que estaba apoyada a la sombra del enorme arce del jardín de Maureen. Nos habíamos columpiado en sus ramas y, a lo largo de los años, habíamos rastrillado montañas de hojas. Incliné la cabeza hacia la puerta cerrada del garaje—. ¿Maureen aún no se ha levantado?

Brenda se apartó del árbol y salió a la húmeda luz del sol. Necesité todo mi autocontrol para no jadear al ver el ojo hinchado y el moratón que lo rodeaba.

—¿Qué ha pasado?

Se recogió el pelo detrás de las orejas.

—¿Quieres la versión que les conté a mis padres o la verdad?

Como no respondí, se frotó la nariz.

—Me emborraché mucho anoche, y me estrellé contra un árbol.

—¿Esa es la historia que les has contado a tus padres? —Se me erizó la piel al recordar lo agresivo que había sido Ricky con ella anoche—. Bren, ¿quién te ha pegado?

Negó con la cabeza y me miró fijamente a los ojos.

—No, de verdad. Me choqué contra un árbol. ¿Sabes el roble grande que había cerca de la hoguera? Creo que iba a hacer pis detrás de él, pero me golpeé la cara contra una rama. No obstante, solo es cuestión de tiempo hasta que reciba una paliza de verdad si sigo con Ricky. He terminado con él, Heather. Ni siquiera sé qué me pasó anoche.

Abrí la boca para contarle lo mío con Ant. Lo tenía en la punta de la lengua, pero me sentía demasiado avergonzada. No había querido que hiciera esa foto, aunque tampoco se lo había impedido. Se me revolvió el estómago al pensar en a quién se la enseñaría.

Tragué saliva y miré hacia la casa.

—¿Deberíamos despertar a Maureen?

Capítulo 17

Con los años, cada vez me costaba más entrar en la casa de Maureen.

En la de Brenda o la de Claude me sentía cómoda entrando sin llamar.

—Hola, Heather —decían los hermanos de Brenda cuando aún vivían en casa.

—¿Quieres zumo? —preguntaba la madre de Claude.

En casa de Maureen solía ser igual, pero la señora Hansen empezó a cambiar más o menos al mismo tiempo que mamá.

—¿Quieres llamar a la puerta? —preguntó Brenda, y se señaló el ojo morado.

—Claro. —Atravesé la húmeda mañana y subí las escaleras.

El porche dejaba entrever lo que había dentro. El sofá de terciopelo naranja estaba cargado de cajas y en un rincón había una pila de periódicos mohosos. Los montones crecían a veces, pero nunca se encogían.

Esperé después de llamar. Conocíamos la rutina. Llamar de más no haría que la señora Hansen viniera más rápido, pero seguro que la sacaría de sus casillas.

—¿A qué hora llegaste a casa? —pregunté para entablar conversación.

—No muy tarde. —Brenda tenía los brazos cruzados a pesar de la humedad. Se quedó mirando la calle—. Ricky y yo nos alejamos, y nos besamos un poco. No recuerdo mucho, pero sí que volvimos a la hoguera y tú, Ant y Ed os habíais marchado. Estuvimos juntos un rato hasta que tuve que mear, como he dicho. Fue entonces cuando me topé con el maldito árbol. Cuando me di cuenta de lo borracha que estaba, le pedí a Ricky que me llevara a casa. El tío estaba enfadado y casi no quiso hacerlo, pero lo hizo. Me colé por la puerta trasera. Papá todavía estaba levantado. Me encontré con él en el pasillo. —Su cara se descompuso—. Heather, le mentí.

Los padres de Brenda, Roy y Cheryl, eran muy estrictos, pero querían a sus hijos. Roy era el director deportivo de la Universidad de Saint John, y Cheryl había aceptado un trabajo a tiempo parcial en el sector sanitario de la universidad cuando Brenda entró en el instituto. Pensaban que el sol salía y se ponía con Brenda. Me habría puesto celosa si no fuera mi mejor amiga.

—¿Qué le dijiste?

—Le dije que había estado en la feria toda la noche, contigo y Maureen. Cuando me vio el ojo, le conté que me había peleado con el tiovivo, y que el tiovivo había ganado. Actuó como si me creyera, pero yo olía muy mal, Heather. Seguro que supo que había bebido.

Parecía abatida.

—Si aguantó a Jerry y a Carl, puede lidiar con la pequeña Brenda —le dije.

Ella esbozó una sonrisa de agradecimiento.

—Eso espero. De todos modos, no tiene que preocuparse por hacerme ver la luz con respecto a Ricky. Es un error que no pienso repetir. Anoche, yo…

La puerta se abrió de golpe. Gloria Hansen estaba al otro lado con el ceño fruncido. Llevaba un pañuelo en la cabeza y las gafas de pasta en la nariz. Hacía poco que la había visto sin ellas y apenas la había reconocido. Le daban forma y color a su cara hinchada y de color crema. También llevaba un bonito caftán de seda verde. El olor que la acompañaba, a papel viejo y algo floral, era fuerte, pero ya me había acostumbrado.

—Buenos días, señora Hansen. ¿Puede decirle a Maureen que salga? Tenemos que ensayar.

Ella se hizo a un lado para que entrásemos.

—Todavía está durmiendo. Podéis despertarla.

Tenía un recuerdo de mi padre hablando con la señora Hansen durante una de las barbacoas del vecindario, en la época en que ella echaba la cabeza hacia atrás cuando se reía y ella y mamá aún salían juntas. Papá había estado hablando de

Pantown, nuestra maravillosa comunidad, y de lo injusto que era que todo el mundo ajeno a Saint Cloud pensara que solo nos habían puesto en el mapa la fallida fábrica de Pandolfo y la cárcel de las afueras de la ciudad. La señora Hansen había murmurado: «¿Fracaso y una cárcel? No te equivocas». Agarraba con tanta fuerza el vaso de ponche que se le derramó por un lado, y un rojo sangriento y pegajoso le goteó por toda la mano.

Me había parecido muy raro lo que había dicho, pero entonces papá y ella desaparecieron en los túneles porque él tenía algo que enseñarle y lo había olvidado hasta ahora. La observaba a un lado, mirándose los pies, cuando había sido una mujer que miraba a todo el mundo a los ojos hasta que por fin tenían que apartar la vista, momento en el que se reía a carcajadas.

«¿Fracaso y una cárcel? No te equivocas».

Una vez le había preguntado a mi padre si le preocupaba cómo estaba ahora la casa de la señora Hansen. Antes de que naciera Junie, cuando mamá me arrastraba hasta aquí y me ponía delante de la televisión con Maureen, solo había cajas en unos pocos rincones, y estaban etiquetadas y ordenadas. Pero entonces, el padre de Maureen se fue de la ciudad, y las cajas se esparcieron por todas las habitaciones. Ahora solo había un camino de un lado a otro de la casa. A cada extremo del estrecho pasillo se apilaban hasta el techo cajas con objetos de mercadillo, bolsas de ropa, periódicos y números de las revistas *Life* y *Time* que nunca se habían leído. La cocina había sido el último resquicio, pero incluso esa habitación era ahora principalmente un almacén, con espacio suficiente delante de la nevera para abrirla. Maureen y su madre ya no podían utilizar el horno, aunque los fogones estaban libres.

A pesar de la gran cantidad de cosas, la casa se había mantenido limpia hasta hacía poco. Casi parecía un nido grande y seguro, que pensé que era lo que la señora Hansen había buscado. Pero en algún momento, un roedor había muerto en una de las pilas o en los conductos de ventilación inaccesibles, y su olor flatulento te seguía a todas partes. Fue entonces cuando se lo comenté a papá.

—Las buenas mujeres mantienen la casa limpia, y los buenos vecinos se ocupan de sus propios asuntos, cariño —me había contestado.

Mi padre era inteligente. Casi siempre estaba de acuerdo con lo que decía, pero aquella vez me hizo dudar. Me parecía que Gloria Hansen necesitaba ayuda. Intenté comentárselo a Maureen, pero me dijo que su madre tenía la casa como a ella le gustaba.

—Gracias —le dije a la señora Hansen, y contuve la respiración para poder pasar junto a ella por el camino. Llevaba directamente a las escaleras con una bifurcación en el salón. Oía la televisión, pero no podía ver lo que ponían. Subí las escaleras, con Brenda pisándome los talones, y el camino me pareció más estrecho que la última vez que había venido. No recordaba las pilas que me rozaban los brazos al pasar. El hedor a animal en descomposición también había empeorado. Esperaba que eso significara que había alcanzado su punto álgido y pronto se disiparía.

—¿Maureen? —Llamé a su puerta. Estaba llena de pósteres de Andy Gibb—. ¡Estés lista o no, vamos a entrar!

Llamé otra vez y entré. Su habitación estaba más desordenada que el resto de la casa. Había más ropa en el suelo que en el armario o la cómoda, y su tocador estaba lleno de tubos de Kissing Potion, rímel y pendientes brillantes. La cama estaba deshecha.

Y vacía.

—Mira en el baño —le pedí a Brenda, pero ella ya estaba en el pasillo.

Reapareció en segundos.

—No está aquí arriba.

Nos había costado suplicarle a la señora Hansen para que llamara a la policía. Primero tuvimos que convencerla de que Maureen no estaba arriba. Una vez que habíamos hurgado en los pocos lugares en los que podía esconderse alguien, la señora Hansen seguía jurando que no había de qué preocuparse.

Pero no era propio de Maureen desaparecer, al menos sin decírselo a Brenda.

Mi amiga tampoco estaba segura sobre si debíamos llamar a la policía, pero insistí.

Algo iba muy mal. Al fin, la señora Hansen me dejó llamar a la oficina del comisario.

Enviaron a Jerome Nillson.

Estábamos en el porche esperando cuando vimos llegar a su coche. El comisario Nillson era corpulento, pero no alto, aunque parecía grande e imponente. Tal vez por el uniforme, su porte y su voz atronadora. Brenda apartó la mirada cuando se dirigió hacia nosotras, igual que había hecho cuando nos habló antes de la actuación de la noche anterior. Supuse que esta vez era por su ojo morado.

Me reuní con él en medio de la acera y le repetí lo que le había dicho a la central. El comisario Nillson coincidió de inmediato con la apreciación de la señora Hansen de que no había nada de qué preocuparse.

—Probablemente se haya ido.

No tuve valor para discutir, pero Brenda apareció junto a mi codo, con el rostro tenso.

—No, ella no haría eso. Tenemos otra actuación esta noche. En la feria. No se lo perdería por nada del mundo.

Me alegró oír que estaba tan preocupada como yo.

El comisario Nillson estudió su ojo morado. O al menos creo que lo hizo. Llevaba esas gafas de sol reflectantes de policía y su boca formaba una fina línea.

—Bueno, entonces, ¿qué os parece esto? Si no se presenta a la actuación de esta noche, empezaremos a hacer preguntas.

Sonrió por encima de nosotras a la señora Hansen. Ella estaba de pie en la puerta principal entreabierta, de modo que podía deslizarse hacia delante o hacia atrás según lo requiriera la situación.

—¿Qué te parece, Gloria? —preguntó alzando la voz—. No empezaremos a preocuparnos por Maureen todavía. Estará en la feria esta noche, seguro. No hay razón para malgastar toda la mano de obra, ¿verdad?

La señora Hansen se encogió de hombros.

Al comisario Nillson no pareció gustarle el gesto.

—¿Qué tal todo, Gloria? ¿Me invitas a un café?

Se dirigió hacia el porche. La señora Hansen retrocedió hacia la casa, con el ceño fruncido, pero no cerró la puerta. Brenda y yo nos quedamos en la acera.

—No vendrá al concierto de esta noche —susurró Brenda—. Me lo dice mi instinto.

Yo sentía lo mismo. Me puse nerviosa. Cuando cerré los ojos, la imagen de ella de rodillas me sobrecogió. ¿Esos hombres le habían hecho daño a Maureen?

—¿Deberíamos contarle… contarle lo que vimos la otra noche? ¿Lo que vimos hacer a Maureen?

Se giró hacia mí y al principio pensé que iba a gritarme por sacar a colación lo que habíamos prometido olvidar. Pero no parecía enfadada, sino sorprendida, y luego asustada.

—Heather, el comisario Nillson estaba allí. Pensé que lo sabías.

Capítulo 18

La espalda de Jerome Nillson era cuadrada y nos impedía ver a la señora Hansen. Sus manos carnosas colgaban lánguidas a los lados. La respiración de Brenda era irregular en mi oído mientras esperaba mi respuesta. Me sentí como si me hubiera dado una bofetada.

«¿El comisario Nillson estaba allí?».

Cerré los ojos: recordé la luz estroboscópica, aquella mano que empujaba la nuca de Maureen, que la acercaba hacia él, aquella pulsera de identificación de cobre familiar que colgaba de una muñeca mucho más delgada que la del comisario Nillson. Abrí los ojos de golpe.

—Piensa —dijo Brenda.

Las luces intermitentes, que cortaban a todo el mundo por la mitad. Que me iluminaban el torso y ocultaban mi cara, del mismo modo que cortaba la de los hombres del interior, mientras Maureen daba vueltas en el centro. El grito de Brenda. Y entonces la puerta se cerró de golpe, pero no antes de que el hombre del final, el de la cintura gruesa, bajara la cara, sin llegar a ponerla a la vista, pero no hizo falta. Sabía cómo se movía, por todas las veces que me había sentado detrás de él en la iglesia.

Se me llenaron los ojos de lágrimas.

—Joder.

Ella asintió.

—Estaba segura de que lo habías visto tan claro como yo. Por eso me molestó tanto cuando se pasó por el concierto anoche. ¿Viste lo alterada que estaba Maureen? —Echó otra mirada a la puerta principal. El comisario Nillson había entrado—. Vámonos.

—¿Quién más estaba allí? —pregunté mientras doblábamos la esquina a toda prisa, fuera de la vista de la casa de Maureen. Me sentí expuesta, a pesar de los brazos verdes protectores de los árboles del vecindario.

Abrió las manos, con las palmas hacia arriba.

—La cara de Nillson fue la única que vi. La suya y la de Maureen cuando se giró. Creo que estaban en la casa de Nillson. Pasé en bicicleta, pero no estoy segura. Vive en la calle 23, así que, si no era su casa, estaba cerca.

El comisario del condado había organizado una «fiesta oral» en su sótano. Me entraron escalofríos.

—¿Qué hacía Maureen allí?

Brenda se frotó la nuca.

—No lo sé, Heather, sinceramente no lo sé. Nunca me ha contado nada. Ya conoces a Maureen. Le gusta la atención y le gusta el dinero. Quizá estaba recibiendo ambas cosas.

Se me revolvió el estómago. A mí se me había ocurrido lo mismo, pero había algo horrible en oírlo en voz alta. Ahora que estábamos hablando de ello, íbamos en serio.

—Pero eran hombres adultos, ¿no? ¿Lo que hacían no era ilegal?

—Creo que sí —contestó Brenda, que miró por encima del hombro en dirección a la casa de Maureen—. Esperaba que no enviaran a Nillson. ¿Y si le hizo algo a Maureen, algo para mantenerla callada, y por eso no está en casa?

Negué con la cabeza. El comisario Nillson trabajaba con mi padre. Nos había visitado muchas veces. Era un agente de la ley.

—Lo que estuviera pasando allí abajo era asqueroso, sin duda, pero no creo que secuestrara a Maureen por ello, sobre todo porque ella guardaba su secreto. Si no nos lo dijo a nosotras, no se lo contó a nadie. Además, ¿qué haría con ella?

—Atarla en algún sitio —propuso Brenda—. Tal vez no estaba seguro de si iba a guardarlo de verdad.

La agarré del brazo.

—¿Hablas en serio?

Se encogió de hombros y se soltó de mi agarre.

—No. No lo sé. Solo estoy preocupada.

—¿Maureen te dijo algo anoche en el coche cuando fuisteis a la cantera?

Brenda abrió mucho los ojos.

—Creía que había ido contigo.

Brenda se marchó a prepararse para su turno en la residencia de ancianos. Yo estaba demasiado inquieta para quedarme en casa, así que salí a dar un paseo en bicicleta. Al principio no tenía ningún destino. Pedaleé sin rumbo, en busca de Maureen o de pulseras de identificación de color cobrizo a partes iguales. El sol me daba en la nariz y las mejillas y me las secaba, pero no me importaba que ya me dolieran.

Al final, me encontré en la calle 23. La mayoría de la gente estaba trabajando o bebiendo té helado a la sombra de sus porches, pero en mi camino hacia el extremo embrujado de Pantown, me crucé con el señor Pitt, que estaba cortando el césped, con la cara cubierta por una gorra de béisbol. Me saludó con la mano y el sol reflejó algo brillante en su muñeca. El ácido me inundó el estómago.

Cuando bajó el brazo, vi que solo era un reloj de pulsera.

Giré a toda prisa a la derecha por la calle 23. No estaba tan familiarizada con esta zona de Pantown, pero supuse que el sótano en el que había visto a Maureen podía estar en una de esas casas. Las cinco parecían no tener dueños. Eran como bungalós normales de Pantown, no antros de depravación donde se atraía a las adolescentes para dar una «fiesta oral».

—¡Mira por dónde vas!

Casi choco con alguien en la acera. Me fulminó con la mirada y se dio la vuelta. Solo lo había visto de refilón —era de la edad de Ricky, con los ojos hundidos y furtivos, sin bigote, pero con una barba erizada, como un malvado Abraham Lincoln—, aunque sabía que lo había visto en alguna parte. ¿Sería un cliente de Zayre?

—¡Perdón! —le grité a la espalda.

Se alejó corriendo mientras maldecía en voz baja.

Volví a casa pedaleando.

Beth

Se despertó con ruidos en el techo. Parecían pasos chirriantes y luego una voz masculina y otra femenina, pero había perdido la noción del tiempo, del sonido y de la atención. Tenía la ropa rígida y sucia, el pelo grasiento y los dientes cubiertos de una gruesa película de sarro. Se quedaría ahí para siempre. No tenía escapatoria. Nada le importaba.

Se golpeó la frente y el cráneo con la palma de la mano, tratando de desalojar aquel peligroso pensamiento. No podía dejar que esa idea se abriera paso. Necesitaba mantenerse firme, imaginar que escapaba, ver una vida después de esto. ¿Cómo iba a ser maestra si no luchaba? Saldría de esa prisión. Tenía cosas que hacer.

Ella importaba.

Además, había esperanza. La más mínima pizca de ella.

Había descubierto algo.

Una forma en la tierra, el contorno de algo, un borde áspero.

Su pie descalzo se había enganchado en él en una de sus muchas vueltas por la húmeda habitación, un susurro que habría pasado por alto de no haber sido porque la oscuridad amplificaba sus demás sentidos. Se arrodilló y escarbó hasta que se le pelaron las uñas y quedaron en carne viva, hasta que se sintió tan agotada como un perro hambriento.

Se había quedado dormida apoyada contra la pared, pero estaba dispuesta a volver a cavar. Significaba algo.

Ahí abajo, todo significaba algo.

Capítulo 19

Me llevó hasta después de la cena recordar de dónde conocía a aquel hombre, el Abraham Lincoln desaliñado con barba sin bigote al que casi había atropellado con la bicicleta en la zona encantada de la ciudad.

Lo había visto en la feria del condado.

Había estado trabajando en uno de los puestos de la feria, y su vello facial se me había quedado grabado en la memoria.

No debería haber estado en Pantown, tan lejos del recinto ferial.

Cuando me acordé de todo esto, ya habíamos cancelado la actuación de esta noche. Los padres de Brenda querían que se quedara en casa hasta que Maureen apareciera. Ahora mismo, el padre de Brenda estaba en la feria buscando a Maureen. Me alegré de que algún adulto pareciera preocupado por su desaparición. Mi padre aún no había vuelto del trabajo, a pesar de que era sábado. Mamá estaba en su habitación durmiendo.

Junie y yo cenamos frente al televisor mientras veíamos *El Show de los Teleñecos* y comíamos la última hornada de cenas precocinadas: pollo frito para las dos.

—Esta noche quería volver a tocar la pandereta —dijo Junie. Empujaba su pollo y llevaba puesta la camiseta de «Ayudante de pesca de papá». Había que lavarla—. ¿Y si Maureen está ahí ahora mismo, esperándonos?

—Si está ahí —dije—, el señor Taft le dirá dónde estamos y por qué, y todos nos alegraremos de que esté a salvo.

Junie mordisqueó el borde de su muslo de pollo, hizo una mueca y lo dejó caer.

—Ed dijo que, si volvía, me compraría un perrito de maíz después de la actuación de esta noche.

Mi tenedor se quedó paralizado a medio camino de mi boca, y unas perlas de maíz dulce cayeron a la bandeja.

—¿Te refieres a Ed, el que organizó la actuación?

—Sí. El que se parece a Fonzie.

—No deberías hablar con él. Es mayor.

—Es simpático —añadió ella—. Dijo que era guapa.

Agarré su codo con tanta fuerza que ella chilló.

—Junie, no hables con él. ¿Me oyes?

Apartó el brazo de un tirón.

—Estás celosa.

—No lo estoy. Un hombre adulto no debería hablar con una niña de doce años. ¿Cuándo pasó esto?

—Anoche.

Repasé nuestros movimientos.

—¿Te quedaste sola con él?

Sonrió con su astuta sonrisa secreta, pero no contestó. La agarré de nuevo y la sacudí.

—Junie, ¿estabas sola con él?

—¡No! —Empezó a llorar—. Brenda me estaba llevando con papá y, por el camino, el hombre que lleva el puesto de lanzamiento de aros quiso hablar con ella. Brenda y él se fueron a la parte de atrás de su caseta. Fue entonces cuando Ed apareció. Me prometió algodón de azúcar. Le dije que no me gustaba, que prefería los perritos de maíz, y le pareció gracioso.

La solté e intenté ralentizar mi pulso.

—Lo siento, Junie. Estoy preocupada por Maureen, eso es todo. Y creo que Ed es problemático.

—Tú sales con él.

Pensé en lo que había dicho Brenda sobre haber terminado con Ricky.

—Ya no. Prométeme que tú tampoco lo harás.

—¿Como Brenda y tú me prometisteis que practicaríais la sonrisa este fin de semana?

Puse los ojos en blanco, exasperada.

—Junie.

—Vale —dijo ella—. Te lo prometo.

Asentí, satisfecha. Seguimos comiendo y vimos la tele un rato. Apareció Gonzo, el favorito de Junie. Ella soltó una risita.

—Papá y yo nos quedamos en la feria cuando os fuisteis, ¿sabes? —dijo—. Me compró un churro.

—Qué bien. —Me había terminado el pollo, el puré de patatas y el maíz, lo que significaba que podía comerme el *brownie*, que seguía caliente del horno.

—Vi a Maureen cuando estaba comiéndome el churro —dijo. Solo la oía, pero sabía que estaba mirándome—. Pensé que iría a la fiesta contigo, pero no. Se quedó en la feria.

El *brownie* me sabía a polvo en la boca.

—¿Qué hizo?

—También fue al puesto de lanzamiento de aros. Desapareció por la parte de atrás, igual que Brenda.

Intenté tragarme el *brownie* terroso, pero no tenía suficiente saliva.

—Junie, ¿cómo era el tío del puesto de lanzamiento de aros?

—Como Abraham Lincoln, pero no tan viejo.

Brenda estaba «castigada con cariño» («me siento como si estuviera castigada de verdad», había refunfuñado por teléfono, por la línea compartida) hasta que Maureen apareciera, y Claude no contestaba a mis llamadas. Eso significaba que, una vez que me hubiera asegurado de que Junie estaba lista para irse a dormir, tenía que ir sola a la feria. No tenía un plan claro. Solo sabía que aquel trabajador —que no debería haber estado en nuestro barrio— quizá había sido la última persona en ver a Maureen.

Por un momento, deseé ser lo bastante valiente para hacer autostop. Sería más rápido y tal vez incluso más seguro, dado lo denso que era el tráfico hasta la feria, pero había muchas posibilidades de que papá se enterara si lo hacía. Brenda y Maureen habían hecho autostop hasta la ciudad el pasado junio para visitar el mirador del IDS Center, el edificio más alto de todo Minnesota. Me había dado demasiado miedo escaparme con ellas.

Había evitado preguntarles por su experiencia aquel día, así como sacar el tema del autostop en general, porque no quería que Brenda se enterara de que sospechaba que ella y Maureen también lo hacían a menudo y sin mí, que formaba parte de su nuevo lenguaje secreto, el que incluía maquillaje, ropa, fiestas y pinceladas eléctricas de lo que había experimentado cuando Ant me había mirado con un deseo brutal.

Me subí a mi Schwinn porque, si no había sido lo bastante valiente para preguntarles siquiera por hacer autostop, desde luego que no lo sería para hacerlo. Fue un largo y pegajoso viaje en bicicleta, ya que la feria estaba al otro lado del río Misisipi desde Pantown. Lo primero que vi fue la noria, que se elevaba sobre las llanuras del lado este de Saint Cloud. Poco después llegó el zumbido de la multitud, la música *rock and roll* y los gritos de los feriantes. Por último, el fuerte olor a comida frita. Normalmente, estar rodeada de tanta gente sería electrizante. Nos encantaban nuestras reuniones de verano en Minnesota. Pasábamos todo el invierno encerrados, luego se derretía la nieve, brotaban las hojas y salía el sol. De repente, necesitábamos juntarnos desesperadamente. Por eso parecía que teníamos una feria o un festival cada dos fines de semana.

Pero solo sentí pavor mientras encadenaba la bicicleta cerca de la verja. Maureen podría haber huido, pero no lo había hecho. No lo habría hecho sin decírnoslo a Brenda y a mí. Quería creerlo, aferrarme a esa idea, así que luché contra las dudas que me susurraban que Maureen y Brenda me habían estado ocultando muchas cosas, y que, si insistía demasiado, si escarbaba muy hondo, descubriría que lo que realmente ocurría era que habían crecido sin mí.

Era un secreto que no quería descubrir.

Busqué a tientas en mis pantalones cortos la entrada de cincuenta céntimos, pero la señora que trabajaba en la puerta me reconoció de la actuación de la noche anterior y me hizo señas para que pasara. Tuve que caminar por delante del escenario para llegar al paseo central. Estaba preparado para la Johnny Holm Band; no había señales de que hubiéramos estado allí.

No sabía que tocar delante de la gente me iba a gustar tanto.

La feria no empezaría a animarse hasta dentro de una hora, pero ya había mucha gente, gran parte de la cual parecía haberse saltado una comida casera en favor de las patatas fritas y la *pizza*. Supongo que no era peor que las cenas precocinadas que Junie y yo habíamos comido. Hice cola para tomar una Coca-Cola helada y luego me acerqué al paseo central, tratando de parecer informal. Aunque un puñado de gente estaba jugando, no había cola delante del puesto de lanzamiento de aros. Tampoco nadie trabajando.

Sorbí mi bebida y deambulé por una fila mientras fingía curiosidad por el juego del pato de goma con el que, si elegías el pato correcto, podías ganar un pez de colores vivo que flotaba en una bolsa de agua. No dejaba de mirar hacia el lanzamiento de aros, tratando de hacerlo con disimulo. Cuando unos niños me empujaron para ver mejor los peces que flotaban en el agua, seguí adelante, hice como que me interesaba el juego del Skee-Ball, luego el de derribar la botella de leche y después el de reventar globos. Llegué al final de la fila y empecé a caminar por la otra, sin ver movimiento en el de lanzamiento de aros.

—¿Me buscabas, pequeña?

Se me erizó la piel cuando me volví hacia el puesto de lanzamiento a canasta. Era el mismo hombre al que casi había atropellado antes, el del lanzamiento de aros, el Abraham Lincoln desaliñado que Junie había visto con Brenda y luego con Maureen. Estaba al acecho a la sombra de la máquina de lanzamiento a canasta, fumando. Sus ojos eran tan fríos, tan duros, que me pararon en seco.

«¿Eres Theodore Godo? ¿Te has llevado a Maureen?», quería preguntarle.

El hombre se palpó el bolsillo delantero, como si tuviera algo para mí, y luego se escabulló por una cortina hacia la parte trasera.

—¡Heather! ¿Estás aquí sola?

Di un respingo para alejarme de la cabina, como si hubiera hecho algo malo.

Jerome Nillson avanzaba a grandes zancadas por el terreno hacia mí, con el rostro indescifrable y el cuerpo henchido de poder. Podía oír hablar a sus pasos: «Esta feria es mía, este pueblo es mío; esta feria es mía, este pueblo es mío». Me lo imaginé en aquel sótano con Maureen y se me cortó la respiración.

Hui, salí de la feria, tiré el resto de mi Coca-Cola a la papelera más cercana, abrí el candado de mi bicicleta con manos temblorosas y pedaleé rápidamente hacia casa.

Capítulo 20

—Hace demasiado calor para un vestido —se quejó Junie, mientras se tiraba del cuello de encaje.

No se equivocaba. Aún no eran las 9.30 de la mañana y el sol ya nos derretía nuestras mejores galas de domingo sobre la piel. Mamá nos acompañaba a la iglesia uno de cada cuatro domingos. Hoy no era una de esas veces. Papá estaba hablando con el padre Adolph en la escalinata de la iglesia y Junie y yo nos peleábamos por la poca sombra que ofrecía la puerta abierta. Sería de mala educación entrar en el edificio sin él.

Un silbido llamó mi atención. Brenda y Claude estaban de pie bajo la fresca sombrilla del roble del cementerio. La mitad daba sombra a los muertos; la otra, a los vivos.

—Vuelvo enseguida —avisé a Junie—. Si papá termina pronto, dile que nos vemos adentro.

—¡No es justo! —se quejó, pero yo ya estaba a mitad de la escalera.

—Hola —los saludé. Las hojas les moteaban las caras, pero no podían ocultar la preocupación.

—Brenda me ha contado lo de Maureen —soltó Claude. Parecía muy adulto con sus pantalones negros, su camisa de botones bien planchada y su corbata azul—. Me ha dicho que no fue a la fiesta de la cantera después de vuestra actuación.

Se me tensó el cuero cabelludo ante la mención de la fiesta. Probablemente hoy vería a Anton por primera vez desde entonces. Me había limpiado de pies a cabeza, cepillado el pelo limpio y espeso sobre las orejas y llevaba puesto mi mejor vestido de verano de ojales, pero de repente me sentí sucia. ¿Qué pensaría Claude de mí si descubriera lo que había hecho? No me creía que hubiera pensado que le haría gracia.

—Junie me dijo que vio a Maureen en el puesto de lanzamiento de aros después de que nos marcháramos —les conté, mirando a Brenda para que me lo confirmara—. Ayer vi al mismo tío, el del lanzamiento de aros, en la parte embrujada del vecindario.

Brenda apartó la mirada.

—¿El de la barba a lo Abraham Lincoln? Le compré hierba.

—¿Crees que también se la vendía a Maureen? —preguntó Claude.

Brenda se encogió de hombros y empezó a frotarse un pulgar con el otro.

—Tal vez.

Claude arrugó la frente.

—¿La policía sigue pensando que Maureen se ha escapado?

Claude no sabía lo que la habíamos visto hacer en aquel sótano, no sabía que el comisario Nillson había estado allí. Brenda y yo intercambiamos una mirada.

—Eso es lo que el comisario dijo ayer —contestó Brenda, que inclinó la cabeza hacia la iglesia.

Me volví y vi entrar a Jerome Nillson. Llevaba un traje color canela con una corbata gris. Parecía ceñido en los hombros. Me di cuenta de lo poco que sabía de él. Vivía en Pantown y era la ley, eso era suficiente. Nunca había visto un anillo de casado en su dedo ni había tenido motivos para pensar en su vida privada.

Ni en un millón de años se me habría ocurrido que una de mis mejores amigas formaría parte de ella. ¿Maureen habría pensado que ella y el comisario Nillson estaban saliendo?

Fue entonces cuando tuve la idea de colarme en su habitación. Leería su diario.

Mi mente divagaba mientras seguía los movimientos de la misa católica, me arrodillaba, repetía «y con tu espíritu». La señora Hansen estaba sentada tres filas delante de nosotros, en el mismo banco que Jerome Nillson, pero en el otro extremo. Todavía no había visto a Ant ni a su familia, lo que demostraba (para mí, al menos) que Dios podía hacer milagros.

Decidí decirle a la señora Hansen que me había olvidado algo en la habitación de Maureen. No era exactamente una mentira —una vez me dejé una camisa—, pero era una mentira bastante grande para esperar a que estuviéramos fuera de la iglesia para decírselo. No estaba segura de dónde guardaba Maureen su diario, ni siquiera sabía a ciencia cierta que tuviera uno, pero si así era, podría decirnos por qué había estado en aquel sótano y dónde estaba ahora.

—… Heather Cash y Claude Ziegler —dijo el padre Adolph. Su tono indicaba que acababa de llegar al final de una lista de nombres.

El corazón me latía con fuerza mientras miraba a mi alrededor, con los ojos abiertos, en busca de pistas sobre lo que el párroco acababa de decir. Claude me miraba fijamente, sin sonreír.

—… los adolescentes invitados a mi primer campamento del Día del Trabajo en la cabaña de la iglesia. Así que habladlo con vuestros padres para ver si podéis ir.

Papá me apretó la mano. Se había pasado el verano animándome para que asistiera a uno de los campamentos del padre. Había dicho que quedaría bien que fuera la hija del fiscal del distrito. Su idea y la del comisario Nillson al montar las escapadas con el padre Adolph había sido crear un lugar seguro para que los adolescentes pasaran el verano, algo que los mantuviera alejados de las drogas y del autostop y les enseñara cosas inútiles típicas de exploradores, como encender fuego y hacer nudos. Creo que papá pensaba que ahí podría hablar de lo que le sucedía a mamá y recibir apoyo, pero yo no quería hablar de ella.

—Por último, tomémonos todos un momento para rezar por un miembro desaparecido de nuestra comunidad.

Mis ojos se clavaron en la nuca del comisario Nillson. Si el cura sabía que Maureen había desaparecido, eso significaba que Nillson no podría encubrirlo.

Pero el padre Adolph no hablaba de Maureen.

—Nadie ha visto a Elizabeth McCain durante seis días. Por favor, tened a Beth y a su familia en vuestras oraciones.

Tenía la mirada fija en el cuello del comisario Nillson, así que noté que se le erizó la piel.

Capítulo 21

Mamá salió del dormitorio para cenar con nosotros. Papá se alegró mucho de verla. Le besó el pelo rizado, le acercó la silla, habló durante toda la comida —unos sándwiches de queso y sopa de tomate que yo había preparado—, tanto que casi no me di cuenta de lo callada que estaba mamá. Mordisqueó los bordes de su sándwich.

—¿Los he quemado demasiado? —le pregunté. A ella le gustaban los sándwiches blanditos, no crujientes.

No pareció oírme. En cuanto papá se levantó, lo que indicaba que la cena había terminado, ella corrió de vuelta al dormitorio. La cara de papá se desencajó al verla marcharse y de repente me entraron unas ganas terribles de darle un abrazo. Pero no hubo tiempo. Se dirigía a la puerta principal, como si la desaparición de mamá lo hubiera liberado para hacer lo mismo.

—Gracias por la cena, cariño. No me esperes levantada.

Asentí con la cabeza.

Me había dicho que encontrar a Maureen no era cosa suya, que probablemente el comisario Nillson tenía razón al decir que se había escapado, igual que Elizabeth McCain, y que no debía preocuparme, pero también me había prometido visitar su oficina esta noche después del trabajo e «investigar un poco». Fue como un bálsamo cuando me lo dijo. De ninguna manera podía contarle que Maureen había estado en aquel sótano con Nillson, pero me carcomía la idea de que al hombre encargado de encontrarla probablemente no le importaría que desapareciera para siempre. Con mi padre husmeando, Nillson tendría que ponerse en marcha.

—Junie, ayúdame a limpiar —dije cuando la puerta se cerró detrás de papá.

—Pero quiero ver la tele. Están poniendo *The Hardy Boys*.

—Entonces será mejor que te des prisa para no perderte demasiado.

Mientras ella lavaba los platos y yo los secaba y guardaba, no paraba de hablar sobre lo emocionada que estaba por el episodio de *The Hardy Boys* de esta noche, de lo triste que estaba porque la feria hubiera acabado y que tenía muchas ganas de que llegara la del año que viene, que suponía que el brillo de labios de uva sabía mejor que el de fresa porque las fresas hacían que le picara la nariz, que si podía cenar espaguetis con albóndigas mañana, que si creía que papá me dejaría llevarla a ver *Las colinas tienen ojos* y que quién sería tan estúpido como para salir de su coche si se estropeaba como hacía esa familia en el tráiler de la película, que era casi tan estúpido como hacer autostop.

Se me cortó la respiración.

«Casi tan estúpido como hacer autostop».

—Junie, tengo que salir.

—¿No vas a ver el programa conmigo?

—Volveré en una hora —dije—. Ahora ve arriba. Tengo que hacer una llamada rápida en privado.

—Entonces hazlo en el sótano —replicó, y señaló la escalera que daba a la cocina—. El cable es bastante largo.

Le gruñí.

Sonrió y salió de la cocina dando saltitos hasta el sofá del salón, desde donde podía oírme. La muy canalla. Mi plan era llamar a Brenda y preguntarle directamente si ella y Maureen habían hecho autostop para ir a otro lugar que no fuera la ciudad. No importaba que la respuesta hiriera mis sentimientos. El comentario de Junie sobre *Las colinas tienen ojos* me había afectado. ¿Y si un extraño había recogido a Maureen y la tenía cautiva en algún lugar en este momento?

Me acerqué el teléfono a la oreja y estaba a punto de marcar cuando oí a alguien en la línea. En un acto reflejo, me dispuse a colgar —cortesía de la línea compartida— antes de reconocer la voz de Ant.

—… foto —refunfuñó—. Dijiste que, si la conseguía, tendría un turno.

Se me heló la sangre.

Cuando la persona al otro lado no respondió, Ant continuó, con la voz aflautada por la emoción.

—No te preocupes por Nillson. Sé manejarme en el sótano. Ella no…

—¡Llamada privada! —chilló Junie, que había vuelto a la cocina.

Golpeé el auricular contra el cuerpo montado en la pared.

—¡Junie!

Ella se rio.

El corazón me latía con fuerza contra la caja torácica. Ant no podía saber qué era yo quien estaba al otro lado de la línea, a menos que hubiera reconocido la voz de Junie. Imaginé los túneles serpenteantes bajo mis pies. Si corría a casa de Ant y pegaba la oreja a su puerta, ¿qué más oiría? ¿Qué otras cosas terribles estaría diciendo? ¿Qué horribles secretos sobre sótanos, Jerome Nillson y una «ella»?

Una Maureen.

Ahora que había dejado que mi mente vagara por los túneles, quería seguir adelante, ir a la sección encantada, a la habitación del sótano donde había visto a Maureen de rodillas. Brenda había dicho que podría haber sido el del comisario Nillson. Incluso había dicho que tal vez hubiera secuestrado a Maureen, aunque luego se retractó. Por supuesto que sí, porque claro, un comisario no secuestraría a una chica. Pero ¿y si habíamos descartado la posibilidad demasiado pronto? ¿Y si Nillson la tenía? ¿Y si Ant y alguien más —Ricky o Ed— lo sabían y se estaban aprovechando de una Maureen herida y aterrorizada?

Se me revolvió el estómago al pensarlo.

Las llaves de casa colgaban de un gancho junto al teléfono. La que estaba marcada con un trozo de cinta aislante abría la puerta del sótano.

La llave que también daba acceso a las puertas de los sótanos de Brenda y Claude. Se me puso la carne de gallina.

Quizá también abriera la de Ant.

Y la del comisario Nillson.

No tenía valor para hacerlo sola.

Estaba demasiado asustada para volver a descolgar el teléfono —Ant podría estar al acecho al otro lado, furioso, esperando que la persona que lo había oído por casualidad volviera a ponerse al teléfono—, así que fui a casa de Brenda en lugar de llamar. Sus padres me dijeron que estaba en el trabajo y que la recogerían después. Luego me dirigí a casa de Maureen. Todavía quería comprobar si su diario estaba en su habitación, pero nadie abrió la puerta. Después de esperar cinco minutos en el porche, crucé la calle hasta la casa de Claude.

—¡Qué alegría verte, Heather! —dijo la señora Ziegler cuando abrió la puerta y esta dejó escapar una oleada de aroma a galletas recién horneadas. Llevaba su eterno delantal de cuadros rojos sobre un vestido y el pelo muy rizado. Tenía la sonrisa más acogedora de todo el vecindario—. ¿Quieres pasar?

—Gracias —dije mientras repasaba mi aspecto mentalmente. Era algo que hacía siempre que estaba con adultos. Llevaba una gorra de béisbol calada, una camiseta de los colores del arcoíris, unos pantalones cortos y unas zapatillas blancas. No me había puesto mis auriculares desde que Maureen había desaparecido. Quería ser capaz de oírlo todo.

—¿Claude está en casa?

Señaló las escaleras.

—En su habitación. Sube y os llevo Kool-Aid.

—Gracias, señora Ziegler, pero no sé si me quedaré mucho tiempo. —Planeaba convencer a Claude de que me acompañara a los túneles. Él lo haría o no.

—Solo se necesita un minuto para beber Kool-Aid —dijo con una sonrisa afectuosa. El señor y la señora Ziegler estaban empatados con los padres de Brenda como los más agradables de Pantown. Eran muy normales.

—Gracias, señora Z.

Subí corriendo las escaleras. Su casa era como la nuestra, con el dormitorio principal en la planta baja y dos habitaciones más y un cuarto de baño en la segunda planta. Como Claude era hijo único, la segunda planta era prácticamente suya. La puerta de su habitación estaba entreabierta y la del baño, cerrada. Era mejor esperar en su habitación. Había pasado buena parte de mi infancia allí, tumbada en su edredón azul cosido a mano por la señora Ziegler, mirando sus pósteres de cine —*Carrie, Rocky, Tiburón, Monty Python y el Santo Grial*— tantas veces que podía verlos con los ojos cerrados.

Tenía la puerta medio abierta cuando me di cuenta de que me había equivocado: no estaba en el baño, sino sentado en la cama, de espaldas a mí. Miró en mi dirección, hizo un gesto rápido y nervioso y enseguida metió lo que tenía en la mano debajo de la almohada, pero no antes de que distinguiera el destello de una cadena de cobre.

Beth

Beth tenía un buen ritmo. Arañaba la silueta en la tierra compacta todo el tiempo que podía aguantar.

Luego se acunaba los dedos destrozados, soplaba para aliviar el dolor y descansaba.

Cuando se despertaba, cavaba un poco más.

Había escarbado lo suficiente para deducir que estaba desenterrando algo metálico, probablemente de unos trece centímetros de largo y tan grueso como su pulgar. Tal vez un viejo clavo de ferrocarril. Ahora que ya no tenía uñas y las puntas de los dedos estaban machacadas de tanto cavar, había tenido que modificar su método. Si empujaba demasiado fuerte, simplemente apretaba más la tierra. Si no cavaba lo suficiente, sus dedos resbalaban por la superficie. Había encontrado un término medio, en el que movía con firmeza, pero no demasiada, una sección de tierra dura bajo la yema del dedo índice. Así se desprendía una cantidad microscópica, la suficiente para que pudiera llegar desde un lado, utilizando la parte superior del dedo, donde solía estar la uña, como una pequeña pala.

El esfuerzo requería paciencia y una voluntad de acero. Ella tenía ambas.

Mantenía cerca la tierra que sacaba. Si él volvía, lo echaría de nuevo en el agujero y lo presionaría contra el suelo. Tendría que volver a cavarlo más tarde, pero era mejor eso que la posibilidad de que la descubriera. Además, sería más fácil desenterrarlo la segunda vez. Lo difícil había sido desprenderlo.

Lo que daría por un bolígrafo, o un cortaúñas, o incluso un pasador, todas las pequeñas comodidades que había dado por sentadas. Pero perseveraría sin nada más que sus manos y su concentración y, cuando fuera libre, les contaría esta historía a sus alumnos. No toda, no las partes en las que él venía a visitarla. Esas no las contaría. Pero sí la lección de no rendirse nunca, incluso cuando tu sangre parecía lodo, cada centímetro cuadrado de ti estaba muy cansado y la rendición te llamaba como un dulce alivio.

Esa era la parte que compartiría.

Continuó centrada en el clavo como una arqueóloga. Quitaba la suciedad con delicadeza, átomo a átomo, con una concentración tan absoluta que casi no oyó las voces de arriba. Esta vez solo eran hombres. Presa del pánico, volvió a echar toda la suciedad en el pequeño agujero, lo palmeó y salió disparada por el suelo de tierra hasta la esquina más alejada, todo ello sin encender la lámpara de queroseno. Se sabía el espacio de memoria, había cartografiado cada centímetro.

Se llevó las rodillas al pecho y esperó.

Capítulo 22

—¡Heather! —Saltó de la cama y corrió hacia mí. Se detuvo demasiado cerca, tanto que tenía la sensación de oír nuestros rápidos latidos haciendo eco el uno del otro—. ¿Qué haces aquí?

—Estaba por el vecindario —dije, y me encogí al pronunciar las palabras. Por supuesto que estaba en el vecindario. Vivía allí. Luché contra el impulso de huir y me quedé mirando a Claude, lo miré de verdad. Tuve que estirar el cuello. Medía más de metro ochenta, tenía el pelo castaño arenoso suelto sobre la frente y unos ojos verdes y serenos que me miraban fijamente y me rogaban que no le preguntara qué estaba haciendo cuando había entrado.

Yo estaba más que feliz de hacerlo.

De todos modos, era imposible que fuera el hombre que llevaba la pulsera de identificación de color cobre en aquel sótano, el hombre horrible con el que Maureen había estado ocupada, porque «Claude rima con fraude» había estado a mi lado cuando ocurrió. No es como si fuera un club asqueroso donde todos los miembros tienen una pulsera y un apretón de manos secreto.

—¿Quién quiere Kool-Aid y galletas? —gritó la señora Ziegler mientras subía las escaleras.

Claude y yo nos sobresaltamos, pero él se recuperó primero.

—Gracias, mamá.

—Sí, gracias, señora Z.

—Cielos, ¿por qué estáis los dos en la puerta? Es porque la habitación de Ziggy es una pocilga, ¿no? Te dije que la limpiaras.

Sus padres siempre lo llamaban por su apodo preferido actual. Recordarlo alivió la tensión que se me había acumulado en los hombros. Estaba mirando a Claude, no a un pervertido.

Tomó una galleta de chocolate y un vaso de Kool-Aid de uva de la bandeja de la señora Ziegler. Yo agarré el otro vaso y dos de las tres galletas restantes. Es una norma de Minnesota que nunca te lleves el último trozo de nada. Lo partiríamos en trocitos antes que ser el maleducado que se lo terminara. La señora Z. lo sabía tan bien como nadie, así que se llevó la última galleta abajo. Seguí a Claude hasta el interior de su habitación. Se sentó en la cama, con una pierna doblada, y yo me dejé caer en la silla junto a la ventana. Nuestras posiciones habituales.

—Creía que el padre Adolph mencionaría la desaparición de Maureen —dijo, y dio un trago. Se le había quedado la boca manchada de Kool-Aid, así que señalé la mía. Entendió la indirecta.

—Creen que se ha escapado —le conté lo que ya sabía—. Probablemente no quieren anunciarlo al resto de los chicos.

Pensé en Beth McCain, la camarera desaparecida de Northside. Podía formarme una imagen borrosa de ella de algún grupo de la iglesia: pelo rojo rizado y pecas espolvoreadas por una nariz chata perfecta. Una risa agradable, algo dulce y acogedora. Me había mostrado muy insensible cuando Brenda me dijo que había desaparecido y había sido muy gratificante que papá me confirmara el presentimiento de que no era para tanto. Ahora que le había ocurrido a alguien que conocía, me parecía que sí lo era. Entonces recordé otra cosa.

—No me creo que el padre Adolph nos nombrara para ir al campamento, delante de todos.

Claude hizo una mueca como si le doliera el estómago.

—Yo no voy a ir. Tú tampoco deberías.

Su contundencia me sorprendió.

—¿Por qué?

—¿No te lo ha dicho Ant? —preguntó.

—¿Decirme qué?

—Ese campamento es problemático. Ant dijo que el padre Adolph se metía con él todo el tiempo. Pensé que Maureen o Brenda te lo habrían contado.

Abrí la boca y la cerré. No lo habían hecho, ¿verdad? Habían estado muy calladas a la vuelta, pero mamá había estado en el hospital en una de sus visitas.

—Ya no me cuentan tanto como antes —dije.

Claude ladeó la cabeza.

—¿Qué quieres decir?

Intenté parecer relajada, pero, de repente, era muy consciente de mi cuerpo.

—Parece que no quieren pasar tanto tiempo conmigo, eso es todo. A mí no me molesta. Y no importa. Lo único que importa es encontrar a Maureen.

Claude no se distraería.

—Heather, las tres sois mejores amigas. Estáis juntas en un grupo.

—¡Eso es solo porque yo las obligué! —exclamé mi peor miedo en alto. Bajé la voz—. No porque ellas quisieran.

Dejó su bebida y frunció el ceño. Sus ojos eran claros y sinceros.

—Eso no es cierto, sois amigas de verdad. Todos lo somos. Nada cambiará eso.

Parecía tan serio que no quise llevarle la contraria, pero sabía lo que me decía el corazón.

—Ya no nos gustan las mismas cosas.

—Los problemas de cuando crecemos —dijo—. ¿Les has contado cómo te sientes?

Un estallido de ira calentó mi garganta. No era culpa mía.

—¿Tú les has contado a tus padres lo que oíste sobre el padre Adolph y Ant?

Su rostro enrojeció.

—Sí. Dijeron que no tengo que ir al campamento, pero nada más.

Respiré hondo. No había querido hacerle daño.

—Lo siento, Claude. Tienes razón. Debería hablar con Brenda y Maureen cuando la encontremos. Estoy siendo absurda.

Esbozó una sonrisa torcida, y se parecía tanto a Robby Benson que me sentí tentada de pedirle un autógrafo.

—Siempre has marchado al ritmo de tu propio tambor.

Gruñí.

—No empieces a contar los chistes de tu padre. —El padre de Claude era uno de esos tipos que pensaban que si no te reías era porque no habías oído el chiste con suficiente claridad.

La sonrisa de Claude se ensanchó y, de repente, su mano se acercó a mi oreja mala, como si fuera a apartarme el pelo de ella o algo así. Era tan íntimo que solté lo primero que se me ocurrió para detenerlo.

—Claude, creo que Ant podría saber dónde está Maureen. —Se echó hacia atrás.

—¿Por qué piensas eso?

Le conté el fragmento de conversación que había oído por la línea compartida.

Negó con la cabeza.

—Podría tratarse de cualquier cosa.

—Podría ser. O podría ser sobre Maureen. Por eso he venido. Voy a los túneles a escuchar en la puerta de Ant. Quiero que vengas conmigo. —Hice una pausa y lo estudié. No quería delatar a Maureen, pero quería que Claude supiera a qué se iba a apuntar—. También voy a ir a la puerta que Junie abrió aquella noche, la que tiene el veintitrés encima. Creo que puede ser la casa de Jerome Nillson. Las cosas han ido mal desde que abrimos esa puerta.

Desvió la mirada y luego volvió a centrarse en mí, como si quisiera preguntarme algo, pero se lo hubiera pensado mejor.

—Si puedes esperar hasta mañana, iré contigo —dijo al fin—. Es noche de juegos en casa.

Todos los domingos, los Ziegler jugaban a juegos de mesa. A veces yo también acudía.

—No pasa nada —dije, y soné mucho más valiente de lo que me sentía—. Estaré bien. Solo son los túneles. Si no vuelvo, ya sabes dónde buscar.

La entrada estaba vacía cuando volví a casa, lo que significaba que papá todavía estaba fuera. Junie estaba frente al televisor. Le dije que iba al sótano a hacer la colada. Ni siquiera levantó la vista, las luces danzaban por su cara, hipnotizándola. Sin duda, mamá estaba en la cama.

Subí corriendo a por la ropa sucia de mi cesto y la de Junie, y me aseguré de que tenía su camiseta de «Ayudante de pesca de papá». Mataría dos pájaros de un tiro. Mi radio despertador me llamó la atención al recordarme que había olvidado grabar las canciones de los *American Top 40* de Casey Kasem. Tenía muchas ganas de grabar «Who'd She Coo?», de los Ohio Players, antes de que desapareciera de las listas. Tenía la grabadora junto a la radio despertador, lista para empezar, pero me había perdido todo el programa. Tomé papel y lápiz para escribirme una nota recordatoria para la próxima vez cuando me di cuenta de lo que estaba haciendo.

Estaba aplazando ir a los túneles.

A pesar de lo que le había dicho a Claude, me aterrorizaba lo que encontraría, sobre todo porque entre su casa y la mía había decidido que no me limitaría a escuchar, que llevaría la llave maestra de Pantown y entraría en la casa de Ant y luego en la que creía que era la del comisario Nillson. El corazón me dio un vuelco solo de pensarlo. Pero si Maureen estaba encerrada en uno de esos lugares, tenía que liberarla.

Me asaltó un recuerdo de Maureen, Claude y yo, los tres jugando en casa de la primera. Fue después de que su padre se hubiera marchado, pero antes de que su casa se llenara de cajas. Por aquel entonces, unas cuentas de color ámbar separaban la cocina del comedor, y aún se podían ver los adornos de la pared del salón, incluidos el enorme tenedor, la enorme cuchara y las bonitas cortinas de macramé de la señora Hansen. El día que recordaba, Maureen nos hizo jugar a *Embrujada*. Uno pensaría que, como era su casa y su idea, elegiría ser Samantha, pero no. Quería ser Endora, porque era «la única divertida». Claude era Darrin, y Maureen me dejó ser Samantha, lo que significaba que podía mover la nariz y lanzar hechizos.

—¡Haznos desaparecer! —gritaba.

Moví la nariz y Claude y ella se metieron bajo una manta y soltaron unas risitas tan fuertes que Maureen resopló. Cuando tiré de la manta, el pelo de Claude se electrizó. En aquel entonces, Maureen era rubia y llevaba el pelo recogido en unas bonitas trenzas francesas que a la señora Hansen le gustaba hacerle.

—¡Hazme flotar! —gritó Maureen.

Volví a mover la nariz, encantada con el juego. Maureen estaba tumbada en una silla del comedor, rígida como una tabla.

—Échame la manta por la cintura —le ordenó a Claude.

Claude lo hizo.

Si entrecerrabas los ojos, parecía la ayudante flotante de un mago.

—Eres la mejor bruja del mundo —me había dicho con los ojos cerrados y una amplia sonrisa.

Cuando Maureen decía cosas, parecía que eran ciertas.

Desenganché la llave maestra al pasar por la cocina y la dejé caer encima del cesto de la ropa sucia. Estaba tan ensimismada que no vi a la persona que estaba en el sofá del sótano hasta que mi pie golpeó la moqueta.

Capítulo 23

—He oído ruidos —susurró mamá desde el borde del sofá.

Dejé el cesto de la ropa sucia despacio, con la nuca fría y la sangre palpitándome en las venas. Mamá nunca bajaba aquí, al menos desde el accidente. Me llevé la mano a la oreja mala. Parecía tan frágil en el sofá, con la piel blanca como la de un pajarito y las venas azules a la vista.

—¿Qué clase de ruidos? —Volví a mirar hacia las escaleras. Necesitaba que Junie localizara a papá ahora mismo, pero no podía arriesgarme a dejar a mamá, en especial cuando estaba así.

—¿No los oyes? —preguntó, con la cara relajada por el alivio—. Gracias a Dios que te salvé de eso. Gracias a Dios.

Asentí con la cabeza. No quería acercarme a ella, aunque sabía que ahora era más grande y que no podría dominarme como la última vez. Al menos no lo creía. A veces, cuando se acercaba a mí, me volvía muy dócil. Era como un hechizo, oscuro e imposible, imposible de resistir, no como la dulce magia de risitas que había hecho con Maureen y Claude al jugar a *Embrujada*.

Señaló la puerta de los túneles.

—Los ruidos vienen de ahí. Arañazos. Una mujer que llora. Hombres que gritan. Voy a hacer que tu padre ponga un cerrojo en esa puerta. Ya es hora. Hace tiempo que lo es. Cualquiera podría colarse y hacernos daño mientras dormimos. ¿Lo oyes?

Caminé hacia ella sin hacer movimientos bruscos, tratándola como a una criatura salvaje que saldría corriendo en cualquier momento. Me vino a la mente el pensamiento fugaz de que debería dejarla aquí abajo, subir las escaleras y llamar a papá al trabajo. No. No podía arriesgarme. Las rugosas cicatrices de sus muñecas, como si una horrible criatura se hubiera metido bajo su piel, eran testimonio de lo que podía hacer en ese estado mental.

Lo que había hecho.

—¿Mamá? —Me sorprendió lo joven y asustada que sonaba—. ¿No deberíamos ir arriba? Podemos alejarnos de la puerta. Lejos de esos sonidos.

Tenía los ojos nublados por la confusión. Me acerqué a ella. Vio mi mano avanzar y se estremeció.

—No puedo irme —dijo, sorprendida—. No hasta que tu padre llegue a casa. ¿Quién vigilará la puerta?

De repente, me agarró la mano y me tiró al sofá junto a ella antes de envolverme en un abrazo. Estaba fría y temblorosa.

—Moriría por ti, Heather. Por eso tuve que hacerlo. Lo siento mucho, cariño. No podía dejarte oír las voces. No quería que vivieran en tu cerebro como lo hacen en el mío. Lo entiendes, ¿verdad?

Asentí en sus brazos. Mi corazón era como un pájaro que golpeaba la jaula que era mi pecho. Su mano encontró mi protuberancia y la ahuecó. Era la primera vez que lo hacía desde el accidente.

La primera vez que estábamos juntas en el sótano desde entonces.

Esa noche, acabábamos de volver de una barbacoa en casa de los Taft. Había sido un día caluroso, así que habíamos tomado los túneles. Habíamos traído el equipo para la parrilla y una sandía. En la fiesta sucedió algo que disgustó a mamá, algo con la señora Hansen, y nos marchamos antes de tiempo. Mamá se había llevado el líquido inflamable y el mechero al salir. Me acordaba de aquello, de que papá subió las escaleras para acostar a la pequeña Junie cuando llegamos a casa y de que mamá se quedó en el sótano.

Fui a ver cómo estaba mamá, a ver si me leía un cuento o me cepillaba el pelo. La había encontrado en este lugar, con muebles diferentes, pero en el mismo estado mental. Ella había sido muy rápida y yo, muy pequeña.

En cuanto me acerqué lo suficiente, agarró el mechero y luego a mí, me roció el pelo —el olor, el resbaladizo y enfermizo olor a queroseno— y luego lo prendió, sujetándome con fuerza. Grité y pataleé, pero ella tenía la fuerza de una loca. Papá bajó las escaleras a los pocos segundos y me tapó la cabeza con una manta, pero el daño ya estaba hecho.

Se me había quemado la oreja.

Mamá sacrificó algo de pelo, su jersey favorito y el sofá. También se tomó sus primeras «vacaciones».

Ahora sabía que visitaba el psiquiátrico del hospital, pero parecía más fácil seguir llamándolo vacaciones. Esta forma de suavizar la realidad, sobre todo cuando era algo desagradable, no era algo exclusivo de mi casa. Era así en todo Pantown, quizá en todo el Medio Oeste. Si algo no nos gustaba, simplemente no lo veíamos. Por eso nunca había dicho en voz alta las palabras que había leído en el historial de mamá (enfermedad maníaco-depresiva), ni sabía por qué papá no había ayudado a la señora Hansen o por qué los padres de Claude no habían delatado al padre Adolph. En nuestro vecindario, el problema no era la persona que cometía el error, sino la que reconocía la verdad.

Esas eran las reglas.

Aquí todos las seguían, incluida yo. Así nos mantenía a Junie y a mí a salvo.

—Mamá. —Lo intenté una vez más, con voz ronca, y giré el cuello para verle la cara—. ¿Quieres subir?

Las nubes de sus ojos se despejaron por un momento, lo suficiente para que yo la vislumbrara allí, atrapada dentro de su propio cuerpo.

—Me gustaría jugar con Junie —dijo con timidez, y me soltó—. Me gustaría maquillarla.

Mis músculos se relajaron tan drásticamente que temí caerme del sofá. El comportamiento tranquilizador favorito de mamá era tratar a la bonita Junie como a una muñeca. Me aferré a ello.

—Eso suena bien. Apuesto a que le gustará.

No fue así. Junie quería ver su película —se le notaba en la cara—, pero en cuanto vio a mamá, a quien yo había llevado arriba con cuidado, como si fuera de porcelana, Junie lo entendió. Apagó el televisor sin rechistar y nos siguió hasta el dormitorio de mamá y papá. Mamá la sentó en el borde de la cama y corrió a buscar sus rulos al baño.

De repente, me sentí muy cansada. Si me sentaba en la cama, me quedaría dormida, y no podía dejar que eso ocurriera, no hasta que papá regresara. Así que me apoyé en la pared, desde donde me clavaba las uñas en la palma de la mano cuando me entraba sueño, y observé, observé cómo mamá preparaba la cara de Junie y le empujaba el pelo cobrizo detrás de las orejas.

Detrás de sus perfectas orejas como caracolas rosas.

La búsqueda en los túneles tendría que esperar.

Capítulo 24

La cara me ardía.

No tenía sentido avergonzarse. Como empleada de Zayre Shoppers City, había visitado todos los rincones del complejo. Me sentía más cómoda en la tienda de *delicatessen,* por supuesto, pero también compraba allí la ropa, hacía la compra e incluso me pasaba por la ferretería cuando papá necesitaba algo para la casa. Sin embargo, nunca había hablado con alguien en el mostrador de la joyería y, de algún modo, estar allí me hacía sentir enorme y torpe, una gigante torpe que miraba las bellas sortijas bajo el cristal.

—¿Puedo ayudarla?

Intenté sonreír, pero el labio se me enganchó en un diente. Mis dos manos tamborileaban sobre mis muslos, con los compases iniciales de «Toad» de Cream.

—Tengo una pregunta sobre una pulsera de identificación.

La idea se me había ocurrido anoche, cuando, después de que papá llegara a casa, no pude conciliar el sueño a pesar de estar agotada. Lo llevé aparte tras asegurarme de que Junie estaba a salvo en la cama. Le conté lo cerca que habíamos estado de otras vacaciones para mamá. Se puso furioso.

Me sentí fatal por chivarme. No creía que mamá pudiera evitarlo cuando se ponía mal. También me dolía por papá. No debía de ser divertido llegar a una casa con tanto alboroto. Sus voces habían empezado enfadadas pero urgentes, con ese ruido de pelea que zumbaba en las tablas del suelo bajo mis pies descalzos. Luego se intensificó: papá gritaba que ella me asustaba y mamá chillaba que era a él a quien realmente debíamos temer. Al final coloqué la oreja buena en el colchón, me tapé la mala con una almohada y cerré los ojos.

Fue entonces cuando se me ocurrió el nuevo plan.

Tendría que esperar para sumergirme en los túneles, pero visitaría el mostrador de joyería Zayre y les preguntaría por la pulsera de identificación de cobre. Era una posibilidad remota, pero quizá habían vendido una hacía poco y podrían decirme quién la había comprado. Era una pieza de bisutería tan única que pensé que no tenía nada que perder.

No había contado con que me sentiría como un estúpido animal de granja que se alzaba sobre la menuda mujer que estaba detrás del mostrador, con su blusa blanca ceñida al cuerpo, el cuello recogido en un coqueto ángulo y un pintalabios de color melocotón brillante y jugoso.

—Ya no vendemos pulseras identificativas —me dijo, con una cálida sonrisa que parecía auténtica. Me relajé un poco—. Se pusieron de moda hace unos diez años. Antes de que yo trabajara aquí.

Miré a través del mostrador de cristal.

—¿Sabe si Zayre vendió en alguna ocasión las de cobre?

—Mmmm —contestó—. La mayoría de nuestras joyas para hombre son de oro o plata, pero tenemos unos colgantes de cobre preciosos. —Dio unos golpecitos en el cristal sobre un corazón del tamaño de una moneda de 25 centavos, de un color tan puro que casi era rosa.

—Es bonito —dije.

—¿Verdad que sí? —Señaló mi camisa verde de trabajo—. Eres la segunda empleada de la sección de comida preparada que viene esta semana.

Sentí un hormigueo en el cuero cabelludo.

—¿Quién vino antes?

Hizo un movimiento como si se sellara los labios con una cremallera.

—La discreción es imprescindible en el negocio de la joyería. Nunca sabemos quién compra regalos para quién, ¿sabes?

Era un callejón sin salida.

—Gracias de todos modos.

Me estaba dando la vuelta para marcharme cuando me llamaron la atención un par de pendientes de bolas de oro que colgaban bajo el cristal. Maureen llevaba unos idénticos la noche que tocamos en la feria. La última vez que la había visto.

—¿Cuánto cuestan?

Miró hacia donde yo señalaba.

—Oh, 49,99 dólares. Son de oro de veinticuatro quilates. Los exhibíamos en el mostrador, pero alguien tenía las manos largas. Perdí tres pares en un solo día.

Era posible que Maureen los hubiera robado todos.

La dependienta abrió la caja.

—¿Quiere verlos? Es nuestro último par.

—No, gracias —dije—. Quizá en otra ocasión.

Los lunes no había mucho trabajo, así que solo estábamos Ricky y yo en el mostrador de la charcutería. No hablamos mucho, pero eso no era inusual. Me sorprendió cuando se ofreció a llevarme a casa a la hora de cerrar.

—He venido en bici —le dije.

—Puedo meterla en el maletero. —Llevaba unos días sin afeitarse y su pelo grasiento conservaba la forma de la redecilla que había usado. No dejaba de mirar a mi lado, como si esperara que apareciera alguien. En una ocasión, hasta eché un vistazo hacia allí, pero solo vi gente que se apresuraba a hacer la compra.

—No, gracias. —Apagué las luces para indicar que la tienda estaba cerrada.

Esperaba que Ricky captara el mensaje de que nuestra conversación había terminado. Me dirigí a la parte de atrás y fiché, pero él me siguió.

—¿Seguro que no quieres que te lleve?

—Sí.

Nunca se había ofrecido a llevarme a casa, y ahora me estaba presionando. No me gustaba nada. Tenía la mano en la puerta cuando agarró el pomo para que no pudiera salir. Me giré. Me había bloqueado.

—Estoy preocupado por Maureen —susurró con urgencia, y volvió a mirar detrás de él. No me creía que tiempo atrás me hubiera parecido guapo. Tenía buen cuerpo, delgado, musculoso, y era un par de centímetros más alto que mi metro setenta y tres, pero de cerca veía sus poros obstruidos y olía su pelo sin lavar—. ¿Sabes dónde está?

Negué con la cabeza.

—¿No has oído nada?

—¡Ricky! —gritó una voz profunda desde el frente—. ¿Estás ahí atrás?

Ricky tensó la mandíbula.

—Sí, Ed, ya voy. —Se giró hacia mí con una mirada intensa—. Nunca llegó a la fiesta aquella noche, la de después de vuestra actuación —añadió. No sabría decir si estaba tratando de convencerme a mí o a sí mismo—. Si alguien te dice lo contrario, miente.

Asentí con la cabeza.

—Si te enteras de algo sobre Maureen, acude a mí primero. ¿Entendido?

Se fue hacia la parte delantera y me dejó con mis pensamientos confusos.

—A Maureen le encantaban los caballos —dijo la señora Hansen, que me puso delante un vaso de agua limpia, un recipiente opaco con caballos palominos galopantes. Al menos esperaba que fuera un vaso limpio. De algún modo, la casa de los Hansen había acumulado aún más cosas desde la última vez que la había visitado, y el olor a basura se había unido al olor a cadáver en descomposición. Me picaban las manos.

—No lo sabía —dije, y, por la forma en que me miró, deseé haberme mordido la lengua. Como si la hubiera pillado en una mentira.

Pero esa expresión desapareció rápidamente de su rostro. Parecía estar luchando por aferrarse a algo. Le agradecí que me dejara entrar, a pesar de que el único lugar donde podíamos situarnos era al pie de la escalera. Incluso la arteria principal que conducía al espacio donde estaba el televisor estaba cerrada, llena de bolsas blancas que zumbaban con moscas de la fruta.

—Parece que no les importa. —Sacudió la cabeza—. A la policía. A todo este maldito vecindario… Aquí a nadie le importan las chicas, ni las que hablan. Apuesto a que Beth McCain era otra de las que no podían mantener la boca cerrada, como Maureen. Eran chicas fuertes. Oigo los susurros. ¿Puedes creer que la gente diga que huyó de mí?

Me llevé el agua a la boca y fingí beber. Necesitaba acceder a la habitación de Maureen. Si la señora Hansen se asustaba, perdería mi oportunidad. No tenía ningún sentido meter a Beth McCain en esto, pero, por suerte, yo tenía mucha práctica tratando con lo que papá llamaba «mujeres nerviosas». Se trataba de hacer movimientos firmes y de no discutir a pesar de lo que dijeran.

—Oí al comisario Nillson decir eso sobre Maureen —asentí.

—¿El día que pasó por aquí? —La señora Hansen se frotó los brazos—. Claro, tú y Brenda estuvisteis aquí.

De hecho, éramos las personas que le habían dicho que Maureen había desaparecido, las que habían insistido en que llamara a la policía.

—Sí —dije.

—Ese día se equivocó —añadió ella—. No se lo dije. A Jerome Nillson no se le dice nada. Pero en cuanto lo mencionó, supe que Maureen no se había escapado. Ahora que lleva tres días desaparecida, él también debería darse cuenta. Pero ¿crees que lo ve? No.

Intenté recordar la conversación de aquel día. Al principio, la señora Hansen no había parecido preocupada por la ausencia de Maureen, pero su actitud había cambiado con la aparición de Nillson.

—¿Ha vuelto desde entonces?

Suspiró.

—Vino anoche. Cometí el error de decirle que algunas de mis pastillas desaparecieron al mismo tiempo que Maureen. Mi medicina para el corazón. Ahora está seguro de que ella se las llevó para venderlas, o para drogarse, y no regresará a casa hasta que le dé la gana.

—¿Drogarse con medicamentos para el corazón?

La señora Hansen frunció los labios.

—Las pastillas parecen de las buenas. Tal vez Maureen las confundió.

El botiquín de la señora Hansen era todo un espectáculo. Maureen decía que su madre tomaba un poco de todo, pero que no sufría de nada, excepto de soledad. Sabía que Maureen había tomado alguna de las «buenas» antes porque me las había enseñado. Se parecía a una aspirina, a menos que miraras de cerca los números grabados en ella. Era posible que Maureen hubiera confundido esas pastillas con el medicamento para el corazón si ambas eran blancas y estaban una al lado de la otra en su mano, pero habría leído la etiqueta del frasco antes de llegar tan lejos. En cualquier caso, robar pastillas no significaba que se hubiera escapado.

—¿Cree que se las llevó? —le pregunté.

Otra vez ese suspiro.

—Tal vez. Jerome puede ser muy persuasivo. Casi me convenció de que esa llamada no era importante.

Mis ojos volaron a los suyos.

—¿Qué llamada?

—La noche que Maureen desapareció, el teléfono sonó hacia medianoche. Nuestro timbre, estoy segura, pero dejó de sonar casi de inmediato. No pensé mucho en ello en ese momento. Me quedé dormida. No era ninguno de vosotros, ¿verdad?

Negué con la cabeza.

—No, no lo creo. Claude o Brenda no habrían llamado tan tarde, y seguro que yo tampoco.

Su rostro decayó.

—Jerome dijo que debía de haberme imaginado la llamada. Maldito sea.

Pensé en todas las razones por las que el comisario querría descartar la posibilidad de una llamada telefónica.

—¿Conoce bien al comisario Nillson?

Me miró con los ojos de un halcón.

—No tan bien como tu padre.

Me balanceé sobre los talones.

—Trabajan juntos.

Negó con la cabeza.

—Antes de eso. Todos los niños creéis que vuestros padres no existieron hasta que nacisteis, pero Jerome, tu madre, tu padre y yo fuimos juntos al instituto. —Su expresión se volvió distante—. Sabía que algún día él sería policía o director. Incluso entonces, le gustaba decirle a la gente lo que tenía que hacer.

Movió el cuerpo como si tosiera, pero no hizo ningún ruido.

—Jerome y Gary no se llevaban muy bien en el instituto. Odio decirlo, pero tu padre era un esnob. —Por la forma en que me miraba, con la boca apretada, me di cuenta de que no le importaba decirlo en absoluto—. Y Jerome era de clase trabajadora. Aunque tu padre se dejaba convencer por la forma de ver el mundo de Jerome, ¿no? Cerca del suelo, donde están las serpientes. —Le tembló la mandíbula, pero no pronunció otra palabra durante unos instantes—. Claro que se podría decir lo mismo de casi todo el mundo en Pantown. —Se rio, con un sonido hueco, un viento invernal entre unas ramas con garras—. Por eso sé que alguien ahí fuera sabe lo que le ha ocurrido a Maureen. En Pantown no pasa nada que alguien no sepa. Hubo habladurías cuando mi marido me dejó, te lo aseguro, pero supongo que me lo merecía. Desde luego, Maureen nunca me perdonó.

Fruncí el ceño. Maureen nunca hablaba de por qué su padre se había ido.

La señora Hansen se desplomó, como si de repente le faltara el aire. Señaló en dirección a las escaleras.

—Dijiste que venías a buscar tu camisa a la habitación de Maureen. Será mejor que subas.

Me quitó el vaso, todavía lleno de agua. Agradecí que no me siguiera, aunque me dolía pensar adónde iría. Quedaba muy poco espacio. Se estaba enterrando viva. La habitación de Maureen, tan desordenada como estaba, me parecía el único lugar donde se podía respirar en toda la casa.

Empecé por los cajones. No encontré ningún diario, pero sí la camisa que le había prestado hacía tanto tiempo y que ya no nos cabía a ninguna de las dos. Me la metí en el bolsillo trasero para enseñársela a la señora Hansen si me la encontraba al salir. Luego pasé la mano por detrás del espejo de su tocador, busqué en los rincones de su armario, revolví el pegajoso brillo de labios de la mesilla de noche. No encontré nada. Me tumbé en su cama y me quedé mirando el exterior. La casa de Claude estaba justo enfrente, y la ventana de su dormitorio coincidía casi a la perfección con la de Maureen. Claude había tenido que decirle que bajara las persianas en más de una ocasión.

El único lugar que quedaba para buscar era debajo del colchón, exactamente donde yo guardaba el mío. Metí la mano entre el somier y el colchón. Parecía demasiado típico, demasiado esperable que una adolescente como Maureen no solo tuviera un diario, sino que lo guardara en su cama, pero ahí estaba, un ángulo duro que me pinchó los dedos. Tiré de él. Era un cuaderno de apuntes en espiral, con un perro baboso y de aspecto rabioso dibujado en la portada sobre las palabras «Ábrelo asumiendo el riesgo».

Pasé las manos por encima de la imagen. No sabía que Maureen dibujara. ¿Qué más no sabía de ella?

Abrí la primera página. Contenía dos frases sombrías, garabateadas con tanta fuerza que rayaban la página siguiente.

Si desaparezco, me habrán asesinado. No dejéis que se salga con la suya.

Beth

Las voces de los hombres de arriba se hicieron más fuertes, como si se estuvieran acercando.

Beth no había pensado mucho en él cuando iba la cafetería. No era más que un hombre que ella reconocía en el segundo plano de su vida. Era cierto que a veces esperaba para conseguir mesa en su sección en lugar de sentarse en una libre. Se le erizaba la piel por la forma en que siempre la miraba, incluso cuando hablaba con otras personas, cuando pensaba que no lo veía.

Ella sí se daba cuenta.

El problema era que él era uno de los pocos hombres que la trataban así.

Cada camarera tenía un grupo de tíos que confundían la cortesía profesional con una relación personal. Nunca le había gustado, pero creía entenderlo. Hasta donde ella sabía, los hombres no tenían amistades íntimas, no como las mujeres, pero seguían teniendo esa necesidad humana de conexión. Cada película, programa de televisión y artículo de revista les decía que su trabajo era salir y conseguir lo que querían, al mismo tiempo que les prometía que las mujeres eran suyas. Era lógico que a algunos de los cuchillos más romos del cajón se les cruzaran los cables y confundieran el acecho con el cortejo. ¿Quién podía culparlos?

Eso era lo que ella pensaba.

Ahora sabía que no era así.

Estos hombres que no podían captar una indirecta, que seguían a una mujer que claramente no estaba interesada, no estaban equivocados, sino rotos. Pocos llegarían tan lejos como para secuestrar, claro, pero todos buscaban a alguien a quien

166

hacer sentir inferior, alguien que imaginaban por debajo de ellos, y creían que todas las mujeres eran inferiores.

La había obligado a entrar en su juego antes de que conociera las reglas, pero ella ya no llevaba una venda en los ojos.

Estaba a punto de liberar el clavo, tal vez le tomara otro par de horas de excavación, pero si él entraba en la habitación antes de que lo sacara, no volvería a quedarse tumbada e inmóvil para él. No importaba si no había liberado el metal. Le mordería la cara. Le retorcería las pelotas. Se echaría lo bastante hacia atrás para darle un puñetazo en la garganta, como él le había hecho a ella, y se reiría como una loca todo el tiempo.

Se dio cuenta de que estaba tratando de respirar.

Se había pasado por la cafetería Northside el día antes de secuestrarla. Era el comienzo de la hora punta de la cena, así que había tenido que esperar quince minutos para su sección. Ella lo había visto mientras se apresuraba, mirándola fijamente, pero intentando aparentar que no lo hacía. Era muy evidente. ¿No sabía lo obvio que era? Entonces se sentó. No se molestó en abrir el menú porque siempre pedía el especial de Pantown —filete ruso con puré de patatas y salsa acompañado de crema de maíz—, pero en esta ocasión, por primera vez, le preguntó por su día.

—Bien —dijo ella, y se apartó el pelo de la cara mientras se inclinaba hacia atrás para echar un vistazo a la cocina. El pescado frito de la mesa siete estaba listo—. ¿Lo de siempre?

—¿No vas a preguntarme por mi día? —había preguntado él. Su voz era aguda.

Ella esbozó su mejor sonrisa.

—¿Cómo te ha ido el día?

—Mal, hasta ahora.

Ella asintió y él le dijo la comida que quería. ¿Lo ves? Todo era muy normal.

Incluso le preguntó por la universidad más tarde, cuando el ajetreo se calmó. Ella se sintió generosa, con el bolsillo del delantal repleto de propinas, y le contó que se iba a Berkeley en tres semanas. Él pareció encantado.

Incluso simpático.

Se había estado escondiendo. ¿Todos los monstruos se ocultaban a plena vista? Pensó en su padre y se le partió el corazón. Era un chico amable, un contable al que le encantaba la jardinería. Se había casado con su madre durante su segundo año de universidad, veinticuatro años antes. Sus rostros aún se volvían borrosos de amor cuando se miraban y, hasta el día de hoy, se apoyaban mutuamente incluso cuando estaban enfadados. Si hasta se tomaban de la mano cuando veían la televisión, por el amor de Dios. Fue su amor lo que le hizo darse cuenta de que Mark no era el chico indicado, aunque era un hombre amable, verdaderamente amable.

Las voces se detuvieron ante la puerta del calabozo. Contuvo la respiración.

Su padre y Mark habían crecido con los mismos mensajes que este tío y quienquiera que estuviera con él, y se las habían arreglado para convertirse en seres humanos decentes, para no tratar a las mujeres como si fueran infrahumanas, para no acechar ni espiar ni abusar de la hospitalidad ni forzar a nadie.

¿Por qué? Porque su padre y Mark no eran unos cabrones rotos.

La sangre le bombeaba con fuerza por los brazos, bajaba hasta los puños y le llenaba las piernas, que estaban fuertes por haber corrido y trabajado de camarera a pesar de llevar una semana viviendo a oscuras con una mala alimentación. Iba a matar a quienquiera que entrara por esa puerta o moriría en el intento. En cualquier caso, había acabado con aquella miseria.

El pomo de la puerta hizo ruido. ¿Era él? No oyó el familiar tintineo de las llaves. El imbécil llevaba un gran llavero en el cinturón como si fuera una especie de conserje. Como si esas llaves significaran algo más que el hecho de que tenía muchas.

Debía de ser él.

No importaba. Era un animal listo para atacar, agazapado, con todos los pelos en alerta.

Las voces comenzaron de nuevo. Se elevaron en lo que parecía una discusión.

Luego retrocedieron hasta que su húmeda cueva volvió a estar en un silencio sepulcral. Jadeó en el silencio. Luego se abalanzó sobre el lugar donde estaba el clavo semienterrado y removió la tierra con la energía de las Furias.

Capítulo 25

—¿Quién quiere dónuts?

Me tensé como cada vez que mamá tenía uno de sus días buenos. Daba más miedo que en los difíciles. Cuando estaba mal, sabía que no debía bajar la guardia. Pero a veces, cuando estaba contenta, me relajaba, me atraía, me recordaba cómo era antes.

Me dolía mucho cuando cambiaba.

—¡Yo quiero! —dijo Junie, que apareció detrás de mí, con una gran sonrisa.

La miré. Ni ella ni yo habíamos mencionado lo cerca que mamá había estado ayer de otras «vacaciones», pero eso hacía que su buen humor fuera aún más alarmante.

—Lo sé —me dijo Junie, y me empujó para entrar en el comedor de la cocina—. Es día de comer verduras.

Respiré un poco más tranquila. «Día de comer verduras» era sinónimo de «prepárate para un viaje lleno de baches». Se lo había explicado de esta manera cuando tuvo edad suficiente: algunos días eran pésimos desde el amanecer hasta el anochecer, y eso en realidad era positivo porque significaba que estabas agotando tu cuota de mala suerte en un solo día. Al día siguiente, la buena suerte estaba garantizada. La misma teoría que la de comer primero las verduras para que solo quedaran cosas sabrosas en el plato.

Mamá me sonrió.

—¿Y tú, Heather? ¿Quieres dónuts?

Se había peinado de la forma que más me gustaba: con el pelo rizado y un pañuelo blanco atado a modo de diadema, con los extremos sueltos sobre el hombro. Su mirada era pura y clara, el delineador y la sombra azul pavo real hacían que sus ojos parecieran increíblemente grandes. El colorete hacía juego con el pintalabios. Parecía una estrella de la televisión, allí en nuestra cocina, preparando la máquina de hacer rosquillas sin grasa Pandolfo. Supuse que todos en Pantown tenían una. Era el último invento del fabricante de coches Sam Pandolfo, un molde de hierro fundido que cocinaba seis dónuts a la vez. La receta original llevaba trigo integral y pasas, pero mamá hacía los suyos sabrosos, omitía la fruta seca y los espolvoreaba con azúcar y canela.

—Eso sería genial —dije, y me senté frente a Junie—. Gracias.

Mientras trabajaba, mamá tarareaba «My Sweet Lord» de George Harrison. Cada contoneo que hacía con las caderas y cada sonrisa privada con los labios me ponía de los nervios. Junie se hacía la desentendida.

—Ojalá Maureen no se hubiera escapado —dijo, y tomó el cartón de zumo de naranja.

Mamá se detuvo y se dio la vuelta. Su rostro se había vuelto serio.

—¿Qué?

Junie asintió.

—Maureen se escapó hace un par de días. Por eso no pudimos tocar las dos noches en la feria.

—¿Quién te ha dicho que se ha escapado? —pregunté.

Me había llevado el diario de Maureen a casa, donde había hojeado el resto. Solo tenía cuatro entradas más, todas con fecha de este verano, cada una con una lista de lo que había llevado puesto (unos pantalones cortos de terciopelo rosa y una camiseta de béisbol con mangas rosas con el número 7 de la suerte), lo que había hecho y el número de hombres a los que se lo había hecho (dos esta noche. ¡¡¡Solo mamadas!!! Él me lo prometió) y lo que le habían pagado (75 dólares, más fácil que ser camarera. Los hombres son tontos). Al leerlo, me di cuenta de que el comisario Nillson sabía lo que le había pasado.

—Charlie —mencionó a un chico de su curso que vivía a dos manzanas—. Dijo que Maureen andaba con gente mala.

—Calla —contradijo mamá, con voz cortante—. No hables así de las amigas de Heather.

Miré a mamá sorprendida. Rara vez me defendía.

—No pasa nada, mamá. Junie solo repite lo que ha oído.

—Bueno, ¿lo ha hecho? —preguntó Junie—. ¿Se ha escapado con malas compañías?

Consideré la pregunta. Ed activaba mi radar, pero aún no había hecho nada malo, que yo supiera. Ricky se esforzaba por ser un tío duro y Ant lo seguía de cerca, pero los conocía a ambos, y eran unos chavales. Sin embargo, ¿esos tres hombres que estaban en el sótano con Maureen? Estaban podridos por dentro.

—Puede que las tuviera —dije—, pero no se ha escapado.

—¿Cómo lo sabes? —preguntó mamá.

Su repentino interés por el mundo era desconcertante.

—No tenía motivos para ello. Nada nuevo ocurría en su casa. ¿De qué iba a escapar? Además, me lo habría dicho.

Cada vez me lo creía menos.

—¿Cómo están mis chicas guapas esta mañana? —preguntó papá, que apareció en la cocina mientras se ajustaba la corbata azul real en el cuello. Le dio un beso en la mejilla a mamá, con la mano en la cintura, y por una vez ella no se apartó.

Eso era demasiado para que Junie lo ignorara.

—¿Qué os pasa? —Se miraron y soltaron una risita, un ronroneo que hacía tiempo que no los oía hacer. Todo en esta mañana estaba mal. Me puso de mal humor.

—Papá, ¿has sabido algo más de Maureen o de la otra chica que ha desaparecido? —le pregunté—. ¿Elizabeth?

Su sonrisa no se movió.

—Me temo que nada, pero Jerome y su equipo están haciendo todo lo posible. Trabajan sin descanso.

«Seguro».

—¿Así que ya no creen que Maureen se haya escapado?

Arrugó la cara.

—No he dicho eso, cariño. Pero sé que están empeñados en localizarla, sea cual sea el motivo de su marcha.

—¿De verdad? —pregunté.

—¡Heather! —me amonestó mi madre—. No seas insolente con tu padre.

Por un momento, estuve a punto de irme enfadada, como hacen los niños en las series de televisión cuando sus padres los regañan. Pero esto no era un programa. Tenía que mantener la calma para proteger a Junie si era necesario, protegerla de mamá cuando su estado de ánimo empeorara como siempre ocurría.

—Lo siento —murmuré.

Papá se acercó y me apretó el hombro.

—Te prometo que aparecerá —me aseguró—. Es duro cuando estas cosas tardan más de lo que deberían, pero te juro que la oficina del comisario del condado de Stearns se lo está tomando en serio. De hecho, esta noche tendré novedades. Me han invitado a cenar a casa de Jerome.

El corazón me dio un vuelco. Si conseguía convencerlo para que me llevara, por fin podría echarle un vistazo al sótano.

Papá se miró el reloj como si aquello diera por finalizado el tema, pero mamá nos sorprendió a todos.

—Quiero ir —dijo.

—Yo también —secundé.

Junie se quedó callada.

Papá arrugó la nariz mientras me miraba primero a mí y luego a mamá.

—¿Seguro? Será aburrido, solo hablaremos de trabajo.

—Estoy segura —contestó mamá, que se apoyó en su pecho y le rodeó la cintura con los brazos. Conocía ese lugar, sabía lo segura que te hacía sentir, cómo el olor de papá siempre reconfortaba igual que una tostada con mantequilla. Hacía tiempo que mamá no reclamaba su sitio.

Mis celos me pillaron desprevenida.

—Vale, entonces está decidido —dijo papá con una sonrisa—. ¡La familia Cash va a una cena esta noche!

Capítulo 26

Papá insistió en ir en coche a casa del comisario Nillson, aunque dijo que se podía ir andando hasta allí en quince minutos. No quería que el calor de la tarde «marchitara mi hermosa flor». Mamá y él seguían dorándose la píldora. Ella había seguido de buen humor todo el día, dando vueltas por la casa, limpiando el polvo, regando las plantas, pasando la aspiradora y luego barriendo la moqueta. Para la comida, nos había preparado a Junie y a mí unos sándwiches de plátano y mantequilla de cacahuete en pan blanco blando, acompañados de un vaso de leche helada. Incluso había horneado un bizcocho Bundt que hizo subir la temperatura de la casa. Apoyé la mano en él mientras se enfriaba y sentí su cálida caricia contra la palma.

Sin embargo, no bajé la guardia ni un segundo.

Aunque se me relajó el pecho y me alegró ver cómo Junie lo disfrutaba. Resplandecía bajo la luz del sol de mamá y se abría a ella como una flor. Mamá empezó a prepararse para la cena por la tarde e invitó a Junie a su habitación para peinarse y maquillarse juntas. Cuando intenté unirme a ellas, me dijo que era un momento especial, solo para Junie.

Me puse los auriculares y escuché a Blind Faith. Había estado repasando el catálogo de *Ginger Baker* y estaba con la canción «Do What You Like». Cuando mamá y Junie salieron del dormitorio, ya tenía el ritmo principal pensado y una idea de cómo podía conseguir algo parecido a su doble con una sola batería.

Me dejaron sin aliento.

Mamá se había arreglado por completo, con suaves rizos en el pelo, un maquillaje tan perfecto como el de una reina y un vestido verde entallado que se ceñía a su figura de reloj de arena. Y Junie estaba maquillada como ella, pero en miniatura, hasta el pelo rizado y el vestido verde.

—Estáis preciosas.

Papá estuvo de acuerdo cuando llegó a casa. Se puso un traje más bonito, nos hizo subir al coche y condujo despacio hacia el lado encantado de Pantown. Pasamos por la casa de Maureen. Parecía muerta, sin luces encendidas en el interior. Mañana iría a ver a la señora Hansen para asegurarme de que estuviera bien.

Esta noche, mi único objetivo era colarme en el sótano del comisario Nillson.

Tenía que confirmar si era en el que habíamos visto a Maureen aquella noche.

—Parece que somos los primeros en llegar.

Papá aparcó el Pontiac delante del número 2311 de la calle 23 Norte. Era una casa azul con contraventanas marrones, en el centro de la hilera de cinco casas que yo había identificado como la zona cero. Mamá sostenía el bizcocho Bundt en su regazo como si fuera de cristal. En realidad, ahora que la miraba por detrás y estudiaba el corte de sus hombros, se sostenía a sí misma como si fuera de cristal.

—No has dicho que era una fiesta —dijo ella, que miró a su alrededor con nerviosismo.

—Claro que sí —respondió papá en tono jovial, sin captar la acusación que había debajo de las palabras de mamá, de la advertencia—. He dicho que Jerome organizaba una cena.

—Pero creía que era solo para nosotros. Que éramos los únicos invitados.

—Yo era el único invitado, si nos ponemos técnicos —dijo papá, que se rio entre dientes, aún sin entender. ¿Cómo podía estar tan ciego?—. Pero estará encantado de…

—Creo que deberíamos irnos a casa —solté desde el asiento trasero, con escalofríos y sudando al mismo tiempo—. Ahora.

Papá se volvió hacia mí, con la frente arrugada. El gesto desapareció cuando vio mi expresión de asombro, y por fin lo comprendió.

—Por supuesto. Sí, debería haber mencionado que era una fiesta más grande. ¿Me perdonas, Constance?

Todos en el coche contuvimos la respiración. Un niño pasó en bicicleta. Junie levantó la mano para saludar, se aguantó y la dejó caer sobre el regazo. Me mordí el labio inferior, esperando.

—Qué tontería —dijo mamá al fin—. Ya estamos aquí.

Todos suspiramos de alivio.

Mamá esperó a que papá se acercara a su lado del coche y le ofreciera el brazo. Junie y yo los seguimos por el camino. A cada paso estaba más segura de que aquella era la casa, la que se había tragado a Maureen y le había hecho hacer cosas terribles. La ubicación era correcta, al igual que la sensación que producía el hecho de que no hubiera nada femenino en ella, sin flores en la entrada, ni siquiera arbustos, solo hierba, acera y la casa. Tampoco había nada suave en las líneas de la casa, ni toques acogedores como en la mayoría de los bungalós de Pantown. Solo una gran plaza desolada.

¿Qué significaba que Jerome Nillson hubiera forzado a una adolescente en su sótano y la hubiera obligado a hacerles mamadas a él y a sus amigos? ¿Qué significaba que ella hubiera desaparecido?

Significaba que era un pervertido, uno con poder, y que nunca encontrarían a Maureen.

Cuando llegamos a la puerta principal, me sentí tan vacía como el huevo de Pascua. Era posible que el comisario Nillson tuviera algo contra Maureen, la pilló haciendo autostop o con las pastillas de su madre. Le dijo que, si ayudaba en una fiesta, borraría la mancha. Y luego se ofreció a pagarle, exactamente como decía su diario. Tal vez incluso le compró joyas. Eso explicaría el anillo de oro de Black Hills y los pendientes nuevos, esas bonitas bolas de oro, lo bastante caros como para que ninguna chica de instituto se los comprara.

La puerta se abrió. El comisario Nillson estaba allí, con sus finos labios rojos curvados hacia arriba bajo su poblado bigote.

—Gary prometió que traería a toda la familia, ¡y aquí estáis todos!

—Soy un hombre de palabra —dijo papá, y le estrechó la mano, aunque seguramente se habían cruzado antes en el edificio administrativo del condado de Stearns, donde estaban las oficinas de ambos.

Mamá le entregó el bizcocho. Por alguna razón, parecía más pequeño que en el coche.

—Espero que sea útil.

—Muchas gracias, Constance —dijo. Tomó el bizcocho con una mano y la abrazó con la otra. Entrecerró los ojos por encima de su hombro mientras lo hacía—. ¡Junie Cash, has crecido cinco años desde que te vi en la iglesia el domingo!

Junie se sonrojó.

Me sentí mal por él porque ahora tenía que pensar en algo bonito que decirme.

—Tú también tienes buen aspecto, Heather —añadió con los ojos todavía puestos en Junie.

—Gracias.

—Pasad todos. —Dio un paso atrás para dejarnos entrar—. Permitid que os sirva un trago. Los demás aún no han llegado, aparecerán en cualquier momento.

—¿Qué estás bebiendo? —preguntó papá.

—Solo una cola, por ahora —dijo el comisario Nillson—. Puede que tengamos que hablar de negocios esta noche.

—Tomaré lo mismo —contestó mi padre.

—¿Quién más viene? —preguntó mamá, de pie justo en la puerta. Quería pasar por delante de ella para averiguar cómo echar un vistazo al sótano. Todavía existía la posibilidad de que me hubiera equivocado acerca de la casa en la que había sido, pero no podía ser obvia.

—Puedo decirte quién no vendrá —respondió él a papá—. Ese irlandés de mierda de la ciudad.

—Gulliver no es tan malo —dijo papá con una sonrisa, como si compartieran una broma.

—Si tú lo dices —añadió el comisario Nillson, que le guiñó un ojo antes de atravesar el salón hacia una cubitera con hielo y una hilera de botellas llenas de licor ambarino. Lanzó algunos nombres por encima del hombro, pero esta vez se dirigía a mamá—. Espero al ayudante Klug y a su mujer, y al padre Adolph.

—Oh —dijo mamá—. Oh.

Todo sucedía muy rápido. Esta conversación y los movimientos normales en la superficie, pero, por debajo, el miedo de mamá crecía. Miré a mi alrededor para ver si alguien más había oído el delicado chasquido que indicaba que había abandonado su estado de ánimo. Estaba flotando, sin ataduras, justo al otro lado de la puerta principal. Hundiría sus garras en la primera persona que pudiera amarrarla. Ya lo había presenciado una docena de veces. No era crueldad, sino supervivencia. Había ladeado la cabeza, buscándome a mí, o tal vez a Junie. Papá sonreía y charlaba con el comisario Nillson, ajeno a todo. Detrás de él había una puerta abierta con unos escalones alfombrados que bajaban.

El sótano.

Tan cerca que quería llorar.

¿Podría lanzarme y correr escaleras abajo, comprobar que era la habitación donde había visto a Maureen de rodillas y volver corriendo antes de que mamá se desmoronara? Necesitaría una razón para mi extraño comportamiento, y luego una excusa para sacarla de allí. Era mucho, una montaña abrumadora que escalar, pero podía hacerlo. Si eso salvaba a Maureen, podía hacerlo.

Casi me sobresalté cuando sentí un suave roce.

La mano de Junie buscaba la mía y sus ojos azules estaban fijos en mamá. Ella también había oído el chasquido. Se me encogió el corazón. No podía dejarla. Estaba muy cerca de aquel sótano, pero no podía abandonar a mi hermana.

Las dos nos estremecimos al oír la sirena. A su sonido agudo le siguieron unas luces giratorias que atravesaban el crepúsculo lavanda y rebotaban en los árboles. Un coche de policía se detuvo frente a la casa del comisario. Este se llevó la mano a la cintura como si buscara su pistola, pero no llevaba uniforme. Se apresuró a salir, con papá pisándole los talones.

La puerta del conductor se abrió y un agente uniformado salió disparado.

—Hemos encontrado a la chica, Jerome. Está en la cantera.

El aire se volvió denso.

«¿Viva?», quería gritar. «¿La habéis encontrado viva?».

—Al coche —nos ordenó papá—. Ahora.

—Dadme dos minutos —dijo el comisario Nillson, que entró deprisa en la casa.

—Voy a llevar a mi familia a casa y luego nos vemos allí —informó papá al oficial, con el rostro sombrío—. ¿Qué cantera es?

—La del Hombre Muerto.

Capítulo 27

Papá nos llevó a casa enseguida y se marchó hacia la cantera casi antes de que saliéramos del coche.

Mamá lo vio alejarse, con la mano sobre los ojos para cubrirse del sol que caía sobre su almohada violeta. Yo era un malestar palpitante, incapaz de imaginarme entrando o quedándome fuera.

—Me pregunto qué chica será —dijo Junie, mientras las tres permanecíamos frente a la casa.

Me giré hacia ella.

—¿Qué?

La verdad me golpeó antes de que la palabra saliera por completo de mi boca. Maureen no era la única chica desaparecida en Saint Cloud. Beth McCain aún no había regresado. Me sentí culpable por desear de forma tan desesperada que fuera Maureen, sana y salva, a la que habían descubierto en la cantera.

No es que no quisiera que dieran con Beth, pero su ausencia no dejaba el mismo vacío en mi vida que la de Maureen. Antes de todo esto, Beth había ocupado una habitación desatendida en mi cabeza, aquella en la que guardabas a la gente neutral que se movía en los límites de tu círculo, que no eran del todo conocidos, pero a los que te alegrarías de ver si te los encontrabas en algún lugar lejano donde no conocieras las costumbres.

«¡Oye, tú eres de Saint Cloud!».

«¡Sí! Tú también».

Pero ¿Maureen? Ella era como de la familia.

—Voy a dar un paseo en bicicleta —anuncié, mientras mi mente trepaba sobre sí misma.

¿Era seguro dejar a Junie con mamá?

—Quiero ir contigo —me pidió Junie.

Mamá pasó junto a nosotras arrastrando los pies y entró en la casa. Desde atrás, parecía que alguien le había emborronado los pelitos cortos con el pulgar.

—No puedes —dije—. Voy muy lejos en bici.

—Vas a la cantera, ¿verdad? —preguntó con las manos en las caderas y una postura desafiante—. A ver si es Maureen.

—Voy a dejarte en casa de Claude —contesté, y miré la espalda de mamá.

—¡Pero tengo hambre!

—Puedes cenar con ellos. —La señora Ziegler nos había preparado muchas comidas. Ahora que yo podía cocinar lo hacía menos a menudo, pero su casa era nuestra casa. La señora Ziegler lo había dicho y hablaba en serio—. Te recogeré de camino a casa, haremos palomitas Jiffy Pop y veremos la tele juntas esta noche. ¿Trato hecho?

Refunfuñó, pero después de llamar a la señora Ziegler, con el corazón desbocado porque no dejaba de preguntarme qué chica sería, y de que la señora Z me dijera que no solo tenían comida de sobra, sino que estaban a punto de sentarse a cenar lasaña con sorbete de arcoíris de postre, Junie fue todo sonrisas. La acompañé hasta el final de la acera de los Ziegler y estuve tentada de esperar y asegurarme de que llegaba dentro, pero un millar de hormigas rojas se arrastraron por mi piel, entraron en mis poros y se arrastraron bajo mi carne. No podía quedarme quieta y tampoco me sentía segura.

—No te vayas de casa de los Ziegler sin mí —grité mientras pedaleaba hacia la casa de Brenda—. Recuerda que vendré a recogerte.

Subí a toda velocidad por el sendero del jardín de Brenda y aporreé la puerta principal. Su madre abrió con una sonrisa que me recorrió de arriba abajo cuando vio que era yo y, un instante después, se dio cuenta de mi estado de ánimo.

—¿Qué pasa?

—¿Brenda está en casa?

Abrió la boca para decir algo más, pero se lo pensó mejor. Se volvió hacia el salón.

—¡Brenda! Heather está aquí.

Di unos golpecitos con los pies mientras esperaba, tamborileando un nervioso *flam** sobre las caderas. Brenda apareció en la puerta instantes después. Se había trenzado el pelo, pegado lentejuelas en las mejillas y llevaba puesto el vestido estilo campesino de Gunne Sax que había conseguido en Goodwill.

—¿Qué pasa? —pregunté, asombrada por su aspecto.

Miró hacia atrás mientras salía y me apartó de la puerta.

—Calla —dijo en voz baja—. Les he dicho que iba al cine contigo y con Claude. Era la única forma de que me levantaran el castigo.

—¿Por qué no me lo has dicho?

Nos habíamos cubierto la una a la otra antes. No muy a menudo, porque lo hacíamos casi todo juntas y rara vez era necesario, pero sí de vez en cuando. Sin embargo, solo funcionaba si nos manteníamos mutuamente informadas.

—Ha sido algo de última hora. He intentado llamarte, pero la línea estaba saturada. No he podido comunicarme.

Mi mirada voló hacia su pelo y su maquillaje. Puede que su decisión de mentir fuera reciente, pero los planes no.

—¿Adónde vas?

—Tengo una cita —dijo, y bajó la mirada.

—¿Con quién?

Empezó a juguetear con la trenza. Se negaba a mirarme a los ojos.

—¿Qué haces aquí?

—Han encontrado a una chica en la cantera.

Palideció y se llevó la mano a la boca.

—¿Es Mau?

—No lo sé. Ahora mismo voy para allá en bici. ¿Quieres venir conmigo?

—Sí —dijo ella, y se movió hacia la puerta—. Por supuesto.

* El *flam* en la batería es una apoyatura, es decir, un golpecito suave que se ubica justo antes del golpe principal. *(N. de la T.)*

No se cambió de ropa. No había tiempo y lo sabía. Les gritó a sus padres que íbamos a salir, se recogió la falda a la altura de las rodillas, se sacudió las lentejuelas mientras corría hacia la bici y salimos. Nos mantuvimos en las carreteras secundarias, atravesamos campos vacíos con los saltamontes repiqueteando en nuestras piernas y el sudor resbalando por nuestras espaldas.

Aún llevaba el pelo parcialmente trenzado. Por detrás parecía joven, como la Brenda que llevó su lamparita de Campanilla a las fiestas de pijamas hasta cuarto curso.

Como la chica que me había perforado las orejas.

Tres veranos atrás, nos lo habíamos hecho las unas a las otras. Habíamos estado en casa de Maureen, el lugar al que siempre íbamos para hacer cosas que sabíamos que nos meterían en problemas. Las puertas de nuestras habitaciones eran sagradas —ninguno de nuestros padres entraba sin permiso, a no ser que la casa se incendiara—, pero siempre parecía más fácil saltarse las normas en casa de Maureen.

Ella empapó cinco imperdibles en alcohol desinfectante y el aroma a vidrio llenó la habitación. También preparó un bol con cubitos de hielo. Lo echamos a suertes: yo perforaba las orejas de Maureen, ella perforaba las de Brenda y Brenda, las mías. («¡Una oreja, la mitad del trabajo!», había bromeado).

Maureen exigió que le perforara las orejas primero a ella y, como de costumbre, Brenda y yo dejamos que tomara la iniciativa. Marqué un punto con un rotulador en cada uno de sus esponjosos y rosados lóbulos, con manos sorprendentemente firmes.

—¿Lo ves bien? —le pregunté.

Giró el espejo de mano hacia ella, se echó el pelo hacia atrás e inclinó la cabeza.

—Perfecto.

Sonreí. Lo que estábamos a punto de hacer era para siempre. Fuéramos donde fuéramos en este mundo, conociéramos a quien conociéramos y nos convirtiéramos en lo que nos convirtiéramos, siempre tendríamos una conexión permanente entre nosotras. Apreté un cubito de hielo a cada lado de la oreja de Maureen para adormecerla.

—Valor líquido —dijo Brenda, que le ofreció a Maureen la botella de crema de menta que había sacado del armario de licor de sus padres.

Maureen bebió un trago y mantuvo la cabeza lo más quieta posible.

—Sabe a pasta de dientes —dijo, y frunció la boca.

Nos reímos, nerviosas, de forma desproporcionada. Íbamos a clavarnos imperdibles en las orejas.

—¿Preparada? —pregunté, con las puntas de los dedos entumecidas por el frío.

—Sí —dijo Maureen, que aún sostenía el espejo de mano. Iba a ver cómo sucedía. Así era Maureen. No se perdería nada en esta vida.

—Muy bien. —Dejé caer los cubitos derretidos en el cuenco. La mancha de la oreja se había convertido en un fino riachuelo negro, pero veía dónde había empezado.

—Aguja —le dije a Brenda.

Sacó un alfiler del alcohol y me lo entregó solemnemente. Su penetrante aroma me picó en la nariz. Tensé el lóbulo de Maureen y tragué al tiempo que reprimía una sensación de mareo.

—Cuenta hacia atrás desde diez —le dije.

Cuando llegó al tres, le clavé el alfiler.

Sus ojos se agrandaron y se llevó la mano hacia la oreja antes de palpar con suavidad los bordes del alfiler, con la cola hacia delante y el extremo afilado hasta el fondo.

—¡Lo has conseguido!

Se rio y me abrazó antes de volver al espejo para admirar mi obra.

—Puede que me ponga el imperdible como pendiente. ¿Qué os parece? Traigamos el *punk rock* a Pantown.

Nosotras chillamos en respuesta.

Acabó llevando esos imperdibles hasta el primer día de noveno curso, cuando el director le exigió que se los quitara. Los sustituyó por unos pendientes de oro, como los que llevábamos Brenda y yo.

Puse toda mi energía en alcanzar a Brenda, en recordarle aquel buen día, en convencerla de que alguien a quien le había perforado las orejas no podía estar muerto, pero el chillido de una ambulancia se había hecho demasiado fuerte y sus lamentos llenaban el lado de la cantera de la ciudad. Aquí las casas eran escasas. Algunas de las canteras seguían explotándose, y las vallas protegían la maquinaria ruidosa y ocultaban la violencia. Otras, como la del Hombre Muerto, se habían convertido en pozas y lugares de fiesta antes de que yo llegara. Papá decía que él y sus amigos las frecuentaban en el instituto.

Brenda se desvió a la izquierda para salir de la carretera de asfalto y entró en la grava que conducía a la cantera del Hombre Muerto. El aire sabía a tiza por el tráfico. En el claro que había delante se encontraban nuestro Pontiac verde y tres coches de policía, con sus luces parpadeantes. Detrás de los vehículos se alzaban unos imponentes robles y olmos que protegían la cantera. Un sendero principal y varios más pequeños serpenteaban por el bosque, pero ninguno era lo bastante ancho para circular en coche por ellos.

Cuando la ambulancia estaba casi encima de nosotras, Brenda se apartó hacia la cuneta cubierta de hierba. La seguí. La luz roja y caliente me daba en la cara y en el pecho cuando el vehículo pasó. Brenda se tapó los oídos, pero yo agradecí el ruido. Me sacaba todos los pensamientos de la cabeza.

El mismo agente que se había detenido en casa del comisario Nillson hizo señas a la ambulancia para que se acercara al sendero principal. Era la única persona a la que veía. El resto de los agentes y papá debían de estar por el bosque, cerca de la cantera.

—No nos dejarán acercarnos —dijo Brenda, en voz alta—. Ya lo verás. No lo permitirán si hay una escena del crimen. He escuchado a tu padre lo suficiente para saberlo.

—Ya veremos. —Dirigí mi bici hacia el inicio del sendero. No tenía ninguna información privilegiada, ningún plan. Pero es que no podía dejar de moverme. Me había deslizado a un espacio fuera de la realidad. Era como un fantasma aturdido que se movía entre la niebla. Brenda me llamó, gritó mi nombre, mientras yo esquivaba el coche de policía más cercano. El polvo que levantó la ambulancia se posó en mi piel como ceniza.

—¡Eh! —dijo el ayudante del comisario al verme. Estaba esperando a que el conductor de la ambulancia descargara la camilla—. No puedes estar aquí. Quédate quieta.

Sus palabras me paralizaron donde estaba, y tal vez era lo que ocurría cuando eras un fantasma. Quien podía verte te controlaba. Parpadeé y vi cómo la camilla desaparecía por el sendero. Registré el agarre de Brenda en mi brazo como una presión y oí su voz como si viniera de muy lejos.

«Tiene que estar viva. Quienquiera que sea tiene que estar viva, o si no, ¿para qué necesitarían una ambulancia?».

Deseé que fuera cierto mientras contemplaba el comienzo del sendero. Ya no importaba si era Maureen o Elizabeth McCain. Deseaba con todas mis fuerzas que la chica con la que salieran estuviera viva, tanto que sentí que yo también moriría si no lo estaba.

«Por favor, sacad a una chica viva de ahí».

El murmullo de las voces indicaba que la gente volvía por el sendero, pero despacio. Mucho más despacio de lo que se habían apresurado a bajar el conductor de la ambulancia y su compañero. Ya no había necesidad de darse prisa, eso decían sus pasos. El corazón me dio un vuelco cuando aparecieron con la camilla cubierta por una sábana blanca bajo la que había un cuerpo con obscenas manchas de humedad que empapaban la tela.

El hombre que iba delante tropezó. La mano del cadáver cayó sobre el costado y apartó la sábana de su rostro. Lo que una vez fue hermoso se había vuelto gris e hinchado.

Capítulo 28

—¡Maureen! —gritó Brenda.

Tropecé hacia delante y caí de rodillas, lo que me puso a la altura de los ojos vidriosos de mi amiga, abiertos de par en par, mirándome fijamente. Un fantasma que miraba a otro fantasma. Parecía que la habían llenado de agua, con las mejillas estiradas, los ojos vacíos y la boca como un círculo negro y frío del que yo esperaba que salieran gusanos.

Brenda jadeaba como si no recordara cómo respirar, pero yo no podía emitir ningún ruido.

«Maureen, ¿qué te han hecho?».

Pero ella no contestó. Sus ojos estaban helados.

Luego volvieron a colocar la sábana en su sitio, metieron la mano azul grisácea por debajo y deslizaron el cadáver en la parte trasera de la ambulancia.

—¡Heather!

La voz de papá cayó como una cuerda delante de mí. Me aferré a ella, me levanté y no me resistí cuando me abrazó. También rodeó a Brenda con el brazo y nos mantuvo así, llorando sobre nuestro pelo. Brenda se unió a él y sus sollozos jadeantes me sacudieron el cuerpo, hasta que por fin encontré las palabras.

—¿Qué ha pasado? —pregunté.

Papá nos abrazó un rato más, hasta que el llanto de Brenda se redujo a un silencioso estremecimiento. Luego nos dio un rápido apretón a las dos y retrocedió un paso, mirando hacia el sendero. Solo había visto a mi padre derrumbarse una vez, cuando mamá y yo tuvimos que ir al hospital.

Aquel recuerdo me sacudió; el cielo de la cantera dio paso a las duras luces del hospital. Papá había viajado en mi ambulancia. A mamá la habían metido en la suya.

«Él me eligió a mí».

—Lo siento mucho, cariño —me había dicho años atrás, de pie, con el rostro pálido, en la parte trasera de la ambulancia. Su quietud había sido un fuerte contraste con los rápidos movimientos del paramédico, cuyas manos habían revoloteado tan suaves como polillas en busca de quemaduras en mi cuerpo—. No debería haberlo hecho. Nunca debí hacerlo.

Eso me había confundido —mamá me había prendido fuego, no papá—, pero él estaba fuera de sí por la preocupación. No sabía lo que decía.

Ahora hablaba con claridad, en el aparcamiento de la cantera, aunque tenía los ojos hinchados de llorar. Se quedó mirando la parte trasera de la ambulancia que se llevaba a Maureen.

—Jerome cree que podría tratarse de un suicidio —dijo.

Brenda giró la cabeza. Vi la verdad que ya sabía reflejada en sus ojos, pero yo encontré las palabras primero.

—No —dije—. Maureen no.

El comisario Nillson y su ayudante salían del bosque y el primero sostenía lo que parecía uno de los zapatos de plataforma que Maureen había llevado en nuestro concierto.

Papá me dio unas palmaditas en el brazo.

—No podrías haber hecho nada.

Pero lo había entendido mal. Maureen estaba más viva que cualquiera de nosotros. Protegía a los niños de los matones. Cuando los hombres la piropeaban por la calle, ella respondía. Exigía que le perforáramos las orejas primero porque era Maureen.

—Ella no se suicidaría, papá.

Una brisa nos trajo el olor del agua del lago de la cantera. Si entornaba los ojos, podía ver las rocas que rodeaban los bordes a través de los árboles, pero yo no miraba en esa dirección. Miraba a mi padre fijamente, y por eso vi el momento en que la tristeza desapareció de su rostro y la sustituyó una máscara fría y dura.

Apreté los brazos contra el pecho.

—Veremos qué dice el forense, Heather, pero no había ninguna herida en su cuerpo.

Capítulo 29

Al día siguiente fui a trabajar. Nadie se habría inmutado si no hubiera ido. De hecho, mamá me lo había sugerido desde la cama cuando fui a ver cómo estaba. Parecía normal, para ser ella: tenía la mirada clara y la boca curvada en una bonita línea. Era suficiente para que me sintiera cómoda si dejaba a Junie en casa, pero ¿qué haría yo? Cada vez que parpadeaba, veía a Maureen, con sus brillantes ojos de pez mirando a la nada y la boca abierta en un grito eterno.

Se suponía que Claude tenía que abrir la tienda de comida, pero no lo vi cuando llegué, así que empecé a prepararla yo sola. El centro comercial estaba tranquilo para ser un día caluroso. Cuando el pavimento se volvía lo bastante pegajoso como para tragarse la pata de cabra de la bici, podías estar seguro de que la gente entraría en tropel en busca del aire acondicionado. Pero hoy había la mitad de gente de lo habitual. ¿Dónde se reunían? ¿Hablarían de Maureen?

—Hola. —Claude apareció por detrás—. He pasado por tu casa para ver si podíamos venir juntos en bici, pero Junie me ha dicho que te habías ido temprano.

—Sí —respondí mientras miraba a través de mi caja registradora al supermercado. La señora Pitt cogía jabones de un expositor, los olfateaba y los volvía a dejar. Los Pitt eran ricos, para ser de Pantown. Incluso tenían un microondas. La señora Pitt guardaba un vaso de agua dentro para no provocar un incendio por accidente.

—He oído lo de Maureen.

—Sí. —Quería seguir mirando a la señora Pitt, pero la voz de Claude sonaba muy triste. Me volví hacia él. Su aspecto —tenía la piel cenicienta y ojeras de mapache— casi me hizo volver en mí.

—¿Estás bien?

Su boca se curvó sin abrirse.

—¿Qué ha pasado? —dijo después con suavidad.

Su pregunta me pareció más grande que nosotros dos.

—El comisario dice que se suicidó.

—¿Cree que se ahogó?

Brenda y yo nos lo habíamos preguntado una y otra vez en el camino de vuelta a casa.

—Supongo, pero ya sabes lo buena nadadora que era.

—Esas canteras son profundas —dijo Claude—. Los dos hemos oído hablar de nadadores fuertes que se han hundido en ellas antes. Basta con un calambre en la pierna. Tal vez estaba allí con alguien.

—Puede ser. —«O puede que el comisario Nillson la matara en otro lugar y arrojara allí su cuerpo»—. Pero ¿por qué esa persona no trató de salvarla? ¿O al menos informar de lo sucedido?

—Dios, Heather —dijo, con las palmas hacia mí para pedirme que me tranquilizara—. He dicho que tal vez.

No me había dado cuenta de lo enfadada que había sonado. Me froté la cara.

—Lo siento. No he dormido mucho esta noche. Gracias por acompañar a Junie a casa. Me dijo que jugasteis al Monopoly.

Pero ya no me escuchaba. Estaba mirando el supermercado, con la frente arrugada por la preocupación.

Me giré y vi que Gloria Hansen caminaba hacia nosotros. Andaba de forma extraña, como si se hubiera sentado sobre algo afilado. Llevaba la blusa mal puesta, muy mal, con un enorme agujero que dejaba ver el sujetador. Los dos botones de la parte superior desabrochados hacían que el cuello se enrollara sobre sí mismo.

—Puedes tocar la batería cuando quieras —gritó en mi dirección, con la voz demasiado alta. Aún estaba a diez metros de distancia y se dirigía hacia la tienda de comida preparada, con los ojos vibrando en sus órbitas y las manos crispadas—. Que Maureen no esté aquí no significa que no puedas hacerlo.

Levanté la encimera abatible y corrí hacia ella.

—No debería estar fuera, señora Hansen. Debería estar en casa.

—Sé lo importante que es la batería para ti —dijo. Olía mal de cerca, a ácido estomacal o ropa sin lavar—. La gente cree que ya no me fijo mucho, pero lo veo todo.

—Vamos a llamar a mi padre —añadí, y traté de llevarla hacia el mostrador de la tienda—. Vendrá a buscarla.

Sus manos volaron como palomas asustadas y se liberaron de mi agarre.

—No quiero ver a Gary.

Me desaté el delantal y lo arrojé hacia el mostrador mientras le hablaba más a Claude que a ella.

—Entonces la acompañaré a casa. Caminaremos juntas. ¿Le parece bien?

Asintió con la cabeza y bajó la barbilla hacia el pecho. Tenía la mirada fija en la desordenada parte delantera de su blusa, pero no creo que empezara a llorar por eso.

La señora Hansen divagó durante la mayor parte del paseo de treinta minutos, mientras el sudor que le corría por la cara intensificaba el hedor. Era una conversación unidireccional.

—Esta ciudad machaca a las chicas —murmuraba—. Es insaciable. Las agarra enteras o en pedazos, pero nos atrapa a todas. Debería habérselo dicho a Mau. Debería haberla avisado.

Le di una palmadita en el brazo y la llevé a casa. Había dejado la puerta abierta de par en par. Cuando atravesamos el salón, en fila india, vi que los vasos opacos con caballos palominos descansaban sobre una torre de cajas, donde los habíamos dejado la última vez que estuve allí, el mío todavía lleno de agua. Sentí como si Maureen estuviera viva, allí en su casa, poniendo los ojos en blanco ante los montones familiares. Como si pudiera deslizarme a través de un centímetro de tiempo y salir a un mundo en el que Maureen no hubiera muerto.

No sabía dónde acostar a la señora Hansen, pero era consciente de que en Pantown guardábamos nuestros secretos. Si no quería que llamara a mi padre, tampoco quería que llamara a nadie, así que decidí llevarla al único lugar que podía: la habitación de Maureen. Le pedí disculpas mientras subíamos por las escaleras, pero no parecía estar escuchando.

Cuando entramos en la habitación de su hija, me sorprendió ver todos los cajones abiertos, montones de ropa por el suelo y la cama deshecha.

—Señora Hansen, ¿ha hecho usted esto?

Ella negó con la cabeza.

—Jerome envió a uno de sus ayudantes a buscar una nota. —Hizo un ruido húmedo—. Una nota de suicidio.

Reprimí la oleada de ira. No encontrarían ninguna nota de suicidio porque no se había suicidado y, de todos modos, el ayudante del comisario debería haber limpiado antes de marcharse. Enseguida hice la cama, tumbé a la señora Hansen y la cubrí con la sábana favorita de Maureen, estampada con limones y frambuesas. Le froté la cabeza hasta que se relajó, como hacía con mi madre. Cuando sus ojos se cerraron y su respiración se regularizó, empecé a limpiar el resto de la habitación lo más silenciosamente que pude. No era mucho, pero era lo único que se me ocurría hacer.

Cuando todo estuvo en orden, me arrodillé junto a la señora Hansen, como si estuviera rezando.

Tenía los ojos abiertos.

La impresión me sacudió como un cable en tensión. Se parecía a Maureen en la camilla, con la cara hinchada y los ojos llorosos y vacíos. Los cerró con fuerza, sin que su respiración se entrecortara. Sus ojos abiertos habían sido un reflejo. Creo que ni siquiera se había despertado.

Más tarde, en casa, en mi propia cocina, me asaltaron los pensamientos.

Sabía que Maureen no se había suicidado.

Sin embargo, el comisario Nillson había enviado a un ayudante a registrar la habitación de Maureen.

Eso podía significar que él creía que se había suicidado y le preocupaba que lo mencionara en la nota, o bien que sabía que no se había suicidado y quería que su hombre —que, por lo que yo sabía, era uno de los otros dos que habían estado en la habitación con Maureen aquella noche— limpiara cualquier cosa que la relacionara con ellos.

Todavía no había confirmado que la casa de Nillson era donde la había visto. Estaba bastante segura, pero no del todo.

Este hecho fue como un jarro de agua fría.

Volví a plantearme pedir a Brenda o a Claude que me acompañaran a los túneles, a la puerta que Junie había abierto, y averiguar qué había al otro lado. Tenía miedo de hacerlo sola, pero tampoco quería ponerlos en peligro. Si habían asesinado a Maureen por lo que había hecho en aquel sótano y habían saqueado su habitación en busca de pruebas (pruebas que ahora poseía en cierto modo, en forma de su diario), entonces lo que iba a hacer era peligroso.

Así pues, me di cuenta de que había una persona a la que podía contárselo, alguien que podía protegerme.

Mi padre.

Ahora que Maureen estaba muerta, no tenía que proteger su reputación. Podía compartir lo que había visto. Me di cuenta de que no necesitaba volver a los túneles después de todo, no necesitaba entrar en ese sótano. Le contaría todo a papá, lo de los tres hombres, la pulsera, el mensaje que había descubierto en su diario y las cosas horribles que había descrito, cosas que seguramente había hecho en ese mismo sótano. Se me puso la cara roja como una estufa solo de pensar en decirle aquellas palabras, pero lo haría.

Preparé una cazuela de hamburguesa para cenar e incluso hice gelatina de fresa para el postre. Hice suficiente para cuatro, pero mamá no salió de su habitación y papá no volvió a casa. Practiqué sonrisas en el espejo con Junie, aunque mi cara parecía una máscara de Halloween. Recorrí la cocina, incluso limpié el interior de la nevera, le preparé un baño a mamá, la metí en la cama después y entré en la habitación de Junie para darle las buenas noches.

Luego esperé en el sofá mientras vigilaba la puerta principal.

La liberación emocional de saber que no tenía que hacerlo sola era abrumadora.

Papá se daría cuenta de que no era un suicidio una vez que le contara todo.

Hacer las cosas sola era hacerlo a la manera Pantown, pero sola no significaba sin tus padres.

Capítulo 30

El sonido del teléfono me despertó.

¿Era para nosotros? Me fui a la cocina, arrastrada por una línea invisible. Estaba de mal humor, desorientada por haberme dormido en el sofá —¿papá había llegado a casa, siquiera?—, pero mi cuerpo sabía que no se dejaba sonar la línea si era para ti. Era de mala educación para los vecinos.

La llamada se detuvo cuando llegué a la cocina y volvió a sonar de inmediato. Tres timbres largos y uno corto. Descolgué el teléfono de la pared.

—¿Hola?

—¿Heather?

Me apoyé en la pared. El reloj sobre la estufa marcaba las 7.37 de la mañana. No me creía que hubiera dormido abajo toda la noche.

—Hola, Brenda. ¿Qué tal?

La preocupación de ayer aún no había hecho mella en mí. Me acerqué al umbral entre la cocina y el salón y arrastré el cable enrollado tras de mí. No había ruidos en la planta de arriba ni en esta. Mamá, papá y Junie no se habían levantado. Pero eso no tenía sentido para papá, que tenía que estar en el trabajo a las ocho.

—Tengo miedo. —Brenda me metió de nuevo en la conversación con la voz tan tensa como el alambre de una trampa—. ¿Y si nos pasa lo mismo que a Maureen?

Las reglas de la línea compartida eran tácitas pero rígidas. Se hablaba de todo lo escandaloso, sin mencionar nunca detalles que pudieran usarse contra una persona.

—Eso no va a pasar. No hacíamos las mismas cosas.

—Mi apellido estaba en la chaqueta.

Parpadeé y me limpié la legaña que tenía en el rabillo del ojo.

—¿Qué?

—Llevabas la chaqueta de Jerry, Heather. Su apellido está en el parche del pecho. Mi apellido. Taft. Cualquiera... cualquiera en aquel sótano que mirara afuera lo habría visto. Él lo vio.

Él. Jerome Nillson.

—¿Estás segura?

—Sí. —La palabra salió disparada; había muchísima presión acumulada tras ella.

—Voy a decírselo a mi padre, Brenda. ¿Vale? Tenemos que confesarlo. Eso es lo más importante. Justicia. —La palabra se me quedó en la punta de la lengua, abstracta pero importante, como lo había sido «reputación» hasta que dejó de serlo.

Brenda se quedó callada unos segundos. Arriba, se oyó la cisterna de un retrete. Era demasiado temprano para que Junie se despertara. Debía de haberse levantado a hacer pis para luego volver a la cama.

—Está bien —dijo Brenda.

—De acuerdo —asentí.

Si papá había vuelto a casa anoche —debía de haberlo hecho; ¿dónde si no iba a pasar la noche?—, había llegado y se había marchado sin hacer ruido. Mamá estaba sola en su cama y Junie estaba dormida en la suya. Me peiné, me puse el último par de bragas limpias —nunca había tenido tanta ropa sucia—, unos pantalones cortos, un sujetador y una camiseta, me comí un par de tostadas y me subí a la bicicleta.

No podía hacer de Sherlock sola, esto no era la televisión. Menos mal que mi padre era uno de los mejores agentes de la ley del condado. Era una pena que fuera amigo del comisario Nillson. Haría las cosas incómodas, pero mi padre siempre hacía lo correcto.

Siempre.

Dejé la bicicleta delante del edificio de administración del condado de Stearns y me dirigí al despacho de papá. Sentí una punzada de nerviosismo entre los omóplatos, pero su secretaria me sonrió con calidez y me hizo señas para que entrara. Mis pantalones cortos y mi camiseta me hacían sentir tan fuera de lugar como un vestido de baile mientras caminaba por la profunda moqueta para llamar a la puerta de caoba con suavidad.

—Adelante.

Su despacho olía a cuero, madera y a la loción para después del afeitado especiado de papá. Las pocas veces que lo había visitado, me habían encantado las paredes forradas de libros y me había asombrado el enorme escritorio que dominaba el espacio, tan grande como un frigorífico y de la misma madera rojo oscuro que la puerta. Esta vez apenas me fijé en ellos.

Papá había estado leyendo algo en su escritorio y levantó la vista cuando me acerqué.

—¡Heather! —Su expresión de sorpresa fue reemplazada por alegría, que enseguida fue sustituida por preocupación—. ¿Tu madre está bien?

—Sí —dije, y cerré la puerta detrás de mí—. Está bien. Junie también.

Asintió con la cabeza. Estaba a punto de levantarse, pero se dejó caer en la silla. Tomó el teléfono, pulsó un botón transparente del tamaño de un terrón de azúcar y le dijo a Mary, la recepcionista, que no le pasara llamadas.

—No me digas que estás aquí porque echas de menos a tu viejo —dijo, y se pasó la mano por el pelo. ¿Siempre había tenido las sienes plateadas? Lo recordaba bromeando sobre algunas canas, pero ¿no había sido el mes pasado? Las manchas rosadas de su frente indicaban que la rosácea había vuelto. Tendría que recordarle que se pusiera la pomada.

—Quiero hablar de Maureen —le dije.

Bajó la cabeza. Debía de haber sido muy duro para él, una amiga mía había muerto.

Muerto.

Respiré hondo, temblorosa.

—No se suicidó, papá. Estaba haciendo algo malo.

Se sentó erguido, con la mirada fija en mí.

Casi me acobardé.

—¿Cómo era el comisario Nillson, papá? Cuando estabais en el instituto.

Frunció el ceño, pero me respondió.

—En realidad, era un poco problemático. No tenías que pensar cuando estabas cerca de él, lo que significaba que tanto él como quienquiera que estuviera en su círculo operaban justo al filo de la ley. Era un comportamiento adolescente estúpido y casi siempre inofensivo (vandalismo, consumo de alcohol por menores de edad, ese tipo de cosas), pero a mí no me gustaba, así que no salíamos juntos en aquella época. Sin embargo, tenía unos padres respetables, que lo mantuvieron alejado de lo peor. Y ahora es un buen hombre. Creció. Todos lo hicimos.

—No creo que sea un buen hombre, papá —dije con la voz temblorosa. Entonces estalló la historia de la cosa horrible que había visto aquella noche, como una enfermedad infecciosa que por fin se liberaba.

Le hablé de mí, Claude, Junie y Brenda en los túneles, de que yo llevaba la chaqueta militar de Jerry Taft, que fuimos estúpidos y abrimos aquella puerta. Juré que Brenda y yo habíamos visto la cara de Jerome allí dentro. Era mentira, pero no quería que Brenda estuviera sola al borde de ese precipicio, por la misma razón que no le dije que había sido Junie quien había abierto la puerta. Eso no cambiaba la parte importante de la historia, que era que Maureen estaba de rodillas ante esos hombres adultos, y luego, unos días después, estaba muerta.

«Asesinada». Eso es lo que le dije.

Me había dejado soltarlo todo, se había quedado tan quieto como el agua de la cantera, pero levantó la mano cuando pronuncié la última palabra.

—Espera, Heather, es una acusación muy grave. —Tomó un bloc de notas amarillo y un bolígrafo, con la cara fruncida como si se le estuviera abriendo un sumidero dentro del cráneo—. Cuéntame todo lo que viste, otra vez.

Repetí la historia, tal cual. Escribía mientras yo hablaba, y los trazos de su bolígrafo sonaban como música. Un adulto estaba al mando, un adulto que se ganaba la vida así. Mi padre.

—¿No viste la cara de nadie más? ¿Alguien, además del comisario Nillson?

Negué con la cabeza. Me gustaba cómo se refería a Nillson formalmente y lo distanciaba de nosotros al dejar de llamarlo Jerome.

Papá me miró fijamente, con el bolígrafo sobre el bloc de notas.

—Heather, esto es muy importante. ¿Estás segura de que era él? Estamos hablando de la reputación de un hombre, de su carrera. No puedes equivocarte.

Me deslicé un poco hacia un lado. Estuve a punto de confesarle que yo no había visto al comisario Nillson, sino Brenda. Pero entonces recordé su cara cuando me lo había dicho. Estaba segura. Con eso me bastaba.

—Papá, estoy casi segura, pero no importa, ¿no lo ves? Si era su sótano, era él.

Papá se dio un golpecito con el bolígrafo en la barbilla, como si lo estuviera considerando.

—Sí —gruñó. De repente parecía estar muy lejos—. Joder, Heather. Lo siento mucho. Siento que hayas tenido que ver eso, y siento que Maureen esté muerta.

Casi nunca decía palabrotas cerca de mí. Me hizo sentir mayor.

—Sí —contesté, sin darme cuenta de que estaba imitando su respuesta, su tono, hasta que comprendí que estaba a punto de darme un golpecito en mi propia barbilla con la mano como él acababa de hacer.

—¿A quién más se lo has contado? ¿Lo sabe Claude? ¿Y Junie?

—No. Solo Brenda y yo. Juramos mantenerlo en secreto. No queríamos meter a Maureen en problemas. Pero ahora...

Un golpe en la puerta me hizo dar un respingo.

—Adelante —dijo papá a la vez que me hacía una señal con la mano. «Espera un momento», decía. «Necesito oírlo todo».

El agente Gulliver Ryan asomó la cabeza pelirroja y me vio.

—Puedo volver más tarde.

—¿Qué pasa? —preguntó papá con voz tensa. Me puse más erguida. Papá era la autoridad aquí, eso era lo que transmitían su tono y su postura. Mi padre estaba al mando.

El agente Ryan le tendió un llavero.

—Ya no las necesito. Tengo las mías. ¿Te las devuelvo a ti o a Jerome?

—A Jerome —dijo papá. Su rostro era pétreo.

El agente Ryan asintió y cerró la puerta tras de sí.

Miré a papá, que se pasó ambas manos por la cara como si se la estuviera lavando.

—Resulta que el agente Ryan está instalando una oficina temporal aquí. Esperábamos que se fuera en una semana. No ha habido suerte. —Sacudió la cabeza como si quisiera deshacerse de un mal pensamiento—. Pero no debes preocuparte por eso. Ya tienes bastante con lo tuyo. ¿Brenda sabe que has venido a verme?

Asentí con la cabeza.

—Buena chica. Eso ha sido inteligente. Yo me encargo a partir de ahora. ¿Confías en mí para manejarlo?

—Sí —respondí, con las lágrimas calentándome los párpados. Las cosas irían bien, todo lo bien que podían ahora que Maureen ya no estaba.

Papá me abrazó y me prometió que vendría a cenar esta noche. Casi había llegado a mi bicicleta cuando recordé que no le había hablado de la pulsera de cobre ni del diario. El palacio de justicia se alzaba detrás de mí, imponente, observando desde arriba mi ropa de adolescente y mi pelo desordenado.

Se lo contaría cuando llegara a casa.

Capítulo 31

Papá no volvió esa noche para cenar. Aunque sabía que la cazuela de hamburguesa de la noche anterior estaba en el frigorífico, me había pasado por el supermercado Zayre para comprar su filete ruso favorito para la cena, al anticipar que él se uniría a nosotros.

Hacía frío.

Mamá incluso había salido del dormitorio para sentarse a la mesa del comedor, con el pelo peinado, el maquillaje inmaculado y una sonrisa frágil. Parecía tan decepcionada como yo por la ausencia de papá. Hablamos sobre Maureen y fingimos que no estaba muerta, siempre se fingía en Pantown. Mamá me preguntó por el trabajo, yo le pregunté por su grupo de la iglesia al que asistía a veces y Junie habló de gatitos, de cómo Jennifer, tres puertas más abajo, tenía uno, y de cómo ella también quería uno, pero uno bonito, un cachorrito, no uno malhumorado como la Señora Brownie de Ricky.

Luego mamá volvió a su habitación y Junie a la suya después de ayudarme a limpiar.

Estaba a punto de volver en bicicleta al juzgado cuando oí que un coche se detenía en el camino de entrada. Corrí hacia la ventana. ¡Era papá! Le abrí la puerta. Parecía una versión desfasada de sí mismo, como él dentro de veinte años, pero no importaba porque estaba en casa.

—Te recalentaré la cena —le dije, y volví corriendo a la cocina para meter el filete en el horno aún caliente.

Cuando regresé, se estaba sirviendo una copa de *brandy*.

—¿Quieres que traiga hielo? —le pregunté.

Se dejó caer en el sofá con un suspiro tan pesado como el plomo. Estudió el líquido color miel de su copa, sin mirarme a los ojos.

—El forense está de acuerdo en que ha sido un suicidio, Heather.

Entonces me acerqué más a él, pegada a las paredes de la habitación.

—¿Qué?

—Y Jerome niega, sin lugar a duda, haber tenido a Maureen en su casa alguna vez.

Me quedé boquiabierta. Papá había dicho que investigaría, no que iría directamente a preguntarle al zorro si había visitado el gallinero.

—¿Le contaste lo que vimos Brenda y yo?

—No, claro que no. Os protegí, le dije que era un rumor. Dijo que todo era mentira, que Maureen era una chica con problemas y que se había ahogado. Punto. Fin del asunto.

—¡Ella tenía problemas por lo que él le hizo! —grité—. Lo vi con mis propios ojos.

Pero no lo había visto. No había visto al comisario Nillson, solo a un hombre que creía que podía ser él.

—Además, ella nunca se habría ahogado. Ya te lo dije, era una gran nadadora. —Estaba jadeando, como si acabara de correr alrededor de la manzana. Hice una pausa mientras mis pensamientos daban tumbos en mi cabeza. Todavía tenía el as en la manga. Algo me decía que no lo compartiera, pero seguí adelante. Era mi padre.

—Hay algo más.

Frunció el ceño.

—¿Qué?

Dejé escapar un suspiro tembloroso.

—Leí su diario después de que desapareciera, papá. Le preocupaba que alguien la matara. Decía que, si la asesinaban, que no dejaran que él se saliera con la suya.

Papá se inclinó hacia delante y sus mejillas se sonrojaron de repente.

—¿Dejar que quién se salga con la suya?

Luché contra el impulso de sacar el diario y enseñárselo.

—No lo ponía.

Papá miró hacia arriba como si se sintiera ofendido y luego le dio un gran trago a su vaso.

—Los adolescentes son así de dramáticos, Heather. No todos son tan sensatos como tú.

Negué con la cabeza, reacia a aceptar el halago, sorprendida por la facilidad con que descartaba la prueba irrefutable.

—¡Ella sabía que la iban a matar!

—Entonces, ¿por qué no nombró a su asesino?

—Pues… no lo sé.

Dio otro trago al licor e hizo una mueca. Estaba bebiendo rápido.

—Porque era una fantasía, eso es todo. Una fantasía que se inventó en su atribulada cabeza. Sabes que se comportaba de forma alocada desde que su padre se fue, tanto ella como su madre se han pasado de la raya. Me temo que solo era cuestión de tiempo hasta que algo así sucediera. El comisario Nillson cree que Maureen robó parte de los medicamentos para el corazón de su madre, su digoxina, para noquearse y no luchar contra el agua. Si no fue el medicamento para el corazón, fue alguno de los tranquilizantes. Dios sabe que esa mujer tiene suficientes pastillas para elegir, por todo el bien que le hacen.

Me senté con cuidado en la silla frente a él. Necesitaba que me oyera, que me creyera. ¿Por qué no me escuchaba? Hablé despacio.

—Si eso es cierto, el medicamento aparecería en una autopsia. —No estaba segura, pero sonaba bien.

Papá negó con la cabeza.

—Jerome no va a pedir una autopsia. Solo se hace cuando hay dudas sobre la causa de la muerte. Está seguro de que se trata de un suicidio y, aunque la pidiera, tendrían que saber exactamente qué analizar o no sería más que una búsqueda inútil de mil dólares.

Abrí la boca para objetar, pero levantó la mano.

—He oído todo eso antes, las chicas se llevan algo del botiquín de sus padres para calmarse y se tiran por un puente. Todo muy dramático.

—Pero…

—¡Ya basta! —bramó.

Un puñetazo en el estómago me habría impactado menos. Nunca había oído a mi padre levantar la voz, no a mí.

Su rostro se descompuso.

—Lo siento, cariño, de verdad. Mira, entre tú y yo, me mantendré al margen de esto. Se trata de a quién conoces y a quién debes lealtad en el departamento del comisario del condado de Stearns, así que tendré que ir con cuidado, pero no me rendiré. —Me miró, suplicante—. Si prometo estar atento a esto, ¿considerarás que Jerome podría estar diciendo la verdad? Tú misma has dicho que había una luz parpadeante en esa habitación del sótano y que los rostros no estaban claros.

—No. —Mi voz reveló la tristeza que sentía—. Maureen no se suicidó.

Un movimiento me llamó la atención. Junie bajaba las escaleras con sigilo. Parecía afligida, debía de haber oído los gritos. Mamá también, pero no había movimiento en su dormitorio. Le hice señas a Junie para que viniera hacia mí. Cruzó el salón a toda prisa como un animal acorralado y se acurrucó junto a mí en la silla. La rodeé con el brazo.

Papá volvió a tragar saliva y ni siquiera se fijó en Junie.

—No lo sabes todo, Heather.

No lo decía en serio. Esperé.

Miró por la ventana y luego volvió a su bebida como si fuera un telescopio que apuntaba al centro de la tierra.

—Hay otra teoría, una que no involucra a Jerome ni al suicidio.

El cálido aliento de Junie me calentó el cuello donde su cara se curvaba hacia él.

—¿El hombre del que te hablé, por el que Gulliver Ryan vino desde la ciudad para investigar, Theodore Godo? Se hace llamar Ed o Eddie. Se viste como un *greaser*. Lo han visto por la ciudad conduciendo un Chevelle azul y saliendo con Ricky Schmidt.

Junie se puso rígida y yo casi me tragué mi propia lengua. Papá y el comisario Nillson no debían de haber visto a Ed esperándonos detrás del escenario después de la actuación, ni tampoco debían de saber que habíamos pasado tiempo con él.

No reconocí mi voz cuando hablé.

—¿Jerome cree que Ed, Theodore, está involucrado en… el ahogamiento de Maureen?

Él asintió.

—Y el agente Ryan también. Buscarán a Godo para que responda a cualquier sospecha que Jerome tenga sobre la muerte de Maureen, aunque no digo que tenga ninguna, oficialmente.

Me acordé de cuando vi a Maureen tonteando con Ed detrás del escenario en el concierto de la feria del condado.

—¿Por qué no lo arrestan? —preguntó Junie, con la voz entrecortada.

—No es tan fácil, bichito —dijo papá, y en ese momento lo oí, la forma en que todos la tratábamos como a un bebé, o peor, como a una muñeca, al hablarle con condescendencia y protegiéndola. ¿Cómo no me había dado cuenta antes?

—El agente Ryan lo detuvo para interrogarlo en Saint Paul cuando aquella camarera desapareció —continuó papá—, pero tuvo que soltarlo. No había pruebas suficientes para retenerlo. Entonces, Godo apareció en Saint Cloud antes de lo que habíamos pensado. Acto seguido, Elizabeth McCain desapareció y Maureen se ahogó. El agente Ryan volvió a detener a Godo, esta vez con la ayuda de Jerome. De nuevo, no había suficiente para retenerlo.

Aquellas palabras, tremendamente pesadas, llenaron la habitación. Papá miraba fijamente el fondo de su vaso y no levantó la vista mientras terminaba su explicación.

—Todos hemos estado trabajando hasta tarde, algunas noches enteras, tratando de obtener información sobre él, pero es que ya no hay tiempo. Lo hemos decidido hoy. Jerome y un ayudante suyo van a sacar a Godo de la ciudad.

Junie se acurrucó más contra mí.

Negué con la cabeza. Aquello no tenía ningún sentido. Creían que había asesinado a dos chicas y secuestrado a una tercera, ¿y lo iban a echar de la ciudad?

—¿Pero entonces no se saldrá con la suya? —pregunté.

Papá le dio vueltas a su bebida y se tomó lo que quedaba.

—Seguiremos investigando. Mientras tanto, lo mejor para Saint Cloud es sacarlo de aquí. A Ed, y probablemente incluso a Ricky. Los hombres así no cambian. —Su voz parecía alejarse, pero su cuerpo permanecía en la habitación—. Las mujeres siempre lo intentan, pero los hombres como ellos nacen siendo malos.

Quería responderle, decirle que se deshiciera de ese impostor al que le parecía bien echar a un hombre al que creían un asesino para llevárselo a otro pueblo en el que hubiera mujeres y niños, como en este.

Pero no encontré las palabras.

—Entiéndelo, esta información no puede salir de la habitación o me costará el puesto —dijo papá, serio, centrado de nuevo en mí—. Necesito que sepas, Heather... Necesito que sepas que, si se lleva a cabo alguna injusticia, no quedará impune. Te doy mi palabra. ¿Me crees?

Casi suplicaba.

Mi padre me suplicaba que lo creyera. Así que asentí, a pesar de que, en mi interior, me sentía sola.

Reinaba el silencio en la casa, una calma interrumpida por los ronquidos de papá. Solo roncaba cuando había bebido demasiado. Había seguido bebiendo mientras yo le contaba todo lo que sabía sobre Ed, que no era mucho. Al menos podía confirmar que Ed y Maureen se conocían. Papá había llamado al comisario Nillson para contárselo, arrastrando las palabras. Volvió al sofá y se durmió poco después. Lo cubrí con una manta y luego me dirigí en silencio a mi habitación.

Me tumbé bajo las sábanas, completamente vestida, y escuché el tictac del reloj y los ronquidos de papá. Cuando todo siguió igual durante treinta minutos, bajé a la cocina y descolgué la llave maestra del gancho. Tomé una linterna y me dirigí al sótano.

Puede que papá confiara en Jerome Nillson. Yo no.

Beth

Un ruido que asemejaba al de un roedor que corría por la madera sacó a Beth de su duermevela y se puso en pie de un salto, preparada para luchar o huir antes de recordar dónde estaba. Se había convertido en una criatura de la oscuridad, que dormitaba y luego se despertaba sobresaltada, alerta, al instante, ante cualquier cambio en su entorno. El ruido era suave y provenía del techo. ¿O del otro lado de la puerta? Un sonido de deslizamiento. Le rugió el estómago. Lo último que había comido era la corteza del pan, que era más un coscurro que una rebanada. Eso había sido hacía dos días.

Había fantaseado con comer tierra. Recordaba de la clase de salud que a algunas embarazadas les apetecía. Grandes puñados de tierra mugrienta. Normalmente, indicaba una deficiencia de hierro. Si comía tierra, la sacaría del rincón más alejado de la zona donde orinaba, que olía a amoniaco. Llevaba días sin hacer caca —¿qué había que evacuar?—, pero el pis seguía apareciendo. No mucho, y lo que salía era fangoso porque estaba racionando el agua.

Sin embargo, la tierra del rincón más alejado olía bien, a chocolate con un toque de café. Soltó una risita y se sorprendió a sí misma. Podría darle forma de galleta, o de tarta, y mordisquearla con el meñique levantado. Su risa se hizo más fuerte.

«Todavía puedo reírme, cabrón».

Si lo que producía el sonido era un ratón, no se lo comería, aunque estuviera hambrienta. Se haría su amiga. Esperarían juntos, ya que pronto sería libre: había desenterrado ese clavo. Esa llave maestra de cinco pulgadas. Así era como había decidido llamarla, porque se la clavaría en el ojo, y eso abriría la puerta de su jaula y la liberaría.

¿Veis? Llave maestra.

Maestra, maestra, maestra.

Su risa era fuerte y solo un poco estridente.

Capítulo 32

Me quedé paralizada y unos escalofríos me recorrieron los brazos.

Me había parecido oír risas delante, en voz alta y baja, y luego voces, pero en cuanto me detuve, también lo hizo el ruido. Probablemente, los fantasmas del extremo más alejado de Pantown —el espeluznante, aquel donde vivía Nillson— cobraban vida como las criaturas de una casa encantada. No podía preocuparme por ellos o nunca llegaría a mi destino.

Aun así, me escondí en uno de los rincones frente a una puerta para calmar los nervios. La grieta era en sí misma una forma de fantasma, que marcaba el sótano de una casa que nunca se había construido. Qué gran diseño habría sido, tanto por encima como por debajo, si el sueño de Pandolfo se hubiera hecho realidad. Pero no estaba destinado a ser así. Saint Cloud era una ciudad de granito, terrestre y pesada. No estaba hecha para volar muy alto.

Conté hasta cien en aquel rincón mientras calmaba los latidos de mi corazón. Las risas no volvieron. Ahora Pantown dormía.

Volví a ponerme en marcha y me detuve en dos puertas distintas, la de Ant y la de los Pitt. Pegué la oreja a ellas y me aseguré de que no saldría nadie. Luego seguí hacia el sótano que estaba segura de que pertenecía al comisario Nillson. El aire era más denso en ese extremo, más turbio. La oscuridad se tragó la luz y se abrió camino hacia mí, así que enfoqué el círculo amarillo al suelo para concentrarlo, y conté puertas hasta llegar a la que Junie había abierto.

La puerta de Pandora.

Pero eso no era justo. Pandora había liberado males en el mundo y nosotros no habíamos liberado nada. Solo habíamos presenciado por accidente lo que ya estaba allí. Me llevé la mano al pecho y me acaricié donde había estado el parche de TAFT. Casi veía las luces estroboscópicas que lo habían atravesado e iluminado el apellido.

Pero el comisario Nillson no había ido a por Brenda Taft.

Solo a por Maureen.

Apoyé la cabeza bajo la P incrustada en la pesada puerta de madera y oí un silencio tan profundo que tenía su propio sonido, antiguo como el océano. ¿De verdad iba a hacerlo? ¿Iba a entrar en la casa de alguien? Agarré la linterna con la mano izquierda para manejar la llave maestra con la derecha. La dejaría decidir. Si abría la puerta, entraría. Si no lo hacía, encontraría otra forma. Le rogaría a papá que me llevara a otra fiesta, o me pasaría con galletas y pediría que me dejaran entrar al baño, o me arrastraría por una ventana, o…

Funcionó.

La llave entró, giró y abrió la cerradura con un chasquido.

Funcionó.

Giré el pomo, me temblaba todo el cuerpo y los pelos de los brazos se pusieron de punta.

Cuando la puerta se abrió, me invadió un olor a centro neurálgico. Hígado y cebollas, café, cigarros que olían a acre y almizcle humano. Todo en mi interior se paralizó y mi concentración se redujo a un punto. Entré en el sótano panelado. Cerré la puerta tras de mí y me apoyé en ella. Mis ojos se adaptaron a la penumbra y los objetos se enfocaron: un sofá, un armario para armas, un televisor de pie agazapado como un enorme *bulldog,* un tocadiscos con una pila de discos al lado. En la pared del fondo, donde habían estado los hombres en fila, había unas estanterías que habían quedado ocultas por sus cuerpos.

Se me hizo un nudo en la garganta. Habían acabado con Maureen.

Por primera vez, consideré que podría haber sido un suicidio. Sin embargo, aunque ese fuera el caso, el dueño de esta casa tenía parte de la responsabilidad. Maureen era una cría. Me fijé en una foto enmarcada, de veinte por veinticinco, que descansaba encima del televisor agazapado. Encendí la linterna y recé para que fuera una foto personal y no un cuadro.

Me encontré mirando a un sombrío Jerome Nillson.

Capítulo 33

Era su foto oficial de comisario, la misma que estaba colgaba en el interior del juzgado. ¿La había exhibido aquella noche, o había tenido la decencia de guardarla antes de abusar sexualmente de mi amiga? Me estremecí de vergüenza y rabia porque eso era lo que había sido: un abuso sexual. Maureen solo tenía —solo— dieciséis años.

Respiré hondo para tranquilizarme y encendí la luz en la habitación. Mi padre me había enseñado que había diferentes tipos de criminales, y eso era exactamente lo que era el comisario Nillson: un criminal. Él era de los que tienen ego, eso es lo que mi padre habría dicho de haber sabido que el comisario exhibía su propia foto. Los criminales con ego eran los más fáciles de atrapar porque se creían imparables.

Así que cometían errores por descuidos.

Yo descubriría los de Nillson y se los llevaría a mi padre, como prueba de lo que el comisario le había hecho a Maureen, o al menos algo que demostrara que ella había estado aquí.

Entonces mi padre tendría que creerme.

Con una oreja inclinada hacia la planta de arriba, empecé a peinar cada rincón del estudio. Busqué dentro de las fundas de los discos, miré en las esquinas de las estanterías, levanté los cojines del sofá y metí las manos en las grietas, incluso abrí el marco de la foto del comisario Nillson para ver si había algo escondido detrás del paspartú.

Nada.

Comprobé la puerta del sótano para asegurarme de que no se había cerrado detrás de mí en caso de que necesitara huir a toda prisa antes de dirigirme de puntillas al cuarto de servicio.

Era eso o subir, algo que no estaba dispuesta a hacer, no cuando suponía que Nillson estaba en casa.

En su cuarto de servicio había un descalcificador, un calentador de agua y una caldera, como en el nuestro. También había dos pilas de cajas archivadoras, una docena en total. Ninguna estaba etiquetada. Miré hacia la puerta que había dejado abierta y luego a las escaleras oscuras —podía llegar al túnel en tres segundos, donde había trazado mi ruta de escape desde allí— y abrí la caja de arriba.

Decoración navideña.

Me pregunté por qué el comisario Nillson no estaba casado. ¿Lo había estado? ¿Estaba divorciado o era viudo? Debajo de esa caja había otra que contenía suministros de correo. Las cuatro siguientes contenían expedientes de esos que papá llevaba directamente a su despacho, el único lugar de la casa donde Junie y yo teníamos prohibida la entrada. Hojeé los expedientes, no reconocí ningún nombre y volví a apilar las cajas tal como las había encontrado.

Un sonido como un rasguño en la planta de arriba me convirtió los huesos en salsa. Me esforcé por escuchar, con los ojos parpadeando entre la puerta y las escaleras, la puerta y las escaleras, la puerta y las escaleras.

El sonido no se repitió.

Respiré hondo, temblorosa, y agarré la caja superior del segundo montón, la saqué y la apoyé en el suelo. Pesaba más que la caja de Navidad, pero era más ligera que las de los expedientes.

Retiré la tapa y la iluminé con la linterna.

Una fotografía en blanco y negro de Ed Godo me devolvió la mirada. Se me aceleró el corazón.

Ed parecía enfadado y tenía el pelo muy corto. Sin esa onda alta y engominada en la frente que distraía, sus ojos no tenían fondo; eran dos agujeros perforados en la cara. Me dejé caer en el suelo con las piernas cruzadas y me metí la linterna en la boca para poder usar las dos manos. La foto estaba sujeta al expediente de Ed con un clip. Había servido en el ejército, como había dicho.

«Me acostumbré en Georgia cuando estaba de servicio. Evita que me duelan los dientes. No hay nada mejor para bajar la aspirina que la cola, Dios».

Se había retirado con honores al final de su servicio en el ejército. Por la lista de delitos menores que había cometido desde entonces, parecía que había robado por toda la costa este antes de aterrizar en Minnesota. No había constancia de cargos formales una vez aquí, pero un duplicado borroso de unas notas escritas a mano decía que estaba bajo vigilancia por actividad violenta. Mis ojos volaron sobre los detalles, que eran escasos, básicamente lo que papá ya me había contado. Creían que había asesinado a una camarera en Saint Paul, pero dos de sus amigos juraron que había estado con ellos toda la noche, y la policía no encontró pruebas en la escena del crimen que relacionaran a Ed con este.

Pasé la página, pero no había más información. Revolví los papeles y volví a leerlos por ambos lados, pero no descubrí nada nuevo. Reorganicé los documentos de Ed tal como los había encontrado y tomé el sobre de papel manila que estaba debajo de ellos en la caja. Desenrollé el cordón que lo mantenía cerrado y metí la mano dentro. Sentí unos cuadrados afilados. Le di la vuelta al sobre y vi cómo las Polaroid caían como nieve resbaladiza.

Parpadeé, con la boca seca alrededor de la linterna. Me la saqué de entre los dientes y la linterna tembló en mis manos. Las Polaroid eran fotografías de chicas desnudas, todas de aspecto joven, algunas más jóvenes que Maureen, tan jóvenes que no tenían pelo entre las piernas. Muchas de las fotos eran solo de cuerpos, con las cabezas cortadas por el ángulo de la cámara. Le di la vuelta a cada polaroid. Había fechas, pero ningún nombre, y algunas eran de 1971. Se me nublaron los ojos y me di cuenta de que estaba llorando. No eran fotos policiales, al menos no todas, no las que mostraban la alfombra verde manzana del comisario Nillson.

A aquellas pobres chicas, una treintena de Maureens, las habían convencido —o forzado— a hacer algo que no querían. Como cuando me quité la blusa para Ant porque no me dejó elección, no de verdad, no si no quería quedarme atrás.

Sentí náuseas.

Devolví las fotos al sobre. Estaba atando el cordón en forma de ocho mientras me preguntaba si tendría estómago para sacar el siguiente sobre cuando oí el inconfundible sonido de la puerta de un coche que se cerraba, tan cerca que solo podía proceder de la entrada de la casa del comisario.

Mis lágrimas se secaron de inmediato.

Volví a meter el expediente de Ed en la caja, la cerré, la devolví a la parte superior de la pila y me metí el sobre con las fotografías en la parte trasera de los pantalones cortos. El sonido de la puerta principal que se abría arriba coincidió con el suave chasquido de cuando cerré la puerta del cuarto de servicio de abajo.

Los pasos iban directamente hacia las escaleras del sótano, pero yo nunca lo sabría porque ya había salido por la puerta, la había cerrado detrás de mí y había vuelto corriendo a casa por los túneles antes de que él llegara al primer escalón.

Capítulo 34

Papá ya no estaba cuando bajé a la mañana siguiente y, por una vez, me pareció bien. Necesitaba un plan, no podía entregarle las fotos simplemente. De hecho, me desperté arrepentida de haberlas robado. Habría sido mejor que, de alguna manera, la policía —la que no era amiga de Nillson— las descubriera por su cuenta, quizá después de recibir una denuncia anónima. Tal vez incluso podría haber avisado a Gulliver Ryan, un forastero del que el comisario desconfiaba. Si las descubrían así, las fotos podrían usarse como prueba. De lo contrario, Nillson se limitaría a negar que las instantáneas hubieran estado en su casa y que era una coincidencia que la moqueta se pareciera a la suya.

Por el momento, lo mejor que podía hacer era devolver el sobre de papel manila a la caja en la que lo había encontrado y, a continuación, dar el soplo desde un teléfono público. Sin embargo, hiperventilé ante la idea de volver a colarme en el sótano del comisario Nillson. El miedo me dejó paralizada, a la espera de que se me ocurriera una idea mejor. Hacía tanto tiempo que no dormía bien que tenía el cerebro embotado.

Pensé en un jabón con truco. Anton me lo había regalado durante el amigo invisible de sexto curso. Parecía jabón normal, olía a detergente, pero cuando lo usabas, te manchaba las manos de negro. Así me sentía: cuanto más fregaba la superficie de las cosas, más me ensuciaba.

Decidí meter las fotos bajo el colchón por ahora. Las escondería junto a mi diario y el de Maureen. De repente, me invadió una desesperación por la batería, una necesidad de orden, de lo compuesta que me sentía cuando me sentaba detrás de mi equipo. Era el mayor lapso de tiempo que había pasado sin tocar desde que empecé. Visitaría a la señora Hansen, comprobaría cómo estaba y, si le parecía bien, le preguntaría si podía pasar un rato al garaje. Ya me había dicho que sí, pero temía que mi forma de tocar la batería le recordara a Maureen.

Fui a ver a mamá, que estaba durmiendo. Junie había dejado una nota diciendo que iba a pasar el día en casa de su amiga Libby. Llamé a la madre de Libby para asegurarme de que le pereciera bien.

—No hay problema —dijo la señora Fisher—. De hecho, estaba a punto de llamar para preguntar si os importaba que se quedara a pasar la noche. Queremos ir al autocine esta noche. Libby me ha suplicado que venga Junie, y ya sabes lo tarde que se puede hacer.

—Eso sería genial —contesté. Una persona menos de quien preocuparme—. La enviaré con algo de dinero la próxima vez que vaya para pagároslo.

—No te preocupes por eso —dijo—. Ya lo arreglaremos.

Colgué y me preparé el desayuno. Normalmente tomaba tostadas, pero la misión de anoche me había quitado las ganas. Coloqué una sartén de hierro fundido sobre el quemador más grande y la puse a fuego fuerte. Cuando el aire que quedaba por encima se volvió brumoso, eché un buen trozo de mantequilla. Mientras chisporroteaba, corté un círculo en el centro de dos rebanadas de pan blanco y utilicé una de ellas para untar la mantequilla derretida por la sartén. Luego añadí el pan y escuché cómo se impregnaba de mantequilla antes de cascar un huevo en cada agujero. El truco para conseguir un huevo en canasta perfecto en el agujero es no dejar que la clara penetre demasiado en el pan, porque entonces se empapa. Antes de darle la vuelta, la yema debe estar en contacto con la sartén. Hay que esperar otro minuto más o menos por el otro lado y *voilà*, el desayuno perfecto. Junie siempre me pedía los agujeros porque eran los mejores para mojar en la yema. Era una delicia conseguir las dos cosas.

Desayuné de pie delante de la encimera y lo acompañé con un vaso de leche. Me pregunté si la señora Hansen habría comido. Tenía que llevarle algo de comer. Eso fue lo que hicieron los vecinos cuando Agatha Johnson perdió a su marido de un ataque al corazón. Los platos calientes seguían llegando.

Rebusqué en los armarios, aparté latas de judías verdes y guisantes, hasta que encontré una lata roja y blanca de sopa condensada Campbell de pollo y estrellas. La calentaría, la echaría en el termo de papá y se la llevaría junto con un par de sándwiches de mortadela. No era un plato caliente, pero no quería tardar mucho en prepararlo y, además, ya hacía un día caluroso.

Me di una ducha fría mientras la sopa se cocinaba a fuego lento y me puse un mono de felpa. En un día tan caluroso como aquel, me habría gustado llevar el pelo recogido en dos coletas cortas, pero eso llamaría la atención sobre mi protuberancia, como si dibujara una X al estilo de un mapa del tesoro. Me conformé con un pasador grande en la nuca, que al menos me levantaba un poco el pelo. Volví a echarle un vistazo a mamá. Por el olor, se había levantado para fumar un cigarrillo, pero ahora estaba quieta. Metí la comida de la señora Hansen en una bolsa de papel, añadí una manzana roja, me calcé los Dr. Scholl y salí de casa.

Sentí un hormigueo en el cuello mientras caminaba, como si alguien me estuviera observando, pero cuando me volví, no había nadie. Lo tomé como una reacción al sol abrasador hasta que crucé la calle en el mismo momento que un Chevelle azul entraba en nuestra manzana y se detenía a mi lado.

Ed estaba sentado al volante.

Sentí el miedo como un aliento sofocante cerca de la cara. Papá había dicho que iban a echar a Ed de la ciudad. Al parecer, habían hecho un pésimo trabajo. Seguí caminando. Mis sandalias se atascaban en la acera, pero el Chevelle se arrastraba a mi lado como un tiburón.

—Hola, guapa —me llamó él.

Me avergüenzo de que mi respuesta instintiva fuera asegurarme de que la oreja estuviera tapada para que no tuviera que retractarse de lo de «guapa».

—No tengo tiempo para hablar —dije, y levanté la bolsa—. Tengo que llevarle comida a una amiga.

—¿Yo no soy un amigo? —preguntó.

Cuando no contesté, paró el coche y habló en voz alta.

—No te dignaste a hablar conmigo después de que te consiguiera aquel concierto en la feria, ni cuando te fumabas mi hierba alrededor de la hoguera.

Una puerta de mosquitera se cerró con un golpe en la calle. Si yo podía oír eso, significaba que cualquiera podía escucharnos. Caminé unos metros hacia Ed, lo bastante cerca para que pudiéramos hablar sin que nadie se enterase, pero lo bastante lejos para que no fuera capaz de agarrarme. No creía que fuera a secuestrarme a plena luz del día, pero si ya me ponía los pelos de punta antes de saber que podía ser un asesino, ahora me hacía desear caer bajo tierra y desaparecer.

Señaló la bolsa.

—¿Qué tipo de comida llevas?

Sostuve el papel arrugado contra mi pecho. El termo desprendía calor como un segundo corazón.

—Sopa y sándwiches.

—Me gustan los sándwiches.

La bolsa contenía dos. Intenté pensar en cómo negarme a darle uno, pero no pude, no sin ser grosera. Metí la mano, saqué un sándwich envuelto y se lo di con precaución, como un cuidador de zoo que da de comer a un tigre.

—De puta madre. —Lo aceptó y lo desenvolvió—. Mi mortadela tiene nombre, y es C-Ó-M-E-M-E. —Se rio mientras se metía una esquina en la boca—. ¿Para quién es el resto?

—Para la madre de Maureen. —Empecé a señalar calle arriba antes de recordar de qué podía ser culpable.

—Joder, sí, lo de la chica ahogada es una noticia muy dura. Oí que se tiró a la cantera cuando se enteró de que Brenda salía con Ricky.

Sentí como si alguien me hubiera hecho un nudo en el cerebro.

—¿Qué? —Se encogió de hombros—. Es solo lo que he oído.

—Pero yo creía que salía contigo. Me refiero a Maureen.

—No, no acepto las sobras de nadie. Lo entendiste mal. —Chasqueó los labios mientras se acercaba al sándwich.

Repasé todos mis recuerdos de la semana pasada. Claro que Brenda había estado con Ricky en la fiesta, pero a Maureen no le había importado. Había terminado con Ricky, si es que podía decirse que alguna vez habían empezado.

—Creo que el que lo ha entendido mal eres tú.

Giró la cara hacia mí. Estaba sonrojado.

—¿Qué acabas de decir?

—Yo… Nada. Lo siento. Estoy triste, eso es todo. Mi amiga ha muerto.

Me miró fijamente unos segundos más con esos ojos diminutos.

—Sí, será mejor que no me toques los cojones.

Lanzó su sándwich a medio comer por la ventanilla abierta del copiloto. Aterrizó a mis pies y se deshizo. Me quedé mirando la mayonesa Miracle Whip que me había asegurado de que llegara a los bordes de ambas rebanadas. Un traqueteo me hizo mirar hacia atrás. Ed había agarrado el frasco de aspirinas y se estaba llevando unas pastillas blancas a la boca.

—¿No tendrás una cola en esa bolsa? —preguntó, con las pastillas en la boca.

Negué con la cabeza.

—Joder —dijo mientras las hacía crujir y se las tragaba—. La razón por la que te he parado es que quería preguntarte si te interesa una cita doble.

Eché la cabeza hacia atrás.

—¿Con quién?

Se rio con ganas, tanto que se le llenaron los ojos de lágrimas.

—Con Ant —añadió cuando logró controlarse—. El chico no deja de hablar de ti. Imagino que ambos me necesitaréis para dar una vuelta. ¿Y si traes a esa dulce hermanita tuya?

—Junie tiene doce años —le informé, con la conmoción estrujándome la voz.

Él se encogió de hombros.

—Parece muchísimo mayor.

—Mi padre es el fiscal del distrito —añadí. Intenté que sonara como una amenaza, pero pareció una pregunta.

—Eso he oído —replicó Ed, y puso el coche en marcha—. Piénsalo. Sé cómo hacer que una chica se divierta.

Arrancó tan rápido que el llavero del salpicadero cayó sobre el asiento delantero.

—No puedo tragar pan, pero agradezco la sopa —dijo la señora Hansen cuando le expliqué por qué había ido. Parecía lúci-
da, pero arrastraba ligeramente las palabras y olía dulce, como
si se hubiera bañado en zumo de manzana. Aún no me había
dejado pasar, pero ya veía una zona del suelo que asomaba detrás de ella, y la luz entraba por una ventana en el lado opuesto
del salón que había olvidado que estaba ahí, del tiempo que
hacía que estaba oculta por las cajas.

—¿Está limpiando? —pregunté. Seguía nerviosa por el encuentro con Ed y luché contra el impulso de vigilar la calle por
si volvía.

—No —contestó ella, que se dirigió a la cocina y me indicó que la siguiera—. Estoy de mudanza.

A pesar de arrastrar las palabras, caminaba en línea recta,
pero eso podía deberse a las cajas que aún había por el camino.
La cocina era aún más sorprendente de lo que había sido el
salón. La mesa estaba limpia. Puse la bolsa de papel encima y
se me formó un revoltijo de preguntas. Nunca había oído que
nadie se mudara de Pantown. La gente se quedaba en el vecindario y pasaba sus casas a sus hijos.

—¿Adónde se muda?

Se inclinó hacia la nevera y sacó una jarra de té helado.

—Lejos de este infierno, eso es lo que importa. Me iré con
el corazón destrozado y saldré a la carretera.

No sabía qué cara debía de estar poniendo, pero la hizo reír
con fuerza, como si alguien le hubiera presionado el pecho.

—Lo entenderás cuando seas mayor —agregó—. Quizá ni
siquiera tardes tanto. Siempre has sido muy lista.

Sacó dos vasos de un armario repleto de los que regalaban
en el McDonald's, con imágenes de Ronald u otros miembros
de la pandilla. Los llenó de té helado. Yo acepté un vaso del
ladrón de hamburguesas y ella el de Grimace.

—¿Cuándo se va?

Dio un trago a su té, que intensificó su olor demasiado
dulce, como si el líquido hiciera salir el aroma por los poros.

—Cuando encuentre las cosas que importan, y estoy a
punto de decir que nada lo hace. No sin Maureen. —Una ola

de pena turbia le recorrió la cara, pero continuó—: Tengo una amiga que vive en Des Moines. Dice que puedo quedarme con ella un tiempo, y luego ¿quién sabe? Las Vegas siempre necesita coristas.

Se rio entre dientes. Tenía la misma edad que mi madre, unos treinta y tantos.

Seguía siendo guapa.

—Debería sacar mi batería del garaje —dije.

Había venido a tocar, pero por el camino también había pensado en preguntarle qué hacer con las fotos. No le contaría por qué había ido al sótano, solo lo que había encontrado. Parecía la única adulta que conocía que se sentía cómoda con las cosas más oscuras, pero esta mañana estaba muy extraña, triste pero firme de una forma que no me lo había parecido en años.

Asintió, pero su mirada limpia se había vuelto tormentosa.

—Podrías venirte conmigo, ¿sabes? Aquí no hay nada para nadie. Debería haberme largado de la ciudad hace tiempo, cuando tu padre empezó a rondar por mi puerta después de haberse abierto camino por el resto del vecindario. Si tus padres no pudieron sobrevivir a Pantown con el alma intacta, ninguno de nosotros lo hará.

Me agarró de la barbilla y me sobresalté.

—Lo siento mucho. Sé cómo le afectó a tu madre que me acostara con tu padre. Constance nunca fue la misma cuando lo descubrió.

Capítulo 35

—Sé que no fue el único factor, que tenía algunos genes malos de su propia madre y que sufrió depresión postparto después de que Junie naciera, pero que me acostara con su marido no fue de ayuda —continuó, como si no acabara de arrasar con mi mundo, como si estuviéramos hablando de nuestros programas de televisión favoritos o de qué restaurante deberíamos elegir para comer y no de que mi padre le había puesto los cuernos a mi madre con Gloria Hansen, la madre de Maureen.

—No —respondí.

Dejó el vaso y me estudió con la cabeza ladeada.

—¿No me digas que no sabías lo mío con tu padre? A veces te traía, por el amor del cielo. Cuando el señor Hansen estaba en el trabajo. Jugabas con Mau. —Me miró como si no fuera tan lista como ella creía, pero no tardó en convertirse en comprensión—. Lo siento, cariño. Creí que lo sabías. Pagué por ello, si eso ayuda. Perdí a mi marido y a mi mejor amiga. Cuando Maureen se enteró, también perdí su respeto.

Las imágenes chocaban entre sí como bolas de billar en mi cabeza: mamá y una Junie recién nacida descansaban en la misma cama y papá me preguntaba si quería salir un rato de casa. Siempre le decía que sí. Me encantaba jugar con Maureen, estaba acostumbrada a ir a su casa con mamá. Maureen y yo correteábamos por el exterior, bebíamos largos tragos de la manguera cuando teníamos calor o, en los días de lluvia, nos refugiábamos en su habitación. La casa de los Hansen estaba más vacía entonces, pero no dejaba de estar repleta de cosas interesantes. No prestábamos atención a papá y a la señora Hansen más que para escondernos de ellos, pues sabíamos que, cuando nos descubrieran, la diversión se acabaría y tendría que volver a casa.

—¿Puedo ir al baño? —pregunté a la señora Hansen.

Parecía que quería decir algo más, disculparse por segunda vez, pero dijo que no había problema y se giró para sacar más tazas del armario.

—Quédate todo lo que quieras —añadió mientras me daba la espalda—. Voy a dejarlo casi todo. Que esta maldita ciudad decida qué hacer con ello.

Recorrí el camino hasta el baño, todavía aturdida. Me senté en el asiento cerrado del inodoro e intenté aferrarme a un pensamiento, pero era como agarrar a un pez bajo el agua.

«Mi padre y la señora Hansen tuvieron una aventura».

El botiquín estaba entreabierto, el lavabo apilado con frascos naranjas de medicamentos recetados. Tomé el más cercano. Equanil. El siguiente decía diazepam. Mamá tenía ambos. Los había visto en su mesita de noche y sabía que ambos servían para relajarla. ¿Píldoras de la felicidad? Supuse. El tercer frasco decía digoxina. Oí la voz de papá hablando del ahogamiento de Maureen:

«El comisario Nillson cree que Maureen robó parte de los medicamentos para el corazón de su madre, su digoxina, para noquearse y no luchar contra el agua. Si no fue el medicamento para el corazón, fue alguno de los tranquilizantes».

Antes de que pudiera convencerme de no hacerlo, abrí los tres frascos y me metí un puñado de pastillas de cada uno en el bolsillo del pantalón. No tenía ningún plan, solo una necesidad desesperada de entender a Maureen, o de ser como ella. O tal vez quería escapar de todo por un momento, no para siempre, solo lo suficiente para dejar de sentirme tan triste, tan perdida, tan segura de que las cosas iban a empeorar aún más.

Y pronto.

«Quédate todo lo que quieras», había dicho la señora Hansen.

Capítulo 36

En cuanto llegué a casa, saqué las pastillas del bolsillo, las guardé en un frasco de aspirinas casi vacío y lo metí debajo del colchón. Ya me estaba arrepintiendo de haberlas robado. Al parecer, eso era lo que hacía ahora, me llevaba cosas que no debía como una tonta. Cuando perdí de vista las pastillas, llamé a papá para decirle que había visto a Ed.

No le gustó oír eso. Me pidió que me mantuviera alejada de él —como si necesitara que alguien me advirtiera— y luego colgó, supuse que para averiguar cómo hacer que lo de «echar a Ed de la ciudad» se llevara a cabo. Quizá él y el comisario Nillson habían visto alguna película del Oeste.

Sola en la cocina, después de la llamada, me asaltó una oleada de desesperación por hablar con Claude. De todos mis amigos, él se había mantenido firme. No había empezado a perseguir chicas, a colarse en fiestas y a llevar ropa rara. Simplemente era «Claude fraude», fiable como el sol, firme como el cemento y siempre intentando tener un apodo.

La idea de desahogarme con él alivió el peso que cargaba sobre los hombros. Nunca habíamos hablado de sexo ni de nada que se le pareciera, pero soportaría oír lo que Maureen había hecho ahora que su reputación ya no estaba en juego. No le enseñaría las fotos espeluznantes, pero sus oídos sobrevivirían a que se las describiera. No podía contarle lo de Ed y Ricky porque papá había dejado claro que eso era confidencial, pero todo lo demás sí, incluido lo que me había contado la señora Hansen de que había tenido una aventura con mi padre.

Incluso le contaría lo del medicamento para el corazón que había robado. Seguro que Claude me ayudaría a deshacerme de las pastillas o a devolverlas.

Sonreí un poco al pensar en ello. Sería genial no tener que hacer todo esto sola.

Pero no podía decirle nada por la línea compartida y era demasiado tarde para molestar a los Ziegler. Tendría que esperar hasta mañana, en el trabajo.

Al día siguiente, cuando llegó la hora de irme a Zayre Shoppers City, Junie aún no había vuelto de casa de los Fisher. Mamá estaba fumando frente al televisor y su espeso maquillaje no ocultaba su palidez. Me costaba mucho mirarla ahora que lo sabía. Me dolía pensar en lo radiante que había estado antes de que naciera Junie. Después, se había roto como un espejo, y los pedazos estaban tan afilados que ninguno de nosotros podía acercarse lo suficiente para recomponerla.

¿Habría sido la aventura de papá con la señora Hansen lo que al final la había destrozado?

En un impulso, llamé a casa de Libby al salir por la puerta para preguntar si les parecía bien que Junie se quedara más tiempo. Que mamá estuviera fuera de su habitación me ponía nerviosa. La señora Fisher dijo que no había problema.

Fuera, el mundo era de lo más normal. El señor Peterson, al otro lado de la calle, cortaba el césped como todos los sábados de verano. El ruido de su viejo cortacésped era reconfortante y hacía que el aire se volviera verde y difuso por la hierba recién cortada. Una ligera brisa agitaba las hojas de roble y arce a lo largo de la manzana, el movimiento justo para levantarme el vello del cuello y hacer soportable la humedad de la mañana. Un grupo de niños pasó en bicicleta.

—Hola, Heather —gritó uno de ellos.

Los saludé y me subí a la bici. Iban a jugar a sóftbol. Lo habría sabido aunque no hubiera visto el equipo. Los niños jugaban a sóftbol todos los sábados en el parque de Pantown. Mi casa, mi barrio, zumbaban como un reloj puesto a punto mientras el veneno lo pudría por dentro. ¿Siempre había sido así? ¿Brillante y feliz en la superficie, oscuro y decadente por dentro? ¿Todos los vecindarios eran así, o los túneles habían maldecido a Pantown, debilitando sus cimientos desde el principio?

Pensar en ello me recordó algo que papá había repetido a sus amigos más veces de las que yo podía contar. Alardeaba de que nunca discutía con mamá en casa porque ya tenía suficiente en el trabajo. Todos se reían, y yo me reía con orgullo, porque parecía la prueba de que mis padres tenían el mejor matrimonio de la ciudad.

Pero ahora me daba cuenta de que había habido discusiones. Muchas. Me vino a la mente una en particular.

Junie era una recién nacida, de cara rosada y llorona. La tenía en el suelo y la miraba fijamente, como hacía a menudo. Pensé que mamá y papá estaban hablando. Sus voces eran ruido de fondo hasta que oí a mamá decir que era invisible. Eso captó la atención de mi yo de tres años. Papá dijo que la veía perfectamente, que tal vez la veía demasiado y que había cambiado desde que el bebé había llegado. Tracé las cejas de Junie con la punta del dedo.

¿Cambiado? Mamá todavía tenía barriga. Cuando le pregunté si iba a tener otro bebé, se echó a llorar. A partir de entonces, las madres de Claude y Brenda empezaron a venir a casa con regularidad, a limpiar y a cocinar, con la cara desencajada. Mamá dormía más, a veces no salía de la cama hasta la hora de comer. Siempre tenía la cara hinchada. No pasó mucho tiempo antes de que viera al doctor Corinth y volviera a casa con su primer frasco de pastillas, pero lo que se suponía que debían arreglar no funcionó porque me quemó la oreja poco después.

Pero no sin antes asistir a aquella última fiesta en casa de los Pitt, aquella en la que papá le contó a la señora Hansen que la fallida fábrica de automóviles Pan y la prisión fueron las que pusieron a Saint Cloud en el mapa, y luego la llevó abajo, a los túneles.

No sabía si era la primera o la última vez que papá había engañado a mamá, o si se trataba de un momento intermedio, pero me costaba respirar al pensar en ello, como si el aire se hubiera espesado de repente. Papá sabía que mamá estaba sufriendo y, aun así, se había liado con su mejor amiga.

227

La señora Hansen había sido una persona habitual en mi infancia hasta el accidente, pero después de aquel día ya no volvió a nuestra casa. Mi padre era el culpable. La señora Hansen también, pero no estaba enfadada con ella del mismo modo.

Mi padre era infiel.

Seguí sorbiendo el aire, intentando respirar a pleno pulmón mientras pedaleaba bajo las nubes de algodón distendido y el sudor se formaba en el nacimiento de mi pelo. Zayre estaría lleno. El aire acondicionado y el hecho de que fuera sábado lo garantizaban.

—¡Cuánto tiempo sin verte! —cacareó Ricky cuando llegué en bicicleta a la parte trasera de la tienda.

Estaba de pie a la sombra de la papelera metálica, el mismo lugar donde siempre fumaba. Aparte de un grano que le salía como un cuerno en la frente, no tenía un aspecto distinto al que tenía antes de que mi padre me hablara de Ed. Al menos, no parecía haber matado a nadie.

Encadené mi bici.

—¿No me dices nada? —preguntó, lo cual era gracioso, porque nunca quería hablar conmigo, excepto para preguntarme qué hacía Maureen, si estaba soltera. Desde que había desaparecido, no se cansaba de cotorrear.

—No tengo mucho que decir.

Se rio entre dientes.

—Eso es lo que me gusta de ti, Head. No malgastas las palabras.

Golpeó la colilla contra el lateral del edificio, haciendo saltar chispas, y me abrió la puerta.

—Mañana doy una fiesta. La misma cantera que la última. La número once. ¿Quieres venir?

Pasé junto a él y entré en la cocina. El aire fresco me envolvió, junto con los olores de los restos de la comida de ayer. «A Ed, y probablemente incluso a Ricky, no se les puede cambiar. Las mujeres siempre lo intentan, pero los hombres como ellos nacen siendo malos».

—Estoy ocupada.

—Es una fiesta en honor a Maureen.

Mi mano flotó frente a la fila de tarjetas para fichar, la mía, la de Claude y la de Ricky estaban delante. Trabajábamos la mayoría de los turnos, por lo que teníamos la mejor facturación.

—¿Por qué? —pregunté.

Lo que quería decir era: ¿por qué harías tú eso?

Pareció entender mi intención.

—Era una buena chica, tía. La conocía de toda la vida.

Fiché y me volví hacia él.

—¿Salías con ella?

Se encogió de hombros.

—Nos liamos un par de veces. Nada del otro mundo.

—¿Y qué pasa con Brenda? ¿Sales con ella?

Levantó las manos.

—Vaya, Colombo, métete en tus asuntos. Claro que me gusta Brenda. Está muy buena, pero no estamos saliendo.

—Ed dice que sí.

Ricky apretó la mandíbula.

—¿Cuándo has hablado con Ed?

—Ayer.

—Eso demuestra lo que sabe. ¿Por qué no se lo preguntas tú misma a Brenda la próxima vez que la veas?

Claro que lo haría, pero no se lo iba a decir a Ricky. Me dediqué a preparar la entrada para abrir mientras contaba los segundos que faltaban para que Claude apareciera. Cuando oí que la puerta trasera se abría, estaba tan emocionada que casi lo derribo.

—¡Ziggy! —exclamé, y corrí hacia él:

También debía de haber venido en bici, porque el sudor le corría por las mejillas y le rizaba el pelo de la nuca. Me miró con recelo antes de fichar.

—¿Desde cuándo me llamas así?

—Desde hoy —anuncié—. Gracias de nuevo por quedaros con Junie la otra noche.

—Te dije que no pasaba nada.

—Ummm. —Le sonreí, pero él parecía evitar mirarme—. ¿Estás bien? —le pregunté.

—Sí —respondió con brusquedad mientras iba hacia el almacén—. Hoy vamos a estar ocupados, eso es todo. No tengo muchas ganas.

Lo seguí sin dejar de mirar a Ricky, para asegurarme de que no me oía.

—Necesito hablar contigo.

Claude estaba sacando un paquete de pajitas de la estantería. Sus mejillas se habían sonrojado.

—Yo también necesito hablar contigo.

Por primera vez, reconsideré mi plan de revelárselo todo a Claude. Fuera lo que fuese lo que les había pasado a Maureen y Brenda, parecía que finalmente también lo había «infectado» a él. No creía que pudiera soportar que la única amistad que me quedaba se fuera a pique.

—¿Sobre qué?

—Ya es hora de que os pongáis a trabajar —dijo Ricky desde la puerta, y los dos nos sobresaltamos. Sostenía una espátula, que apuntó hacia el mostrador—. Hay clientes.

Las tres horas siguientes transcurrieron en una nebulosa de perritos calientes. Era como si todo Saint Cloud hubiera decidido ir de compras y necesitara sándwiches club y patatas fritas para alimentarse. Cada vez que pensaba que la cosa se ralentizaba y que podía tantear a Claude, averiguar por qué actuaba de forma tan extraña, se formaban más colas de clientes hambrientos.

No fue hasta el final de nuestro turno, a las tres menos cuarto, cuando tuvimos un respiro.

—No sé por qué pasan el día aquí en vez de en la piscina municipal —dije, y me apoyé en el mostrador. Había servido la última comida del día a un padre, una madre y sus tres hijos: cinco perritos calientes, tres bolsas de patatas fritas y una cerveza de raíz grande.

Claude no contestó.

—Hay algo que debo contarte —dijo, y se llevó la mano al bolsillo trasero—. Si no lo hago ahora, yo…

—¡Claude! ¡Heather!

Brenda apareció al otro lado del mostrador. También necesitaba hablar con ella, para preguntarle si estaba saliendo con

Ricky como me había dicho Ed, pero Claude había estado a punto de soltarme algo muy importante. Le hice un gesto con la mano a ella, pero Claude murmuró algo así como «no importa» y desapareció por la parte de atrás.

¿Qué le había pasado?

—¿Vas a ir a la fiesta de Maureen? —preguntó Brenda. Me giré para prestarle atención.

Fue entonces cuando me fijé en sus pendientes, unas bolas de oro que colgaban de unas cadenas, lo bastante caros como para que una adolescente no se los pudiera permitir.

Los mismos pendientes que llevaba Maureen la noche que desapareció.

Capítulo 37

—¿De dónde los has sacado?

—¿Te gustan? —Brenda pasó el dedo índice por uno de ellos.

—Maureen tenía unos iguales. ¿Te acuerdas? Los llevaba la noche de nuestra actuación.

—Ah, ¿sí? Será por eso que me gustaban.

No me engañaba. ¿Por qué fingía no acordarse?

—Salgo en diez minutos. ¿Me esperas?

Asintió.

La cara de Ricky apareció por la ventana de la cocina.

—¡Brenda! Dile a Cash que no estamos saliendo.

Algo parecido a una sonrisa se dibujó en su rostro.

—Ricky y yo no estamos saliendo —dijo.

Fruncí el ceño. Parecía que se burlaban de mí.

—Diez minutos —repetí, y señalé un banco libre en medio de la tienda—. Espera ahí.

El banco se llenó antes de que ella se sentase, así que, en lugar de quedarnos bajo el aire acondicionado, volvimos juntas en bicicleta hacia Pantown. La conversación con Claude tendría que esperar. Ni siquiera habíamos salido del aparcamiento cuando Brenda se derrumbó y confesó de dónde había sacado los pendientes.

—Ed me los dio. —Se estaba conteniendo y caminaba deprisa como si intentara huir de una mala idea—. Sabía que no debía aceptarlos. Le dio el mismo par a Maureen. Creo que así recompensa a su favorita.

Tragué, a pesar de que se me había hecho un nudo en la garganta.

—¿Te obligó a hacer cosas para ellos?

—No, Heather, no es lo que piensas.

La estudié por el rabillo del ojo. Era muy guapa, la chica más guapa que conocía aparte de Maureen y Junie. Sin embargo, nunca le había importado demasiado su aspecto. Había pasado de ser una niña con mejillas rojas como manzanas a una rápida fase de torpeza y, de repente, a ser una mujer despampanante de pelo castaño y ojos azules que, cada vez que salíamos de Pantown, tenía garantizado que al menos una persona la pararía para preguntarle si era modelo. Ella se reía y les hacía un gesto con la muñeca, como si dijeran tonterías. A veces, si insistían, les decía que quería ser enfermera cuando terminara el instituto. Y era verdad, su madre era enfermera, y eso era todo lo que Brenda había querido ser.

Estiré los dedos sobre los manillares de la bicicleta. El olor grasiento que producía el sol al cocer la comida que me había derramado sobre la ropa me revolvió el estómago.

—Si no es lo que pienso, ¿entonces qué es?

Intentó sonreír, pero la expresión se derritió.

—Salgo con él porque no quiero estar sola. Pienso en demasiadas cosas cuando estoy sola. No puedo controlarlo.

Se le agitaron los hombros por la fuerza del llanto repentino. La llevé bajo el único árbol que había en las afueras del aparcamiento, un olmo enjuto que apenas proporcionaba sombra.

—No estás sola, Bren. Me tienes a mí, a Claude y a Junie. A tu madre y a tu padre, a tus hermanos. —Solté todos los nombres que se me ocurrieron, con la esperanza de que sirvieran. Tenía que hacerla volver a tierra firme o me hundiría con ella.

Al final se calmó lo suficiente para poder hablar.

—¿Sabes que Jerry estuvo en casa de permiso hace un par de semanas?

—Sí —dije, y me esforcé por seguir el cambio de conversación. Había pensado que se trataba de Maureen.

—Se ausentó sin permiso.

Reconocí la expresión de *M*A*S*H*.

—¿Se escapó?

Se limpió la cara antes de estudiarse las uñas.

—Algo así. Tiene problemas con la bebida y creo que ha dejado embarazada a una chica. Todo era demasiado para él, así que abandonó el ejército. Mamá y papá lo convencieron para que volviera y afrontara las consecuencias, pero oigo a mi madre llorar por las noches y papá está muy tenso todo el tiempo. Luego está lo que le pasó a Maureen. Siento que me hundo, ¿sabes? Es como si hubiera vivido una vida mientras los demás vivían otra, y las dos han chocado entre sí. Ya ni siquiera sé qué es real. —Sacudió la cabeza con tanta fuerza que le cayeron mechones de pelo sobre la cara—. Suena estúpido.

—No, para nada —pronuncié las palabras más sinceras que jamás había dicho—. Sé exactamente a qué te refieres.

No parecía que me hubiera oído. Se frotó la nariz, los pendientes se movieron y la voz se le hizo pequeña.

—Por eso salí con Ricky, y luego con Ed. Para sentir algo más que tristeza todo el tiempo. Y creo que ni siquiera le gusto a Ed. Me regaló estos pendientes, pero ya no me presta mucha atención.

Le agarré la muñeca. Le había prometido a papá que no contaría lo que me había revelado sobre Ed, y por mucho que quisiera castigarlo por haberle sido infiel a mamá, no faltaría a mi palabra, sobre todo si eso significaba que podría perder su trabajo. Pero no podía quedarme callada.

—Es problemático, Brenda. Ed, quiero decir. No deberías salir más con él. He oído que... he oído que le hizo daño a alguien en Saint Paul.

—¿Te refieres a una pelea?

Me mordí el interior de la mejilla.

—Algo así.

Sentí que se movía un poco hacia mí, como si pudiéramos volver a ser nosotras dos contra el mundo. Lo echaba de menos.

—¿Vas a ir a la fiesta de Ricky? —pregunté con indecisión.

Acarició una de las bolas de oro mientras fruncía el ceño.

—Me lo estaba pensando.

—¿Quieres venir a mi casa?

Me esperaba que dijera que no, pero me rodeó con los brazos.

—¡Claro que sí! Podríamos tener una noche de chicas. Seré mucho mejor. Ed es insistente, Heather. Ricky y Ant hacen lo que él dice, y supongo que yo también. Hace que todo parezca importante, al menos cuando estoy con él. En cuanto se va, me siento como una tonta. ¿Y sabes qué más? —Se pasó la lengua por el labio inferior y se le iluminó la cara. Se inclinó y me susurró al oído—: Besa fatal.

—Puaj —dije—. ¿En serio?

Se echó a reír.

—Sí. Tiene los labios secos y tensos, es como si te picoteara un pájaro. Creo que debe de besar así porque tiene los dientes muy mal.

—¡Calla! —dije, y también me eché a reír.

—Oh, vas a oír todo eso y más esta noche, así que será mejor que tengas las palomitas preparadas cuando aparezca.

Nos separamos, y me sentí mejor de lo que tenía derecho a sentirme.

Aquella noche toqué otra canción de Blind Faith mientras esperaba a Brenda, «Can't Find My Way Home», sobre un cojín del sofá con las baquetas. Volvía a empezar cuando me perdía un ritmo y lo intentaba de nuevo.

Me llevó un par de horas, pero al final lo conseguí.

Sin embargo, Brenda seguía sin aparecer. Esperé un poco más. Y un poco más.

Al final, cuando el resto de la casa se había ido a dormir y el reloj marcaba la medianoche, me quedé dormida en el sofá con las baquetas en el regazo.

Capítulo 38

¡Bum, bum, bum, bum!

Me levanté de golpe del sofá, desorientada, con el pulso al ritmo del golpeteo. Estaba soñando que tocaba la batería. ¿Había trasladado ese estruendo al mundo real? Entonces empezó a sonar el teléfono y el golpeteo contra la puerta se intensificó hasta que el pomo de la puerta se movió frenéticamente.

—¡Despierta, joder! ¡Gary, despierta!

Papá entró corriendo en el salón, atándose la bata con cara de preocupación. Venía de su despacho. O había estado trabajando hasta tarde o había dormido allí.

Abrió la puerta de un tirón. Jerome Nillson estaba en nuestro porche, el pelo le sobresalía en todas direcciones, delineado por el anochecer. Estaba vestido, pero apenas; llevaba unos pantalones y una camiseta blanca manchada. Alguien lo había despertado igual que él nos estaba despertando a nosotros.

—¿Qué pasa? —preguntó papá.

Pero los ojos del comisario Nillson se posaron en mí. Empujó a papá a un lado y entró en el salón, precedido por un penetrante olor a licor.

—¿Dónde está Brenda Taft?

Me sentí como si me hubieran sacado del salón y me hubieran metido en un escenario bien iluminado. Intenté tragar, pero lo hice en la dirección equivocada y empecé a toser.

El comisario me agarró del hombro y me dio una rápida sacudida, como haces con una máquina de caramelos que no deja caer el chicle.

—¿Está aquí?

—No —dije con los ojos llorosos—. Se suponía que iba a venir, pero no ha aparecido.

Me agarró la barbilla y me hizo un daño que se propagó a lo largo de mi mandíbula.

—¿Tenéis un pacto suicida? ¿Eso es lo que estáis haciendo?

—Jerome, ya basta —dijo papá, que lo apartó de mí—. ¿De qué va esto?

El comisario Nillson se pasó las manos por el pelo de algodón de azúcar y lo recolocó en su sitio. Sus palabras salieron atropelladas.

—Roy Taft se iba temprano a un viaje de pesca. A quien madruga Dios le ayuda. Ha decidido despedirse de Brenda antes de irse y darle un beso, pero ella no estaba en su cama, ni en ninguna parte de la casa. Me ha llamado y he venido directamente aquí.

El comisario Nillson me miró fijamente mientras me frotaba la mandíbula dolorida.

—Si me estás ocultando algo, ayúdame —dijo—. No permitiré que desaparezcan dos chicas bajo mi vigilancia.

Puso énfasis en «dos» —«no permitiré que desaparezcan dos chicas»—, como si una hubiera sido aceptable, pero dos fuera obsceno. O, tal vez, como si hubiera sabido lo de la primera, como si hubiera tenido algo que ver, pero la segunda se tratara de una sorpresa desagradable.

Me costaba respirar.

—Si Brenda ha desaparecido, pregunte a Ricky —dije—. A Ricky, a Ant y a Ed. Ellos lo sabrán. Ed ha vuelto a la ciudad. Le compró unos pendientes a Brenda.

Papá y el comisario compartieron una mirada abrumada.

—¿Sabes dónde se aloja Ed? —preguntó papá.

Negué con la cabeza y pensé en la cabaña donde había asistido a mi primera y única fiesta.

—Mencionó la casa de un amigo en la zona de las canteras, la que está detrás de la del Hombre Muerto. Es más pequeña, la cantera once, creo. Si conduce por esa carretera lo más lejos que pueda y aparca, la cabaña está cien metros al norte, entre los árboles.

Era el lugar donde Ant me había hecho la foto.

El comisario Nillson me fulminó con la mirada, con los engranajes girando.

—¿Y el feriante, el que le vendía marihuana a Brenda? ¿Lo has visto por ahí? Tiene una barba a lo Abraham Lincoln. Si lo vieras, lo reconocerías.

Se me encogió el corazón. ¿Cómo sabía que Brenda le compraba hierba al feriante?

—Lo vi en Pantown la semana pasada. Cuando la feria aún estaba en la ciudad. No lo he visto desde entonces. —Hice una pausa—. Estuvo en su zona del vecindario.

El comisario Nillson parecía a punto de gritarme otra vez. En su lugar, se desplomó en una silla cercana como si Dios hubiera dejado caer sus cuerdas. Se pasó las manos por la cara, que hicieron un sonido áspero contra su barba incipiente.

—Sé lo que crees que viste en mi sótano, Heather.

Papá emitió un graznido, pero el comisario levantó la mano para silenciarlo antes de continuar.

—Necesitamos poner todas las cartas sobre la mesa, Gary. Los casos podrían estar relacionados.

El suelo desapareció de repente, como uno de esos puentes colgantes de *Tarzán*. Yo estaba a medio camino cuando Nillson cortó un extremo y lo convirtió en aire a trescientos metros en el cielo. Me había horrorizado cuando papá me contó que le había dicho al comisario Nillson que Brenda y yo habíamos visto a Maureen en su sótano, pero él me juró que no nos había nombrado.

«No, claro que no. Os protegí, le dije que era un rumor», me había dicho.

Papá había mentido. No nos había protegido a Brenda y a mí en absoluto. La traición me atravesaba la piel como agujas de tatuar, profundas y afiladas.

No podía mirar a mi padre.

—Lo que sea que crees que viste aquella noche, fue una mala pasada que te jugó la vista —continuó el comisario Nillson—. ¿Entiendes? Claro que celebré una fiesta, inocente como cualquier otra. Eso fue todo. Necesito que te quites de la cabeza cualquier otra cosa para que me ayudes a averiguar qué está pasando con vosotras.

—Pensaba que había dicho que Maureen se suicidó —dije, mordiendo cada palabra.

—Sí, y lo mantengo —contestó—. Pero con tres chicas muertas, dos de ellas amigas tuyas si me permites añadir, sería un estúpido si no viniera aquí a hacer preguntas. Si tú, Brenda y Maureen tenéis algún tipo de pacto suicida, es una estupidez. La muerte es irrevocable, no hay gloria al otro lado.

No creí que el padre Adolph aprobara ese mensaje.

—Maureen no se suicidó, Brenda no se suicidó y yo no voy a suicidarme. —La imagen de las pastillas que le había robado a la señora Hansen pasó por mi cabeza. La aparté.

El comisario Nillson me miraba fijamente, con una expresión indescifrable.

—Si recuerdas algo que pueda ayudarme a encontrar a Brenda —dijo por fin, con voz ronca—, díselo a tu padre y él me lo transmitirá. Mientras tanto, quiero que sepas que voy a hacer que mis ayudantes registren mi casa sin que yo esté presente. No quiero que nadie piense que tengo algo que ocultar. El rumor es una termita que se comerá tu casa grano a grano si se lo permites. No permitiré que destruyáis lo que he construido, ¿entendido?

Lo fulminé con la mirada y le negué la satisfacción de una respuesta. Era orgullosa.

Entonces todavía creía que Brenda volvería a casa.

Beth

Un ruido retumbante. Risas. Un grito.

Había muchos hombres en la planta de arriba. Al menos cinco por el ruido que hacían, distinto al de otras veces. Esos tipos habían caminado a paso ligero con voces tensas como si dispararan palabras; se notaba que les habían invitado, pero que también sabían que no debían estar allí. Sin embargo, a los hombres de arriba no les importaba que los hubieran invitado, caminaban a grandes zancadas. Tal vez eran policías, o militares.

Solo unos metros de aire y algunas vigas y tablones aislantes separaban a Beth de ellos. Hablaban en voz lo bastante alta para que captara una de cada seis palabras aproximadamente.

«Chica… búsqueda… viva».

Algo que sonaba como «dodo».

Si ella podía oírlos, sin duda la oirían si abría la boca.

«¡Socorro! ¡Soy Elizabeth McCain y me han secuestrado! ¡Estoy aquí abajo!».

Eso es lo que gritaría, si pudiera.

Él la había pillado desprevenida. Otra vez. Era un animal que olfateaba cuando ella dormía. O tal vez, tenía una mirilla en lo alto, donde ella no podía descubrirla. Esta vez, no tenía la lámpara encendida cuando entró, así que, a menos que él tuviera unas gafas mágicas de visión nocturna, había sido pura suerte que la pillara durmiendo.

Eso, o una urgencia imprudente.

Podría haber sabido que esos hombres venían.

De hecho, cuanto más lo pensaba, con el cerebro seco y tenso por la sed y el hambre, más sentido le veía. Supuso que había venido a violarla, pero no. Había entrado corriendo en la habitación. Le había sujetado las muñecas a la espalda con cinta adhesiva, antes de ponerle una tira en la boca, con un sonido de desgarro tan impactante en la penumbra que le supo a limón en los empastes de los dientes posteriores.

Luego la empujó a un rincón como si pudiera esconderse más, le siseó al oído que se callara y se apresuró a salir antes de cerrar la puerta tras de sí. Las fuertes pisadas de los hombres y sus andares despreocupados habían aparecido unos veinte minutos después.

«Piensa, Beth».

¿Había parecido infeliz mientras la había atado? ¿Asustado? Era imposible saber su verdadero estado de ánimo. Conocía al hombre de mentira que se había sentado en su sección de la cafetería, confiado y ligón incluso después de que ella le hubiera dado a entender que no estaba interesada, como un jarro de agua fría que podría haber apagado un pequeño incendio. También conocía al hombre que había venido y la había violado, un mono tonto que jadeaba, esclavo de sus impulsos. Ese entraba y salía rápido.

Luego estaba la tercera versión: el que le había cambiado el orinal y el cubo de agua tres veces aquellos primeros días, el que le había dejado el pan. Esa versión hacía tiempo que no aparecía.

«No te olvides de dar de comer a los animales del zoo, colega».

Se echó a reír, pero luego se contuvo. Cuando la ató por primera vez, ella cometió el error de luchar contra la cinta en las muñecas. El esfuerzo le provocó un ataque de tos que le obstruyó la nariz. Con la boca tapada con cinta adhesiva, casi se asfixió. Necesitó toda la reserva que le quedaba de sí misma, de Beth, para calmar su mente, luego su corazón y después su respiración.

«Así no», se había dicho.

«No voy a morir así, hijo de puta».

Respiró profundamente y con fuerza una vez que tuvo la nariz despejada, hasta lo más profundo de los pulmones.

Podía resoplar y gruñir para intentar llamar la atención de los hombres que estaban arriba. No funcionaría, lo sabía. Ya había probado su voz con la cinta adhesiva sobre la boca. Había sido desolador.

Este era el momento de rendirse. El rescate estaba muy cerca y a la vez resultaba muy lejano.

Pero parecía preocupado, ¿verdad? Esa había sido su expresión en la última visita, la mirada que ella no había podido descifrar hasta ahora. Los pasos de arriba significaban algo. Le dieron esperanza.

Los pasos y el clavo de diez centímetros que él no había descubierto.

Antes de echarse a dormir, lo había escondido en el borde de la pared del fondo, la misma contra la que él la había arrojado cuando había entrado corriendo. Ahora lo tenía en una mano y lo frotaba de forma frenética contra la cinta que le ataba las muñecas.

Capítulo 39

La siguiente media hora fue confusa y abrupta. Junie, que se había despertado por el revuelo, había bajado las escaleras a trompicones. Nillson salió corriendo, papá desapareció en su despacho y yo me quedé sentada, paralizada. Entonces mi hermana se puso a ver la televisión y escogió el programa de la CBS, *Late Movie*.

Momentos después, papá salió de su despacho vestido de traje. Se dirigió a la cocina, sacó un plato caliente viscoso de la nevera y se lo metió en la boca de pie. Ya no sabía por qué este hombre que parecía mi padre, este tramposo, este mentiroso, se molestaba en venir a casa.

Le despeinó el pelo a Junie cuando pasó a su lado en el sofá y me dio un beso en la mejilla a mí, que estaba sentada junto a ella. Casi había alcanzado la puerta cuando me percaté de que iba a marcharse.

—Quédate en casa —le supliqué.

—¿Qué? —dijo, sorprendido. No había comentado nada sobre la cara llena de maquillaje de Junie, que había bajado con él puesto y que se le había corrido un poco como si se lo hubiera aplicado antes de dormir. No había comentado nada sobre que hacía un mes que mamá no salía sola de casa. Y no me había preguntado cómo era posible que mi corazón no hubiera dejado de latir tras haber perdido a Maureen y que ahora hubiera desaparecido Brenda.

—Por favor —le rogué, y un sollozo me sorprendió. Una vez liberadas, las lágrimas cálidas brotaron—. Por favor, no nos dejes ahora. —Me odié por decirlo, pero me hundiría si no se quedaba.

Había ido a por su maletín. En su lugar, volvió a toda prisa hacia mí, me levantó del sofá y me abrazó con fuerza.

—¿Tú también quieres, Junie?

La observé a través de los pliegues de la camisa de papá, la vi asentir en silencio, aunque me pareció captar un destello en sus ojos cuando se pasó la lengua por sus afilados dientecitos de zorro, observándonos.

Papá dio un paso atrás, miró el reloj y luego el teléfono. Su rostro se suavizó.

—Vosotras preparad las palomitas y yo sacaré un juego de mesa, como hacíamos antes. ¿Qué os parece si jugamos al *Life*?

—No debería ser así —dijo papá. Estaba guiando su diminuto coche de plástico por las pequeñas montañas verdes, con una clavija rosa y otra azul montadas en él.

—Conseguirás más gente —comentó Junie, que miraba fijamente el tablero.

Papá sonrió, pero de forma melancólica.

—No me refiero al juego.

Miró hacia la puerta del dormitorio. Ninguno de nosotros había sugerido invitar a mamá a este pequeño espacio de tiempo protegido, un espacio surrealista y lleno de miedo a las dos de la madrugada que existía fuera del mundo.

—Para mí es la mujer más hermosa. Lo sabéis, ¿verdad?

Junie asintió. Yo quería hacerlo, pero no podía, no ahora que sabía que la había engañado. Tal vez incluso la seguía engañando ahora, y por eso casi nunca estaba en casa.

Hice girar la rueda y escuché el traqueteo.

—¿Heather? —preguntó papá en voz baja.

No quería mirarlo, pero no pude evitarlo. Cuando nuestros ojos se encontraron, vi que los suyos estaban concentrados en mí, insistentes.

—Quiero mucho a vuestra madre, y a vosotras con todo mi corazón. Necesito que lo sepáis. —Cuando permanecí callada, su voz se hizo profunda, resonante—. También necesito que recordéis que soy el cabeza de familia.

Me di cuenta de que estaba apretando los puños. Los relajé y sentí que la sangre fluía otra vez. Él no podía saber lo que me había contado la señora Hansen, así que ¿por qué tenía la sensación de que estaba confesando una aventura? Quería que se quedara en casa para consolarme. Pensé que me moriría si no lo hacía, y aquí estaba, sin ofrecerme nada. Ni siquiera eso, me estaba pidiendo cosas.

Quitando. Quitando, quitando, quitando.

—¿Heather? —insistió. Su tono era como una advertencia, la última que recibiría, parecía decir—. Lo sabes, ¿verdad?

Nunca antes le había faltado al respeto. Era territorio desconocido. Una fea vena azul le palpitaba en la sien. Sentía la misma vena latiendo en la mía.

Junie tosió y eso atrajo mi atención. Parecía temblorosa, al borde de las lágrimas.

—Claro, papá —dije con la mandíbula apretada. Maureen se habría resistido aún más, pero yo no era ella. En cambio, me tragué mi amargo remolino de sentimientos, me levanté, caminé como un robot hasta su sitio en la cabecera de la mesa y lo abracé. Después de todo, se había quedado en casa cuando se lo había pedido. Eso contaba, ¿no?

Sonrió y se apoyó en mí como si yo fuera la madre y él, el hijo. Sabía que decía la verdad. Nos quería a todas.

¿Por qué eso ya no era suficiente?

—¿Gary?

Me giré. Mamá estaba de pie junto al sofá. Llevaba una bata de flores, tenía la cara desmaquillada y el pelo despeinado. Parecía joven y vulnerable. Miré a Junie para asegurarme de que estaba a salvo, como hacía siempre que mamá entraba en la habitación. Me alegró ver que las mejillas de mi hermana habían recuperado algo de color.

—¿Estás bien, cariño? —preguntó mamá, que se acercó a papá—. Es medianoche.

—Estaba consolando a Heather —contestó papá, y se enderezó al mismo tiempo que me apartaba—. Están siendo momentos duros, como sabes.

—Ese no es trabajo para un padre —le dijo, con voz soñadora y los brazos extendidos—. Consolar a un hijo es tarea de una madre.

Di un paso atrás para recibir el abrazo, pero en lugar de abrazarme a mí, mamá se acercó a papá, le besó la parte superior de la cabeza y murmuró unas suaves palabras que hicieron que los años resbalaran por su rostro. Junie y yo compartimos una mirada incrédula, yo porque no me creía que casi me hubiera abrazado y Junie porque no recordaba cuándo se habían comportado así por última vez. Yo apenas tenía ese recuerdo, pero había pasado mucho tiempo. Mamá había abrazado mucho a papá antes del incidente. Por la forma en que hacía brillar a papá, pensaba que hacía que le brillara el alma.

—Eso me gusta más —dijo, se echó hacia atrás para estudiar la cara de papá y luego me sonrió—. ¿Por qué nadie me ha avisado de que íbamos a tener una noche de juegos?

—Lo siento —me disculpé—. Creía que estabas durmiendo.

—Mi chica responsable —dijo mamá, que se acercó para acariciarme la mejilla y luego me guio con suavidad de vuelta a mi silla. Me tensé alarmada—. Mi pobre niña —continuó—. Tu padre me contó lo de Maureen. Nadie puede llevar la carga de otro, pero podemos ser testigos del dolor. Ahora estoy aquí, Heather. Tu madre está aquí.

Parpadeé, la habitación estaba tan silenciosa que oí el suave chasquido de mis párpados. Mamá estaba durmiendo cuando Nillson nos había contado lo de Brenda y pensaba que nos habíamos levantado porque yo estaba disgustada por lo de Maureen. Pero apenas era consciente de ello.

Me estaba cuidando como una madre.

—Gary —dijo, y le sonrió vagamente—, creo que le llevaré un plato caliente a Gloria. Pobre mujer. Ha intentado disculparse conmigo muchas veces y yo no se lo he permitido. Ya es hora de que dejemos atrás el pasado, ¿no crees?

Papá asintió, con cara de marioneta.

—Eso pensaba yo —añadió mamá. Se sentó en la silla frente a papá, la que rara vez ocupaba—. Ahora, ¿quién quiere jugar?

Capítulo 40

Mamá insistió en que estaba lo bastante bien como para asistir a la iglesia a la mañana siguiente. El funeral de Maureen debía celebrarse inmediatamente después, pero en la línea compartida se dijo que se posponía por respeto a la familia de Brenda y a su búsqueda.

Íbamos en silencio de camino a San Patricio, con las ventanillas enturbiadas por el vapor de la mañana. Cuando llegamos a la iglesia, no encontré la furgoneta de los Taft en el abarrotado aparcamiento. Sin embargo, parecía que el resto de Pantown había decidido aparecer junto con algunos forasteros, periodistas que hacían preguntas. Papá nos llevó a las tres bajo el árbol para que lo esperáramos mientras hablaba con uno de los reporteros que conocía. Hacía calor. Me sentía triste. Por primera vez, me pregunté para mis adentros por qué no podíamos entrar en un edificio sin él. Dentro había por lo menos diez grados menos.

Últimamente me cuestionaba muchas cosas.

Claude y sus padres cruzaban el césped a grandes zancadas. Los saludé de forma enérgica. Claude apartó la mirada. Juraría que me había visto.

—Mamá, voy a saludar a Claude.

Ella asintió, con la piel translúcida en la sombra ondulante. Me acerqué corriendo.

—¡Claude!

No me miró, pero diría que me había oído. Sus padres se giraron y sonrieron.

—Claude, ¿puedo hablar contigo? —pregunté cuando llegué a su lado—. ¿A solas?

—Ve, Claude —dijo su padre—. Nos veremos dentro.

247

Claude parecía incómodo con la camisa abotonada y la corbata, y no era solo por el calor.

—¿Has oído lo de Brenda? —le pregunté después de que sus padres se alejaran.

Asintió con la cabeza.

—Claude, ¿por qué no me miras?

Se giró, con ojos fieros, luego dejó caer la mirada y un rubor le subió por el cuello.

—Quería decirte algo el otro día en el trabajo, pero supongo que ahora no quieres oírlo.

Sentí cómo se me fruncía el ceño por la confusión.

—¿De qué hablas?

—Ed y Ant se pasaron por el mostrador de la tienda después de que te fueras. Ant me enseñó tu foto. —Su mirada se disparó de nuevo, suplicante, luego enfadada—. Podrías haberme dicho que tú y Ant estabais saliendo.

Me llevé la mano a la garganta y miré la cruz. Puede que no me gustara ir a la iglesia, pero era de Pantown. Me habían educado con un sano temor a Dios. Sabía que no debíamos hablar de esa fotografía en suelo sagrado.

—Yo no… Nosotros no estamos saliendo. Fue una noche tonta. —Mi vergüenza se transformó en rabia hacia Ant. Lástima que Claude estuviera aquí en su lugar—. De todas formas, ¿a ti qué te importa?

Se quedó boquiabierto, como si le hubiera dado una bofetada.

—Supongo que nada —dijo, y caminó hacia el edificio.

Me quedé allí durante unos instantes, entre el llanto y el grito. No podía creer que Ant le hubiera enseñado aquella fotografía a Claude. Ni siquiera debería importar, no con Maureen muerta y Brenda desaparecida. No era relevante, no tanto como esas pérdidas, pero dolía en un momento en el que no tenía espacio para más dolor. Volví a arrastrar los pies bajo el árbol junto a mamá y Junie mientras me preguntaba quién más de los presentes me habría visto en sujetador, llorando, en aquella foto tonta que dejé que Ant me hiciera.

Al cabo de unos minutos, papá nos hizo señas para que nos acercáramos y lo seguimos hasta la iglesia.

—¿Qué querían saber los periodistas? —le preguntó mamá.

Había jugado dos rondas al *Life* con nosotros hasta la madrugada, había charlado con Junie sobre peinados y conmigo sobre trabajo, y le había preguntado a papá por sus casos. Sentía que nos iluminaba el alma a todos, como en los viejos tiempos, pero desconfiaba. Con mamá, todo lo que subía tenía que bajar, y era un misterio qué combinación exacta haría que la vida fuera demasiado para ella.

«Es hora de tomarse unas vacaciones, Gary», decía, con una voz que parecía salir de un pozo profundo.

Por eso estaba tan horrorizada de que papá le hubiera hablado de Brenda de camino a la iglesia. ¿En qué estaría pensando? No podíamos protegerla de todo, pero normalmente éramos capaces de controlar el ritmo al que le llegaban las malas noticias. Ella pareció tomárselo con calma, y eso me inquietaba. Pero luego pensé que tal vez era lo mejor, dado que el padre Adolph seguramente mencionaría la desaparición de Brenda durante el sermón. Mamá podía soportar muchas malas noticias en la iglesia. Decía que aquí se sentía apoyada.

—Querían saber si había novedades sobre las chicas desaparecidas —dijo papá, que se santiguó y nos guio hasta nuestro banco. Mamá, Junie y yo lo seguimos mientras repicaban las últimas campanadas. El murmullo del movimiento en el interior del edificio se detuvo cuando sonó el último eco de la campana. Respiré los reconfortantes olores del incienso y el jabón de madera mientras las velas se encendían. El coro comenzó con el canto de entrada mientras el padre Adolph se acercaba al púlpito, seguido de sus monaguillos. Hizo una reverencia y agitó su portaincienso antes de indicar con la cabeza a un ayudante que se lo llevara.

—Todos en pie —dijo, como si le costara.

La congregación se levantó al unísono.

—En el nombre del Padre, del Hijo y del Espíritu Santo —entonó el padre Adolph.

—Amén —le respondimos. Mamá se acercó por detrás de Junie para apretarme la mano. ¿Había pronunciado el amén demasiado alto? Pero no apartó los ojos del sacerdote.

El párroco continuó:

—Bienvenidos a todos los que se han unido hoy a nosotros para esta misa: que encontréis consuelo y fuerza entre vuestros hermanos. Estoy muy agradecido por vuestra presencia. Debemos confiar en nuestro Señor Jesucristo y, con su fuerza, apoyarnos los unos en los otros. Ahora mismo, en este momento, tres de nuestras familias necesitan nuestro amor de forma desesperada. —Levantó la vista del púlpito, con los ojos apenados y el rostro preocupado—. Gloria Hansen.

Todos miramos a nuestro alrededor como si fuera a levantarse. No la vi entre la congregación.

—Su preciosa hija está con nuestro Señor, y nos corresponde a todos cuidar de ella aquí en la tierra. —Asintió con solemnidad y continuó—: Los Taft también necesitan nuestro amor.

Hubo la misma respuesta, todos mirábamos alrededor boquiabiertos, pero sin ver a los Taft.

—Su hija, Brenda, ha desaparecido. Si alguien sabe algo sobre su desaparición, por favor, que hable con el comisario Nillson.

Esto provocó algunos jadeos entre los pocos que no habían oído la noticia, seguidos de un murmullo de inquietud. El comisario, que estaba sentado unas filas más adelante y a la izquierda, levantó la mano, como si alguien no supiera quién era.

—Mientras tanto, debemos rezar por el pronto y seguro regreso de nuestra querida Brenda. Y lo mismo para Elizabeth McCain, a quien no se ha visto desde que desapareció de la cafetería Northside hace más de una semana. Si tenéis alguna pista, aunque no os parezca importante, hablad con el comisario Nillson. Entreguemos nuestros corazones en oración a estas chicas desaparecidas y a sus familias.

El padre Adolph inclinó la cabeza y empezó a murmurar. Todos hicimos lo mismo. Alguien de mi fila se levantó, probablemente para ir al baño. No le presté mucha atención. Aunque deseaba desesperadamente que Brenda volviera, sana y salva, me avergonzaba decir que estaba demasiado ocupada pensando en aquella foto que Ant estaba enseñando a todo el mundo como para rezar. ¿Y si mi padre se enteraba? O peor, ¿la veía?

—¡Tú sabes dónde están!

El estridente grito atravesó el suave murmullo de la iglesia como un cúter. Todos levantamos la vista. Mamá se había alejado de papá hasta el pasillo, donde se balanceaba y le gritaba al padre Adolph, con la cara de color frambuesa por la rabia.

Respiré con dificultad.

—¡Tú sabes dónde están esas chicas! ¡He hablado con el Señor y dice que debes devolverlas! —Dio una vuelta en cámara lenta, con los ojos encendidos—. Todos sabéis lo que les pasó. Tuvieron que pagar el precio de Pantown, y cada uno de vosotros es responsable. —Señaló a los feligreses y golpeó el aire mientras escupía cada palabra—. Cada. Uno. De. Vosotros.

El padre Adolph se apresuró a bajar del púlpito, pero papá ya estaba al lado de mamá, con la mano en su cintura, intentando alejarla. Ella se retorcía contra él, luchando por liberarse, con los ojos desorbitados, pidiendo ayuda a gritos.

Entumecida por el horror, solo pude acercarme a Junie y taparle los oídos.

El comisario Nillson subió al púlpito y se dirigió a la congregación con su mejor voz de hombre al mando.

—Es un momento difícil para ser madre, sin duda. Padre, vuelva con su rebaño. Gary cuidará de su familia.

Nillson se volvió hacia mí y asintió. «Vete. Ahora. Fuera».

Roja por la vergüenza, agarré a Junie y la llevé hacia el pasillo lateral. Con las prisas por escapar, tropezamos con otros. Cuando llegamos fuera, papá ya estaba saliendo del aparcamiento, acelerando en dirección al hospital.

—No quiero pasar por casa de Ant —dijo Junie, que pateó la arena. San Patricio estaba a solo un kilómetro y medio de nuestra casa, pero el calor duplicaba la distancia—. Quiero ir a casa y ver la tele.

—No echan nada bueno los domingos por la mañana, y lo sabes. Además, solo nos llevará unos minutos. Ant tiene algo mío y necesito recuperarlo.

—¿Qué tiene?

—Una foto.

—Ah. —Caminamos otra manzana en silencio. Había poco tráfico.

Casi todo el mundo estaba en la iglesia.

—¿Cuánto tiempo crees que mamá estará fuera esta vez? —Junie rompió el silencio. Llevaba un vestido de cuadros y cintas en el pelo. A pesar de la ropa de niña, Ed tenía razón. Parecía mucho mayor de lo que era, dieciséis años por lo menos.

—El tiempo que sea necesario para que se recupere.

Junie hizo una mueca.

—Siempre dices lo mismo.

—Porque es verdad.

Se quedó callada un rato más. Veía la casa de Ant al final de la calle, el camino de entrada estaba vacío.

—¿Puedo contarte un secreto? —preguntó Junie en voz baja.

Casi había olvidado que estaba a mi lado. Había estado ensayando mentalmente lo que iba a decir para recuperar la foto.

—A veces desearía que nunca hubiera vuelto a casa —terminó Junie.

Giré la cabeza hacia ella.

—¿Qué?

Levantó la barbilla y me miró fijamente con un desafío en los ojos.

—Me refiero a mamá. A veces me gustaría que se quedara en el hospital y no volviera. La casa parece mucho más grande sin ella. Papá silba más e incluso tú sonríes a veces.

Fruncí el ceño.

—Sonrío todo el tiempo.

—Lo hacías —dijo, y parpadeó despacio. Sus ojos verdes eran enormes y tenía unas pestañas largas, casi como las de los dibujos animados—. Cuando era muy pequeña. Antes de que aprendiera a andar. Lo sé porque hay fotos.

—¿Dónde? —Yo era la que limpiaba la casa. Teníamos fotos donde la gente pudiera verlas, fotos familiares, la mayoría de ellas de antes de que Junie naciera. Un par de mamá y papá en su graduación. De sus padres. Ninguna mía en la que sonriera.

—En el despacho de papá.

Me detuve en seco.

—¡Se supone que no debes entrar ahí!

—Es donde están las cosas interesantes. —Se encogió de hombros y señaló—. Ant está ahí delante.

Miré hacia donde me indicaba. En efecto, Ant estaba en su porche, como si me estuviera esperando.

—Quédate aquí —le dije a Junie—. Mejor aún, nos vemos en casa.

Me echó una última mirada curiosa antes de marcharse calle abajo. Caminé hacia Ant, volvía a sentir la rabia, que aumentaba con cada paso, hasta que creció como un escudo a mi alrededor.

—¿Qué tal, Heather?

—¿Están tus padres en casa?

Negó con la cabeza.

—Bien. Quiero que me devuelvas la foto. —Supongo que había decidido tomar la ruta directa.

Se apoyó en la barandilla, con el rostro casi en penumbra.

—¿Qué foto?

Subí las escaleras del porche y lo empujé tan fuerte que se cayó unos pasos hacia atrás.

—Ya lo sabes. La que me hiciste en la cabaña, la que estoy en sujetador.

Recuperó el equilibrio y se abalanzó sobre mí. Acercó su rostro al mío. El aliento le olía a huevo.

—Es mi foto. No te la voy a devolver.

—¡Pero es mía!

—Dijiste que podía quedármela.

—He cambiado de opinión.

—Lástima.

La rabia me invadió. Miré hacia la puerta de entrada y me dispuse a atravesarla corriendo, entrar en su habitación y ponerlo todo patas arriba hasta encontrar la foto. Mi cuerpo debió de telegrafiar mis intenciones, porque Ant se puso delante de mí, apoyado en la puerta, con los brazos cruzados. Su boca ancha formaba una línea enfadada debajo de su nariz de Señor Potato.

—Le dijiste a Nillson que yo tenía algo que ver con la desaparición de Brenda —anunció, con tono acusador.

Pensé en negarlo, pero no tenía sentido.

—¿Y tienes algo que ver?

—No.

Sacudí un hombro.

—Entonces no tienes nada de qué preocuparte.

Me observó durante unos instantes y parpadeó, nervioso.

—¿Recuerdas lo mucho que jugábamos? Pasábamos el rato juntos.

—Sí, y luego dejaste de venir. —Después de oír a su padre gritarle.

Se encogió de hombros, pero el movimiento parecía doloroso.

—Las cosas se volvieron difíciles en casa. No significaba que ya no quisiera que fuéramos amigos.

—No nos dijiste nada de eso.

—¿Cómo iba a hacerlo? Todos me ignorabais.

Recordaba a Ant al margen, acechando, raro de repente. Me acuerdo de que Claude, Brenda o yo le pedíamos que viniera con nosotros y que Maureen se burlaba de él de forma amistosa. Nada de eso funcionaba. Se alejó cada vez más, hasta que fue como si nunca hubiera formado parte de nuestro círculo.

—Nadie te ignoró, Ant.

—No vas a ignorarme ahora —dijo, y se abalanzó sobre mí antes de que pudiera levantar las manos. Su boca estaba sobre la mía, hambrienta, y me masticaba más que me besaba.

Le clavé la rodilla en las pelotas. Cuando se dobló, me eché hacia atrás de un salto y salí del porche.

—Quiero esa foto, Anton Dehnke —grité—. No te la puedes quedar.

Corrí a casa y noté cómo las lágrimas me enfriaban las mejillas.

Capítulo 41

Papá llamó y dijo que se quedaría un rato más en el hospital porque no había camas para mamá.

—Puedo ir a esperar para que tú no tengas que hacerlo —le ofrecí. Todavía estaba furiosa con él por haberle dicho al comisario Nillson que Brenda y yo habíamos visto a Maureen en su sótano, y no sabía si alguna vez podría perdonarlo por haber engañado a mamá, pero éramos familia.

—Gracias, cariño, pero creo que es mejor que me quede aquí. —Oí un ruido sordo, como si una mujer le hablara al otro lado de la línea. ¿Una enfermera con novedades sobre mamá? Volvió al teléfono al cabo de unos segundos—. Me tengo que ir. No me esperes despierta.

No mencionó a Junie. Sabía que yo cuidaría de ella.

Estaba sentada en el sofá, hojeando un ejemplar de *Tiger Beat*, con un Shaun Cassidy de aspecto dulce en la portada. Maureen había estado enamoradísima de Shaun Cassidy. Ni siquiera es que fuera guapo, sino que parecía simpático. En plan, agradable de verdad, del tipo que no necesita decir que lo es.

—¿Te la dio Libby? —pregunté, y señalé la revista.

—Ajá.

Hice una nota mental para decirle a papá que a Junie le gustaba *Tiger Beat*. Podríamos regalarle una suscripción para su próximo cumpleaños.

—Me voy a mi habitación.

Frunció el ceño como si la estuviera molestando, pero no respondió.

De camino a las escaleras, me sentí atraída por el despacho de papá, al final del pasillo. No es que viviéramos en el castillo de Barba Azul. Podía entrar, aunque él me había dicho que no lo hiciera. Incluso Junie había estado dentro, por Dios. Pero no tenía motivos para hacerlo. Eso me dije a mí misma, y tenía sentido. Además, abrir una puerta ya nos había metido a todos en suficientes problemas.

Me apresuré a subir las escaleras y saqué mi diario de debajo del colchón. El sobre de fotos que le había quitado al comisario Nillson se me clavó en la suave almohadilla entre el pulgar y el índice, rápido como una araña. Me chupé el punto dolorido y me subí de un salto sobre la cama, con las piernas cruzadas.

«Querido diario:

¿Recuerdas la noche que dejé que Ant me hiciera una foto en sujetador? Bueno, fue una estupidez. Será mejor que me la devuelva, o entraré en su casa y me la llevaré. Eso es lo que hago ahora, soy un Ángel de Charlie. Una vez que tenga esa polaroid en mis sucias manitas, la quemaré, y nunca volveré a hacer algo tan tonto. Tienes mi palabra».

Miré por la ventana y envié mis pensamientos a los tranquilos brazos verdes del roble.

«¿Dónde estás, Brenda?».

Parecía que el comisario Nillson se había tomado en serio su desaparición, y eso me asustó más que nada. Sin embargo, yo sabría si estaba en peligro, ¿no? Cuando contrajo la varicela en cuarto curso, me picaba casi tanto como a ella. Cuando me contó su primer beso, dulce, torpe y baboso, con uno de los amigos de su hermano Jerry, y cómo su boca sabía a cerveza, pude saborearlo en mis propios labios. Cuando lloró por los residentes de su trabajo, aquellos cuyos hijos no los visitaban, sentí su dolor en mi propio pecho.

Recordar todo eso me puso nerviosa. Y así fue como no pude quedarme quieta ni un segundo más, apenas soportaba estar en mi propia casa. Hice una llamada rápida a los padres de Libby, llevé a Junie a su casa sin escuchar sus leves protestas —«quiero ver la teleeeeee»— y empecé a pedalear. Lo que comenzó como una búsqueda por el territorio de Pantown se extendió. Pasé por delante de los apartamentos Cedar Crest y recordé que mi padre los había criticado cuando los estaban construyendo, al decir que, a menos que fueras a la universidad, era mejor que tuvieras una casa de verdad y una familia, no un apartamento. Yo le había dado la razón sin siquiera pensarlo. Pero ahora, al contemplar el ordenado edificio en forma de cubo, pensé en lo perfectas que debían de ser las vidas de sus residentes. Todo lo que necesitaban estaba allí, a su alcance. Nada innecesario. Nada que ocultar.

¿Qué le había gritado mamá a la congregación?

«Cada uno de vosotros es responsable».

«Cada. Uno. De. Vosotros».

Era horrible pensar que se había quebrado en público. Papá y yo nos habíamos esforzado mucho por ocultar su estado. Ahora todo el mundo lo sabría, no solo los vecinos que nos habían ayudado cuando Junie y yo éramos pequeñas. Detuve la bicicleta en el semáforo de East Saint Germain. A mi izquierda había un centro comercial. A mi derecha estaba la cafetería Northside.

Me vinieron a la mente las palabras del padre Adolph.

«Y lo mismo para Elizabeth McCain, a quien no se ha visto desde que desapareció de la cafetería Northside hace más de una semana».

Entré pedaleando en el aparcamiento. El olor a comida frita era espeso incluso desde fuera. La fachada de la cafetería estaba ocupada por un gran ventanal. Había familias disfrutando del especial del domingo después de asistir a la iglesia y una fila de clientes detrás de ellos bebían café en el mostrador. Estuve a punto de acobardarme, pero una camarera que estaba tomando el pedido me vio y me dedicó una sonrisa amistosa.

Apoyé la bicicleta en un lateral de la cafetería y entré.

Capítulo 42

—He oído hablar de esas otras dos chicas —dijo la camarera, apoyada en el ladrillo de la cafetería, con humo saliendo de su boca. Tenía el pelo amarillo acartonado con raíces negras, los ojos muy abiertos y una sonrisa fácil. Cuando le expliqué lo mejor que pude por qué estaba allí, me señaló la etiqueta con su nombre —Lisa—, me invitó a un batido de fresa y me dijo que esperara hasta su descanso. Unos veinte minutos más tarde, me llevó a la parte de atrás y se encendió un cigarrillo—. Siento oír que son tus amigas. Es una mierda.

—Sí —contesté, acunando el batido que me había traído fuera. El vaso aún estaba medio lleno y la humedad rezumaba por el revestimiento de cera. Sabía artificial, como si alguien le hubiera pedido a Dios que convirtiera el color rosa en comida.

—Esa noche estaba trabajando —dijo.

Dejé de fingir que bebía.

—¿Cuando desapareció Elizabeth?

—Sí. La llamábamos Beth. —Rebuscó en su delantal y sacó una Polaroid de ella y la pelirroja Beth McCain dentro del restaurante, abrazadas por los hombros, sonriendo delante de la cocina.

—Va a mi iglesia —dije, y la señalé.

—Sí. Habíamos quedado en una fiesta esa noche, después del trabajo. La organizaba un tipo llamado Jerry, que había vuelto del ejército.

—¿Jerry Taft?

—Ese mismo —dijo ella, con cara de sorpresa—. ¿Estuviste allí?

—No. —Lisa no era de Pantown. No sabía que todos nos conocíamos. No valía la pena explicárselo—. ¿Beth no fue?

El cocinero se asomó por la puerta trasera, con el delantal hecho un mosaico de restos de comida. Los cabellos negros que se había peinado sobre la calva sudorosa bailaban con la brisa.

—Acaba de llegar un grupo de ocho.

Lisa levantó el cigarrillo.

—Enseguida voy. —Puso los ojos en blanco y cerró la puerta—. Yo no la vi —me dijo después de dar una calada—. Karen y yo —otra camarera que trabajaba en el mismo turno que Bethie y yo— no llegamos hasta las dos y media de la mañana. Todo el mundo estaba borracho. Era difícil encontrar un hueco, así que no nos quedamos mucho tiempo, solo el suficiente para buscar a Beth.

Di una patada a la grava y me pregunté qué significaba aquello.

—¿Crees que el mismo tío que la secuestró se llevó a tus amigas? —preguntó Lisa.

Entrecerré los ojos hacia el otro lado del aparcamiento.

—La policía cree que Maureen se suicidó.

Lisa resopló.

—Eso suena a la policía de Saint Cloud. Desaparecen tres chicas, no encuentran a dos y dicen que la tercera se suicidó.

—¿Conoces a la policía?

—Somos una cafetería que abre toda la noche. Llegas a conocer a todo el mundo.

Saboreé eso durante unos segundos.

—¿Beth tenía algún cliente habitual? ¿Alguien que actuara extraño y que viniera esa noche?

Me estudió desde la punta de la nariz.

—La policía hizo la misma pregunta. Beth era popular. A todo el mundo le gustan las pelirrojas. Un par de los habituales hicieron saltar nuestros radares. Uno de ellos parecía que iba a hacer una audición para *West Side Story*.

El corazón me dio un vuelco, se me paró y volvió a latir con el doble de fuerza.

—¿Se llamaba Ed Godo?

—No lo sé. Era un tío bajito, de unos veinte años, pelo negro engominado y chaqueta de cuero incluso cuando hacía un calor del demonio. Bebía cola y tomaba aspirinas como si fuera algo habitual en él. Llevaba alzas en los zapatos.

—¿Le contaste todo esto a la policía?

—Sí. Les dije que tampoco vino esa noche.

La puerta trasera se abrió de nuevo.

—Lisa, si quieres mantener el trabajo, ponte manos a la obra ahora mismo.

—¡Dios! —exclamó ella, que sacudió la cabeza y apagó el cigarrillo en el lateral del edificio antes de tirarlo al cubo de basura cercano—. Siento no haber podido ser de más ayuda.

—Te agradezco tu tiempo —le dije.

Sonrió y se dio la vuelta para entrar.

—Espera —le dije—. Has mencionado que tenía un par de clientes habituales que no os daban buena espina. ¿Quiénes eran los otros?

Se detuvo con la mano en la puerta.

—Otros no. Otro. Jerome Nillson.

La conmoción me sacó de mi propio cuerpo, pero Lisa siguió hablando, ajena a todo.

—Como he dicho, llegas a conocer a todo el mundo. Nillson acababa en la sección de Bethie tan a menudo que no podía ser una coincidencia. Ella decía que no le caía bien, pero ¿qué se le va a hacer? —preguntó, y se encogió de hombros—. Lástima que él y el Fonzie no acabaran juntos y se anularan mutuamente.

Capítulo 43

El regreso a casa en bicicleta me resultó pesado, como si alguien hubiera atado unas alforjas llenas de piedras a mi Schwinn. Ed Godo y Jerome Nillson habían sido habituales tanto en la vida de Beth como en la de Maureen, y también conocían a Brenda. Además, aunque estaban en lados distintos de la ley, los dos hombres eran peligrosos. Sus conexiones con tres chicas desaparecidas, una de las cuales habían hallado muerta, no podían ser una coincidencia. Aun así, no sabía qué hacer con la información. Tal vez podría disculparme con Claude y resolver esto juntos.

Pero no creía que le debiera una disculpa.

El lejano chirrido de una ambulancia se coló en mis pensamientos. Me hizo pensar en mi madre, en su desesperación por tener que vivir en una habitación de hospital, en lo mucho que me dolía verla en un lugar donde todo tenía que ser de bordes suaves, donde no se permitían las cuerdas, ni siquiera los cordones de los zapatos. Tenía un par de zapatillas especiales que me ponía para visitarla.

La ambulancia se acercó cuando llegué al extremo este de Pantown, a toda velocidad por la calle principal. Un coche de policía iba detrás. Me dirigía distraídamente a casa, pero giré a la izquierda para seguir las sirenas. Hacia las canteras. No quise pensar demasiado a fondo por qué los vehículos de emergencia me atraían como un imán. Quizá porque habían pasado justo a mi lado y el día era caluroso. Quizá porque no quería volver a una casa vacía, o porque la preocupación zumbaba como abejas en mi vientre y llevaba días y días pululando allí.

O tal vez porque, por debajo del lamento de las sirenas, había oído una cadencia que susurraba «Brenda, Brenda».

Giré la cabeza para acelerar el ritmo y pedaleé más rápido.

El aire era tan espeso que se podía beber.

Caliente, cercano, pegajoso como malvaviscos.

Se aferraba a mí y me retenía.

Sin embargo, me obligué a atravesarlo, pedaleé tan rápido por la calle principal que mi cadena olía a aceite caliente, pasé la entrada a la cantera del Hombre Muerto y luego la carretera más pequeña que llevaba a la Cantera Once y a la cabaña de la que le había hablado al comisario Nillson, la que Ed decía que era propiedad de un amigo, pero en la que yo sospechaba que había entrado, aquella en la que Ant me había hecho una foto.

Doscientos metros más allá de esa carretera, un grupo de agentes se agrupaba cerca de un sendero, con sus vehículos y la ambulancia aparcados un poco más allá. Había muchos senderos de canteras. Yo no sabía adónde llevaba este, pero apostaría a que los dos chicos que lloraban en la boca de esta sí lo sabían. Eran unos chicos que se acercaban mucho a la edad de Junie. No eran de Pantown.

«Brenda, Brenda».

Los niños hablaban con un único agente, separado del círculo de oficiales. ¿Qué estaban mirando los hombres de ese círculo? Dejé caer la bicicleta y me acerqué a ellos a trompicones. Veía sus mandíbulas en movimiento, sus caras brillantes y sonrojadas de color escarlata. Cuanto más me acercaba, más se llenaba el aire con el olor a podredumbre, grande e hinchado, como unas garrapatas flotantes que se aferraban a mi piel y se me metían en el pelo. Los policías estaban tan concentrados en algo que había en el suelo —«es ella, es Brenda, Brenda»— que no se fijaron en mí, ni siquiera cuando estuve entre ellos.

Llevaba mi camiseta bohemia favorita sobre unos pantalones cortos de seda azul. Mis rodillas eran nudosas, pero tenía unas bonitas pantorrillas. Al menos eso me había dicho Brenda —«está muerta, Brenda está muerta»— cuando me probé este mismo conjunto para ella la semana pasada. Maureen había estado allí. Ella y yo habíamos llevado todos nuestros conjuntos favoritos a casa de Brenda y nos los habíamos probado para decidir qué ponernos para el concierto de la feria del condado. Al final, elegí ropa de abuelita, pero no importaba porque íbamos a tocar música juntas, las tres, en el escenario. Ese día, sueños que ni siquiera sabía que tenía estaban a punto de hacerse realidad.

El recuerdo de estar a salvo y riendo tontamente en el dormitorio de Brenda se escribió solo en mi cerebro con el clac, clac, clac de una gran máquina de escribir que intentaba distraerme desesperadamente de las plantas de sus pies: una vestida únicamente con unas medias de nailon —«nunca llevamos medias de nailon, nunca, y menos en verano, con este aire espeso de malvavisco»—, y la otra cubierta por un tacón —«no se puede correr con tacones, nunca llevaré tacones», habíamos prometido mientras veíamos las reposiciones de Peyton Place—. Con solo mirarlos, aunque no llevara el atuendo que solía usar, supe que era Brenda.

«Ni siquiera la han cubierto con una sábana. Por favor, Dios, no puede estar muerta».

«No mires su cara, no, perderás la cabeza».

No podía acabar así, no con una chica con la que había crecido, una chica tan cercana que era como una hermana. Nuestras familias hacían barbacoas juntas, salían a comer fuera, hacían viajes a Minneapolis cuando mamá todavía hacía ese tipo de cosas. De niña, había pasado interminables noches jugando al fuerte en el salón de los Taft mientras los mayores jugaban al *bridge* y al *rummy* en la mesa del comedor. En las fiestas de pijamas, me pedía que trazara mi nombre en su espalda, un suave rastro que la llevaba directamente al sueño. Brenda, como Junie, era simpática y cercana. Yo había sido la callada.

«Un silencio mortal».

Algo se rompió bajo mis costillas.

Nunca miraría esa cara muerta, pero sabía que era ella.

Era Brenda Taft, tumbada bocarriba en medio del círculo de policías. Llevaba ropa de maestra, que no era suya y que tenía aspecto de áspera. Estaba expuesta como el cuerpo de un pistolero.

Era Brenda.

El grito no empezó conmigo.

Había estado atrapado en su cuerpo, frío y rígido, pero cuando llegué, cuando el terror de Brenda reconoció a alguien

263

familiar, a alguien a quien había querido, corrió hacia ella por el suelo, como mercurio en descomposición. Se deslizó por mis pies e hizo presión en mi garganta. Era demasiado grande e iba a desgarrarme el cuello. Pero ese grito agónico había visto la luz y exigía nacer.

Salió como un chillido agudo, tan inesperado y elemental que los policías se estremecieron, uno de ellos se apartó de un salto, con la mano en la pistola, y todos se fijaron en mí por primera vez.

—Sacadla de aquí.

Me metieron en la ambulancia. No me resistí pero tampoco dejé de gritar.

Capítulo 44

El conductor de la ambulancia me puso una inyección. No creí que fuera el procedimiento habitual, pero estaba fuera de mí. Aquel líquido calmante se deslizó por mis venas como una cortina. Cuando llegó a mi cerebro, con un dulce susurro de «no pasa nada», por fin dejé de chillar.

Mis oídos resonaron con el silencio.

Un ayudante del comisario me sacó de la ambulancia y me metió en su coche, supongo que para hacer sitio al cuerpo de Brenda. «Ssshhhh, cariño, no pasa nada». Me dejó en casa junto con mi bicicleta, que apoyó en el porche. Cuando se marchó, me quedé sentada en el sofá del salón, mareada y con la boca seca, sin pensar en nada, hasta que papá entró por la puerta unas horas más tarde.

Tenía la cara tan cansada que parecía al revés.

—¡Jesús! —dijo cuando me encontró en el sofá—. No te había visto. ¿Dónde está Junie?

Consideré la pregunta. Las cortinas de mis venas ya no eran tan gruesas. Ahora podía conectar pensamientos, aunque tardaron en encontrar mi boca, como unos excursionistas perdidos que buscaban la entrada.

—En casa de Libby.

Asintió con la cabeza, parecía estar a punto de decir algo, y entonces se desplomó a mi lado, con la cabeza entre las manos. Soltó algo parecido a unos resoplidos y me di cuenta de que estaba llorando.

«Debería acariciarle la espalda».

Me alegró ver mi mano cerca de su hombro. Cuando sintió el calor, se inclinó hacia mis brazos. Era un hombre de buena estatura, un metro setenta por lo menos. Lo abracé mientras sollozaba. Mamá había dicho que ese era el deber de una esposa, pero no estaba aquí. ¿Por qué papá se rompía con tanta facilidad?

—Brenda ha muerto —dijo cuando se le pasó el llanto. Su voz sonaba sobrante. Abandonada.

—Lo sé.

—Jerome se ha llevado a Ant y a Ricky para interrogarlos —continuó papá, y me ignoró. O quizá no había dicho nada en voz alta—. Juran que no saben nada. Ricky dice que no ha visto a Brenda desde que se pasó por el trabajo a verte el sábado. Ant asegura que la vio esa misma mañana, pero no desde entonces. ¿Eso es correcto?

Levanté un hombro. Papá no lo notó o no le importó.

—Aceptaron someterse al polígrafo y sus padres dieron el visto bueno. Los dos lo pasaron. —Se apartó de mí y se pasó el dorso de la mano por la boca—. Lo siento mucho, Heather.

—¿Y Ed? —le pregunté—. ¿Qué dice?

—No lo encontramos. —Papá sacudió la cabeza como si no se creyera su mala suerte—. La hemos fastidiado de verdad.

Los dos nos quedamos sentados un rato. Me empezaron a hormiguear las yemas de los dedos, así que estiré los brazos. Luego crují la mandíbula. Fue una sensación fantástica.

—La han estrangulado —dijo papá.

Eso traspasó mi cortina de protección. Intenté hacer retroceder la imagen, pero no dejaba de asaltarme, como una mano que buscaba bajo mis mantas.

—¿A Brenda?

Asintió con la cabeza.

—No había heridas defensivas. Jerome cree que fueron dos agresores, uno la sujetaba y el otro la mató.

Parpadeé. Volví a parpadear. Podía ver las piernas de Brenda cubiertas con las medias de nailon y la falda áspera que parecía sacada del fondo de la caja gratis de un mercadillo de garaje.

—¿Por qué le cambiaron la ropa?

—¿Qué?

—Brenda llevaba ropa que no era suya. ¿Por qué se la pusieron?

Papá miró por la ventana y luego volvió a mirarme. Parecía confundido, o traicionado.

—¿Cómo sabes que no era suya?

No me había preguntado cómo sabía lo que llevaba puesto cuando descubrieron su cuerpo. Me había preguntado cómo sabía que esa ropa no era suya.

—Lo sé. No lo era.

Apretó la boca y apenas movió los labios al hablar.

—Quizá no conoces a tus amigas tan bien como creías.

Una luz se encendió en mi vientre, una que no sabía que estaba ahí.

Un movimiento. Un siseo.

Sus palabras deberían haberme empequeñecido, paralizado, mi propio padre me había dicho que me equivocaba con la gente a la que quería. Pero habían hecho lo contrario, me habían animado. Yo sí que conocía a mis amigas. Puede que no supiera todo lo que habían hecho, o con quién lo habían hecho, pero sabía el tipo de personas que eran.

Conocía sus corazones.

Dejé que ese nuevo fuego ardiera en silencio. Aún no estaba lista para mostrarlo. No a mi padre.

—¿Estrangularon a Maureen? —pregunté.

Papá hizo una mueca y se puso de pie.

—Déjala descansar en paz, Heather.

Lo miré fijamente, a mi fuerte padre, guapo como un Kennedy, aunque no como el famoso, y lo vi, lo vi de verdad, por primera vez. Desencadenó algo en mí y permitió que la llama que él había encendido desgarrara, de repente, todas las verdades de papel que había construido. Podía oler el fuego, oír el crepitar de las llamas. Me sentí bien, y era aterrador y abrumador. Tenía que escapar antes de que lo arrasara todo, lo bueno y lo malo.

Me levanté y me tambaleé un poco.

—Voy a dar un paseo.

—Hace demasiado calor fuera.

—Por los túneles —dije, y arrastré los pies hacia el sótano.

Todavía me aferraba lo suficiente a la vieja venda que tenía en los ojos como para esperar que me detuviera, que me dijera que era peligroso, que debíamos ir a por Junie y enfrentarnos a esto como una familia.

En lugar de eso, se sirvió un trago.

Fue casi un alivio que dejáramos de fingir.

Bajé las escaleras, tomé la linterna y abrí la puerta. El frescor de los túneles era como un beso. Pensé en qué dirección ir, pero al final solo había una persona que podía aliviarme, una persona a la que le haría sentir el dolor que yo estaba sintiendo.

Ant.

Caminé hasta su casa y pegué mi oído bueno a la puerta de su sótano. No oí nada. Me pareció escuchar un chirrido procedente de la puerta falsa de enfrente, la que estaba escondida en el rincón, pero era mi imaginación.

Esperaba hacerle algo a Ant, algo fuerte, como destrozarle la piel con las uñas, arrancarle el pelo, hacerle sufrir con el fuego que ahora ardía sin control dentro de mí. Pero no oí nada dentro de su sótano.

Me di la vuelta y me fui a casa.

Sin embargo, la llama seguía ardiendo, en silencio.

Por ahora.

Capítulo 45

—¿Qué haces?

Junie se apartó de mi cama, donde había metido el brazo hasta el hombro entre mi colchón y el somier. Escondió la mano detrás de la espalda. Junie nunca entraba en mi cuarto si yo no estaba dentro, pero entonces recordé que se había colado en el despacho de papá.

Quizá se colaba en todas partes.

—Enséñamelo —exigí; el frío de los túneles había fortificado mi ira sedada.

Cerró el puño y bajó la mirada. Abrió la mano para mostrar un frasco de cristal marrón con una etiqueta amarilla.

—Me dolía la cabeza —dijo a la defensiva.

El suelo tembló bajo mis pies y me agarré al marco de la puerta para apoyarme. El frasco de aspirinas contenía las pastillas que le había robado a la señora Hansen. Si se las hubiera tomado…

—Dámelas.

Me las entregó dócilmente.

—Lo siento. No encontraba aspirinas en el botiquín.

—¿Así que has mirado debajo de mi colchón?

Parecía dolida.

—He mirado por todas partes. Me duele la cabeza. He comido demasiado helado en casa de Libby.

—¿Cuándo te han dejado en casa? —pregunté, y la guie por el pasillo hacia el baño.

—Hace unos diez minutos. Papá está en su despacho. Me ha dicho que no lo moleste, así que he subido aquí y no estabas.

—Así que has mirado debajo de mi colchón —repetí. Abrí el botiquín, tomé el frasco de Bayer masticable y se lo di. Quería que admitiera que había estado buscando mi diario, pero se limitó a tomar el bote de aspirinas, se dio dos golpecitos con él en la palma de la mano y se las tragó sin decir nada.

Se me hizo la boca agua, como cada vez que pensaba en ese sabor, naranja y ácido. Quizá así la aspirina sabía así, y por eso Ed la masticaba. Tal vez no era realmente amarga, y papá también había mentido sobre eso. De repente, echaba tanto de menos a mi madre que sentí que no podía respirar. No me importaba en qué estado estuviera, o que hiciera años que no me hubiera cuidado como una madre, excepto en contadas ocasiones. La necesitaba.

—Creo que me voy al hospital —dije—. A visitar a mamá. ¿Quieres venir conmigo?

—No tienes muy buen aspecto —respondió Junie, que se sacó una aspirina de los dientes de atrás—. ¿Estás segura?

—Estoy segura —dije.

Me apresuré a mi habitación para ponerme las zapatillas permitidas por el hospital. Junie me siguió.

—No quiero ir —dijo.

—No tienes que hacerlo, pero no quiero que te quedes sola.

—¿Por qué no?

—Simplemente no quiero. —No podía decirle que ya no confiaba en papá—. Te acompaño a casa de Libby.

—Se van a Duluth. No estarán en casa.

—Vale. Te dejaré en casa de Claude.

Se marchó dando pisotones, lo que me dio la oportunidad de mover mi diario, el de Maureen y el sobre de papel manila con las fotos a un lugar que ella nunca encontraría: debajo de un tablón suelto bajo mi mesa auxiliar. Los habría guardado allí de no haber sido tan difícil acceder a ellos. También metí el frasco de aspirinas. Tiraría las pastillas cuando llegara a casa.

Claude se reunió con nosotras en el porche de su casa. Fue incómodo vernos por primera vez desde que me había confesado que había visto mi foto, pero no tenía otra opción. Empujé a Junie hacia él.

—¿Puedo hablar contigo? —preguntó, y se alejó del porche cuando Junie subió.

Me sorprendió que quisiera hacerlo.

—¿De qué? —le pregunté, enfadada—. ¿Quieres gritarme por otra cosa que no es asunto tuyo?

—Junie, mamá está haciendo pollo y puré de patatas —dijo por encima del hombro—, si quieres puedes entrar para ayudarla.

Ella desapareció por la puerta mosquitera y él sacó una cajita rosa del bolsillo delantero de su camisa de botones.

Sentí unas ganas ridículas de salir corriendo.

—¿Qué es eso? —pregunté, y la señalé.

—Lo siento —dijo. Olía a limpio, como si acabara de ducharse. En el cuello tenía el pelo oscuro rizado, aún húmedo—. Siento haber estado tan raro en el trabajo, y luego haberme portado tan mal en la iglesia. Siento que Maureen se haya ido y ahora… —Miró hacia la calle y movió la boca—. Ahora Brenda también.

Asentí con la cabeza. Era desconcertante cómo Pantown conservaba mi forma, la silueta de lo que yo era. Mientras permaneciera en el barrio, estaba completa. Siempre supuse que no sería nada ni nadie si lo abandonaba. ¿Era otra de las mentiras de Pantown?

Claude me tendió la caja. Era de cartón de color rosado, de cinco centímetros cuadrados, con Zayre grabado en relieve en la tapa.

—Por esto me he comportado como un imbécil —dijo Claude.

Tomé la caja y levanté la tapa.

Empezó a hablar rápido y se le entrecruzaron las palabras.

—Sé que no lo quieres, no ahora que sales con Ant, pero te lo compré antes de enterarme, así que es mejor que lo tengas. Puedes hacer lo que quieras con él. —Hizo una pausa para tomar aire—. He metido el recibo dentro por si quieres cambiarlo por dinero.

Dentro había un corazón y una cadena, ambos de cobre, el mismo collar que la señora del mostrador de la joyería me había enseñado en Zayre. Era sencillo y precioso al mismo tiempo. Miré a Claude, mi amigo de siempre. Me devolvió la mirada, seria y muy muy asustada.

—¿Qué significa? —le pregunté.

Se metió las manos en los bolsillos y se encogió de hombros.

—Significa que me gustas, Heather. Que me gustas de verdad. Me gustas desde hace tiempo, pero nunca me he atrevido a decírtelo. Supongo que Ant no es tan cobarde como yo.

Saqué la cadena de la caja y levanté el corazón. Al mirarlo sentí que crecía y me encogía al mismo tiempo, como Alicia en el País de las Maravillas. Era tan bonito, tan puro. No me lo merecía, no después de lo que le había dejado hacer a Ant.

—Es una tontería, lo sé —dijo Claude—. Lo devolveré y te daré los diez dólares. Eso es lo que costó. En realidad, 9,99 más impuestos. Podemos seguir siendo amigos, ¿no? Es lo único que me importa. No puedo perderte a ti también. No después de lo de Maureen y Brenda.

Las lágrimas me nublaron la vista.

—¿Me lo pones?

Se lo entregué, me di la vuelta y me levanté el pelo. Desabrochó el collar y lo sostuvo frente a mí. Le temblaban las manos. Me lo abrochó en el lado bueno, no porque le molestara mi oreja, sino porque me molestaba a mí. Sentí el corazón de cobre contra mi pecho y pensé en lo mucho que importaba tener un amigo como Claude, en el tesoro que era. Y aquí estaba él, ofreciéndome algo más.

Me giré.

—Te quiero, Claude.

Volvió a meterse las manos en los bolsillos y le brillaron las mejillas de esperanza.

No tenía nada que darle, la verdad. Parecía cruel fingir que merecíamos algo tan profundo como eso aquí en Pantown. Sin embargo, oí cómo las palabras salían de mi boca.

—¿Puedes esperar?

Frunció el ceño.

—¿Para qué?

Puse la mano sobre el corazón y sentí el latido de mi sangre a través de él. Intenté imaginar a Maureen y Brenda vivas mientras se burlaban de mí y de Claude sin piedad, «Heather y Ziggy, sentados en un árbol, B-E-S-Á-N-D-O-S-E», pero no pude. Solo podía verlas sonriéndonos y dándonos codazos para juntarnos.

—No lo sé.

Me miró a los ojos, parecía que quería abrazarme, pero se detuvo. Debió de encontrar lo que buscaba porque su rostro se suavizó.

—Claro. Puedo esperar.

La sensación de alivio me sorprendió.

—Será mejor que me vaya. El horario de visitas termina pronto.

Parpadeó con fuerza, como si tuviera algo en el ojo.

—Por supuesto. Cuidaremos bien de Junie.

—Lo sé.

El olor del hospital de Saint Cloud me ponía nerviosa. Siempre lo había hecho. Olía a alcohol desinfectante y a sábanas recién lavadas a las que te habían atado. Respiraba de forma entrecortada mientras caminaba por los pasillos familiares que amplificaban y amortiguaban el sonido. Oía hablar a la gente, pero no entendía lo que decían.

—¿Mamá? —murmuré, y entré en la habitación que me había indicado la enfermera. Estaba en una planta normal, no en el pabellón psiquiátrico. Ese debía de estar lleno.

Era una de las habitaciones más grandes en las que había estado. Tenía cuatro camas. Las dos más cercanas a la puerta tenían cortinas para dar algo de privacidad. Las dos que estaban junto a la ventana tenían las cortinas abiertas, y una de esas camas estaba ocupada. Sonreí débilmente a la anciana que estaba reclinada en ella.

Hizo un gesto con la mano hacia las dos camas con cortinas.

—En la de la izquierda hay una señora mayor, como yo, y en la de la derecha una joven encantadora, por si te sirve de ayuda —explicó. No tenía vendajes visibles ni máquinas conectadas, pero podía estar allí por la misma razón que mamá, esperando a que la trasladaran a la sección adecuada del hospital.

—Gracias. —Levanté una esquina de la cortina que me había indicado, todavía indecisa.

—Heather —dijo mamá, y su cara se iluminó al verme—. Ayúdame a levantar la cama.

Dejé caer la cortina y tomé la manivela. Ya tenía mucha experiencia ajustando camas de hospital. La giré hasta que mamá me dijo que parara.

—¿Qué tal estoy? —preguntó.

Solo unos centímetros de luz natural se filtraban por encima de la cortina. La fría lámpara de cabecera le afilaba los rasgos y hacía que los ojos parecieran más hundidos de lo que estaban.

—Estás muy guapa, mamá.

Se atusó los rizos desde abajo. Le temblaban tanto las manos que parecía saludarse a sí misma.

—Tu padre me ha mandado el neceser de maquillaje, pero se ha olvidado mi pintalabios favorito. ¿Me lo traerás cuando vuelvas?

—Sí —dije, y me concentré en sus ojos con la esperanza de que mi cara reflejara calma—. ¿Sabes cuánto tiempo te quedarás esta vez?

—A tu padre le gustaría que me relajara y no me preocupara por eso. —El temblor de las manos le llegó a la boca. Se dio unos golpecitos en los labios, como si hiciera callar a un niño pequeño.

Me puse nerviosa. No debería haber venido. ¿En qué estaba pensando, necesitando a mi madre? Debería haberlo supuesto. Debería haberlo supuesto.

—¿Llamo a la enfermera?

—¡Siempre te has preocupado mucho! —dijo, con una risa aguda y metálica—. ¡No te preocupes, no te ofusques! Si sigues preocupándote, te saldrán arrugas pronto, y entonces ningún hombre te querrá. ¿Qué te parece?

Estaba amasando la gruesa cortina de algodón a mis espaldas, con la boca seca. Ya la había visto así en casa, como si tuviera toda la energía del mundo, aunque estuviera atada de pies y manos. Un viaje al hospital siempre la ayudaba, siempre la hacía volver a la tierra.

—Sé amable con tu padre mientras estoy aquí, ¿vale? —me pidió—. Ha sido muy duro para él perderme por vuestra culpa. Eso es lo que pasa cuando tienes hijos. Se convierten en tu mundo. ¡Recuérdalo!

Si iba a por la enfermera, mamá podría enfadarse. Eso también había ocurrido antes. Pero este enfado en concreto era terrible, incluso peor que los ataques de llanto. Me froté el collar en la garganta.

—Mamá...

—¡Oh! Mira qué bonita bisutería. ¿Es un corazón de cobre? ¿Te lo ha comprado un chico?

Tragué fuerte.

—Me lo ha dado Claude.

—Ese Claude es un chico muy mono. No te puedes quejar. El collar es bonito. Me encanta el cobre. ¿Recuerdas la pieza que le regalé a tu padre?

Empecé a negar con la cabeza, pero de repente, me quedé congelada; el agua helada sustituyó a mi sangre.

No quería que siguiera. No quería que terminara la historia.

—Ahorré del dinero de gastos menores durante semanas para comprárselo. Semanas. —Volvió a reír. Sonó como una cadena de latas de metal vacías que repiqueteaban en el viento—. Prácticamente vivíamos a base de hamburguesas y fideos, pero supe que el sacrificio merecería la pena en cuanto viera el regalo.

Abrí la boca para gritar «basta», pero no salió nada.

—Al principio, casi la desgastó. Decía que le recordaba a cuando era joven, ¡pero luego supongo que se volvió viejo y aburrido! La escondió en alguna parte. ¿Lo recuerdas? Eras solo una niña, pero tu padre nunca llevaba más joyas que esa, así que puede que lo recuerdes.

Me tambaleé hacia delante y estiré la mano para silenciarla, pero ya era demasiado tarde, demasiado tarde.

—Supongo que la lección aprendida es: nunca le compres a tu padre una pulsera de identificación de cobre.

Capítulo 46

Luces estroboscópicas.

Una fila de tres hombres.

Destellos de luz y luego oscuridad que los cortaban y solo iluminaban sus cinturas hasta las rodillas, esa misma luz me cortaba el pecho e iluminaba el parche de TAFT cosido en el uniforme prestado.

Elvis cantaba.

«*Well, that's all right, mama, that's all right for you*».

Una chica de rodillas, con la cabeza en la cintura del hombre del medio.

«*That's all right, mama, just anyway you do*».

Su pelo largo y rubio. Destello. Luz estroboscópica.

Con mechas verdes.

La mano en su nuca le presionaba la cara contra la entrepierna de él. Llevaba una pulsera de color cobre que reconocí.

No, no, no, no.

Mi padre.

Había sido mi padre.

Mi padre.

Había sido mi padre.

Esa letanía me rondaba por la cabeza mientras me alejaba del hospital en bicicleta. No sabía cómo me las arreglaba para pedalear, cómo mantenía el equilibrio. Me habían disparado en las tripas, mis intestinos se habían convertido en una papilla, la herida era tan horrible que no podía mirar hacia abajo, pero lo sentía.

Oh, lo sentía.

Mi padre. Había sido mi padre. Mi padre. Había sido mi padre.

Me bajé de la bici en el patio delantero, me alejé de ella mientras las ruedas aún giraban, subí por el porche y entré por la puerta principal, aunque no la cerré tras de mí porque me estaba muriendo.

Seguí hasta el despacho de papá.

Papá, que no era Barba Azul, sino peor.

Papá, que había puesto la boca de Maureen sobre él y se la había sujetado allí.

Que había dicho que investigaría el «suicidio» de Maureen, pero, por supuesto, no lo haría. El comisario Nillson y mi padre no iban a mirar en esa dirección.

Su despacho estaba vacío, pero no me habría detenido de haber estado allí. Eso formaba parte del pasado. La habitación estaba dispuesta como la recordaba cuando era pequeña y me dejaba jugar a las muñecas en el suelo mientras él trabajaba. Un escritorio cerca de la ventana, un armario, unas estanterías y un archivador. Me dirigí al armario y abrí la puerta de un tirón. Había cajas de zapatos apiladas en el estante superior. Cuatro trajes y una camiseta de deporte colgaban en perchas.

La pulsera de identificación de cobre estaba en el suelo, junto a un par de zapatos negros relucientes. La joya se había desprendido como la piel de una serpiente para que mi padre recuperara su forma humana.

La cogí, convencida de que estaría caliente al tacto.

—Sabía que me habías visto.

Me di la vuelta. Papá estaba en la puerta, con el rostro inexpresivo. Miraba fijamente el horrible brazalete que yo sostenía.

—Fueron pocas veces —dijo, con la voz espesa—. Jerome hacía acopio de los restos. Marihuana y algunas cosas más duras, restos de las detenciones. Cuando tenía suficiente, organizaba fiestas. Era una forma de desahogarnos. Juro por Dios que solo fui a unas pocas. Solo a unas pocas.

La pulsera se deslizó de mi mano y cayó a la alfombra con un golpe seco.

—A veces, pillaban a chicas —mujeres jóvenes— con hierba, o pastillas, y las mandaban al campamento de verano del padre Adolph. Pero si no había campamento, las invitaban a la fiesta a cambio de no ponerlo en sus expedientes. No tenían que hacer nada, solo ir. Ser una cara bonita.

Una profunda rabia explotó dentro de mí.

—Maureen era mi amiga.

—Lo sé, cariño —dijo, y dio un paso adelante con la boca apretada. Me pregunté si era así como se comportaba en el tribunal. Distante. Controlado. Al mando. Si mentía con tanta seguridad que empezabas a creer que decía la verdad—. Ella no hizo nada que no quisiera hacer, Heather. Lo juro por mi vida. No hubo violencia, ni amenazas, nunca.

Se giró de forma brusca y golpeó la pared con el puño, pero el arrebato me pareció falso. Como su actuación en el tribunal.

—¡Dios! Estoy tan disgustado conmigo mismo por haber permitido que esto pasara.

—¿La mataste?

—No —dijo, y se volvió hacia mí con los ojos llenos de alivio. «He hecho cosas malas, pero no tan malas», decía su cara—. No tuve nada que ver. Jerome tampoco, ni el ayudante del comisario que estaba con nosotros aquella noche. Todas las pruebas apuntan al suicidio. Tienes que confiar en mí. —Sonrió. Su expresión mostraba un impresionante equilibrio entre el remordimiento y la confianza—. Ya hemos acabado con las fiestas. Fue un terrible error. Jerome ha vaciado el sótano.

Por costumbre, pensé en creerle. Pareció percibir una oportunidad y se irguió, con lo que empleó por completo la voz y el comportamiento de fiscal de distrito.

—Sigo siendo tu padre, Heather. No soy perfecto, pero soy un buen hombre.

«Un buen hombre». «Un buen tío». Así se había descrito Ant.

—¿Y Brenda? ¿Y Beth?

Su rostro se volvió sombrío.

—Al principio, pensábamos que Elizabeth McCain estaba haciendo autostop en alguna parte y que aparecería cualquier día. Pero ahora que Brenda ha sido asesinada, creemos que Ed secuestró a Elizabeth y mató a Brenda. Elizabeth podría seguir viva. Si damos con él, la encontraremos.

Ladeé la cabeza.

—Si pensabas eso, ¿por qué echaste a Ed de la ciudad, para empezar?

Apartó la mirada.

Un caleidoscopio de palabras e imágenes se arremolinó y chasqueó, y luego se enfocó con nitidez: no habían echado a Ed de la ciudad. Esa había sido una mentira más que me había contado para despistarme. Habían estado dispuestos a dar por perdida a Beth tras hacernos creer que se había escapado de casa antes que arriesgarse a llamar demasiado la atención sobre Maureen y, potencialmente, sobre sus fiestas.

Ahora que Brenda estaba muerta, ya no podían mirar hacia otro lado.

Fue entonces cuando comprendí la cruda realidad: los hombres al mando se cuidaban a sí mismos.

Las chicas de Pantown estábamos solas.

Capítulo 47

Me desperté desesperada por escapar de casa. La idea de quedarme allí sentada, mientras recordaba una y otra vez que Maureen y Brenda nunca volverían a llamarme, que nunca aparecerían en mi puerta… Era aterrador, como si algo oscuro saliera de debajo de la cama y me agarrara por los tobillos.

Encontré a Junie en su habitación, todavía en la cama, y le dije que la iba a llevar a casa de Claude o Libby y que era mejor que se vistiera. Se puso furiosa. Juró que se quedaría dentro y que no abriría la puerta a nadie, suplicó que la dejara pasar un día entero en su propia casa. Apenas la escuchaba, pues solo pensaba en papá.

Anoche, para terminar nuestra conversación, había jurado que se comprometería a trabajar sin descanso para encontrar a Elizabeth.

Podría haberme dicho que el agua mojaba y no lo habría creído.

Sin embargo, me había dado a entender que estábamos empezando de nuevo, que, a su manera, se había disculpado por haber abusado de Maureen y de otras chicas, y que ahora fingiríamos que nada de eso había ocurrido.

Porque eso era lo que hacíamos en Pantown.

Al menos, era lo que solíamos hacer.

Pero yo no iba a formar parte de eso, nunca más.

—No es nada justo… —protestaba Junie, con los ojos brillantes por las lágrimas y las manos cerradas en puños sobre el regazo—. Los niños de mi edad hacen de canguros, cuidan de bebés, ¿y se supone que yo debo tener una canguro?

—Tienes razón —dije, y nos sorprendí a las dos.

Entrecerró los ojos con escepticismo y su desordenada cabellera le daba un aspecto casi cómico.

—¿Qué?

—Tienes razón —repetí—. Ya eres mayorcita para quedarte sola en casa.

Fueron unas palabras difíciles de decir, pero me había dado cuenta de que el primer paso para escapar de las reglas de Pantown requería un ajuste en la forma en que trataba a mi hermana pequeña. Tenía casi trece años, y por muy desesperada que estuviera por protegerla del mundo, ya era hora de que dejara de mimarla como a un bebé.

—Pero tienes que prometerme que mantendrás las puertas cerradas y no dejarás entrar a nadie.

Estaba tan feliz que me abrazó con tanta fuerza que casi me dejó sin aire.

Después de prepararle el desayuno —papá no estaba en casa, lo cual me pareció bien—, me fui al trabajo en bicicleta, no muy segura de haber tomado la decisión correcta. Puede que yo estuviera cambiando, pero eso no significaba que el resto del mundo fuera a actuar de forma diferente. Pero Junie ya era mayorcita para estar sola en casa.

¿No era así?

Cuando llegué a la tienda, encontré a nuestro jefe cocinando en lugar de Ricky. Era un hombre bajo y nervioso con gafas redondas. Dirigía todo Zayre Shoppers City, así que no lo veíamos mucho, salvo cuando había algún problema o tenía que sustituir a alguien, como hoy.

—¿Dónde está Ricky? —pregunté, y me deslicé el delantal por la cabeza.

Esperaba que la respuesta fuera: «Detenido».

—No me lo ha dicho —respondió el señor Sullivan, que fingió que tenía que trastear con los botones de la freidora—. Siento mucho lo que les ha ocurrido a tus amigas. Lo de que te tomaras la semana libre iba en serio.

—Gracias. No me importa trabajar. ¿Va a venir Claude?

—No —contestó el señor Sullivan, que ahora trasteaba con el dial del frigorífico. Pronto se le acabarían las cosas que tocar y tendría que mirarme a mí, una chica cuyas dos mejores amigas habían muerto, cuya madre estaba en el hospital y cuyo padre era un pervertido.

De repente, quería que me mirara con urgencia.

Sentía que, si no lo hacía, yo desaparecería y nadie lo sabría, como si una gran mano de dibujos animados con una goma de borrar rosa perla empezara por mis pies y fuera subiendo para borrarme a grandes trazos. Si nadie me miraba directamente y me veía, pronto no quedaría ni la sombra. Solo un montón de migajas de color gris rosáceo de lo que había sido.

—Le hice la misma oferta de tiempo libre y la aceptó —continuó el señor Sullivan, que me miró por fin, con expresión extraña—. No vendrá hasta el próximo lunes.

El ritmo de atender a la gente era relajante. Estábamos inusualmente ocupados, incluso para un caluroso día de verano. La forma en que la gente me miraba fijamente y luego a la ventana que separaba la cocina de la zona del mostrador me decía que corrían rumores. Tal vez el interrogatorio de Ricky y Ant había sido noticia. Quería preguntarle al señor Sullivan y al mismo tiempo prefería no saberlo. Me estaba costando todo mi esfuerzo flotar por encima de mis sentimientos, permanecer en esa fina capa de niebla en la que todo parecía estar fuera de mi alcance.

Me pregunté si esa niebla era el lugar donde mamá pasaba la mayor parte del tiempo.

—Tú vete —dijo el señor Sullivan cuando se acercaban las tres—. Yo limpiaré.

No preguntó, como había hecho cuando me había comentado lo de tomarme la semana libre. Me estaba ordenando que me fuera temprano. ¿El vacío que sentía era contagioso? ¿Le preocupaba contagiarse? Dejé el delantal en el cubo de la ropa sucia, fiché y me subí en la bici. Pedaleé a través del calor agobiante. Junie y yo cenaríamos espaguetis con albóndigas. Papá podría prepararse su propia comida. Tal vez incluso llevaría a Junie a la piscina municipal para que se refrescara. Se lo merecía, había estado encerrada todo el día en esa casa sofocante pasando calor.

Durante mi turno, me había dado cuenta de que, a pesar de todo el horror reciente, al menos Pantown por fin era seguro, lo más seguro posible. El comisario Nillson ya no daba sus fiestas. Ahora todos buscaban a Ed, esta vez de verdad, así que no podía esconderse como antes. Y todos los ojos estaban puestos en Ricky y Ant, si no estaban ya en la cárcel.

Apoyé la bicicleta en la parte trasera de la casa y me dirigí a la puerta de atrás, la que entraba por la cocina. Divisé a Junie al teléfono a través de la cortina de gasa naranja mientras giraba el cable del teléfono en su mano. No se dio cuenta de que me acercaba. Estuve a punto de correr hacia la puerta principal, ya que no me esperaba en casa hasta dentro de media hora y no quería asustarla. Pero hacía demasiado calor para dar toda la vuelta. Me conformé con llamarla mientras hacía sonar el pomo.

Puso los ojos de par en par y se sobresaltó. Colocó el teléfono de golpe en el soporte.

Su rápido movimiento hizo que sus pendientes oscilaran, unas bolas de oro en el extremo de una larga cadena.

Eran los mismos pendientes que habían llevado Maureen y luego Brenda. Los pendientes que Ed les había comprado.

Capítulo 48

La sacudía tan fuerte que su pelo rojo como un zorro le volaba sobre la cara.

—¿De dónde has sacado eso?

—¡Me haces daño!

Hundí los dedos con fuerza en sus hombros, casi hasta el primer nudillo. La solté.

—Esos pendientes —dije, con la voz ronca de miedo—. ¿Quién te los ha dado?

—Me los he comprado yo. Solo costaban un par de dólares.

—Eso no es verdad. —La cocina se había convertido en el túnel de ilusiones de la feria del condado, que giraba por debajo de mí y a mi alrededor y lo revolvía todo—. Sé cuánto cuestan. ¿Quién te los ha regalado?

Acarició uno de los pendientes, con la barbilla temblorosa.

—No es asunto tuyo.

Luché contra las ganas de abofetearla.

—Junie, dime de dónde los has sacado.

—¡Estás celosa! —gritó, y me apartó. Sacó la barbilla, dulce y puntiaguda, e hinchaba las mejillas—. Estás celosa de mí porque solo tienes una oreja y nadie te comprará pendientes.

—Junie —dije. Mi voz era fuerte, pero mis movimientos pequeños. No podía asustarla, no sobreviviría a su muerte, nunca, ni en un millón de años. No podía perder a Junie. No a June, mi bichito. Tenía que decírmelo—. ¿Ha sido Ed? ¿Él te ha dado esos pendientes?

Ella negó con la cabeza una vez, de forma brusca, y los pendientes se enrollaron y le golpearon en las mejillas, a la izquierda y luego a la derecha. Tic, tic.

—¿Entonces, quién? Eres demasiado joven para salir con alguien que te regala joyas así. Es peligroso.

Abrió sus brillantes labios rosados, como si estuviera a punto de decírmelo, pero en su lugar brotó una oleada de ira.

—Quieres llamar la atención; siempre la has querido. Papá y tú estáis enamorados. Todo el mundo lo ve. Todo el mundo. Solo me queda la loca de mamá. Pero ahora tengo a alguien para mí sola.

—Junie —supliqué. Había permanecido en un equilibrio muy precario por encima de la realidad, y me estaba derrumbando—. Por favor.

Se cruzó de brazos. Se parecía mucho a mamá, a la de antes. No me lo iba a decir.

—Es Ed —le grité a papá por la línea compartida—. Viene a por Junie.

Colgó el teléfono con tanta fuerza que me retumbó en el oído. Diez minutos después, llegó a la casa a toda prisa en un ruidoso coche de policía, con las luces encendidas y un ayudante al volante.

No tuve fuerzas para agradecerle que me hubiera creído.

Cuando entró en la casa, señalé las escaleras. Las subió de tres en tres para llegar hasta ella. Si Junie lo hubiera visto, no volvería a cuestionarse cuánto la quería. Lo seguí, lo vi abrir la puerta de un tirón, entrar corriendo y estrecharla entre sus brazos. Como si en el caso de que la soltara, fuera a perderla para siempre.

Su atención la asustó.

—No estoy enfadado, Junie —dijo, y la soltó después de varios segundos—. Pero tienes que decirme quién te ha dado esos pendientes. Es importante.

Ella se los había quitado, estaban sobre el tocador. Empezó a entender lo serio que era esto. Creo que incluso podría haberle dicho a papá de dónde los había sacado, si el comisario Nillson no hubiera irrumpido en nuestra casa en ese momento.

—¿Gary? —gritó desde abajo. La boca de Junie se cerró como una almeja.

Nillson subió las escaleras, y él y papá se quedaron con ella durante veinte minutos. No consiguieron sacarle más información, ni bajo amenazas ni promesas. El pelirrojo Gulliver Ryan apareció a mitad de camino y le hizo algunas preguntas, pero Junie seguía sin hablar. El comisario usó el teléfono de la cocina para pedir una orden de búsqueda para Theodore Godo. El agente Ryan se quedó para vigilarnos a Junie y a mí.

Todo sucedió a la velocidad de la luz.

Cuando papá y el comisario Nillson se marcharon y el agente Ryan se instaló abajo, me dirigí a la tabla suelta de mi dormitorio. Saqué el frasco de aspirinas que contenía un puñado de medicamentos para el corazón de la señora Hansen, una pizca de sus píldoras de la felicidad y un par de aspirinas de verdad.

El comisario Nillson había afirmado que era posible que Maureen hubiera tomado suficiente medicamento para el corazón para quedar aletargada y no resistirse cuando se ahogara.

Yo lo había robado para mí con la vaga idea de hacer lo mismo. Pero ya no.

Ahora iba a hacer que Ed se tragara hasta la última maldita pastilla.

Capítulo 49

Esa noche mimé a Junie con espaguetis con albóndigas y helado de menta con trocitos de chocolate de postre, y dejé que eligiera el programa de televisión. Al principio era incómodo con el agente Ryan allí, pero se sentó en una silla junto a la puerta y, al cabo de un rato, eso era: una silla junto a la puerta.

A la hora de acostarse, le preparé un baño como hacía con mamá. Después le pinté las uñas de las manos y los pies de rosa chicle. Luego le hice una trenza francesa para que se le rizara más el pelo al día siguiente, cuando se la quitara. Era obvio que odiaba lo mucho que le gustaba la atención. Por mi parte, me sentía bien cuidando de ella. En los últimos días, mamá había exigido tanto de mí que había descuidado a la pobre Junie.

—¿Me tocas una canción, Heather? —me preguntó cuando la arropé.

—¿Qué? —Estaba cansada hasta la médula, pero tenía que seguir.

—En la espalda. Para dormirme.

Sonreí, con cariño por el inesperado recuerdo. A Brenda le gustaba que le trazara mi nombre en la espalda, pero a Junie le tamborileaba un ritmo con suaves golpecitos, hasta que su respiración se volvía ligera por el sueño. Era solo un bebé entonces. No creía que se acordara.

—Claro —le dije, y le di la vuelta. Toqué un ritmo más lento de «Young and Dumb», mi canción favorita de Fanny, sobre sus hombros y luego le froté las trenzas aún húmedas hasta que su respiración se calmó. Cuando creía que estaba dormida, me levanté para salir de puntillas.

—Sé que piensas que soy tonta —murmuró—, pero no te preocupes por mí.

El otro día en el hospital, mamá me había dicho que me preocupaba mucho. Era una de las críticas que más me hacía. Pero si yo no me preocupaba por Junie, ¿quién lo haría?

De vuelta en mi dormitorio, vacié el bolso para hacer espacio y solo dejé el anillo del humor que Brenda me había regalado en la feria del condado en un bolsillo con cremallera. Aunque solo había conseguido que se pusiera amarillo, tener conmigo un pedazo de ella me daría valor. Metí la linterna y el frasco de aspirinas en el bolsillo principal.

Mi plan era sencillo.

Le daría el frasco de aspirinas a Ed, y él se tragaría todas las pastillas. Lo dejarían inconsciente, como el comisario Nillson dijo que había sucedido con Maureen. Una vez que estuviera inconsciente, decidiría qué hacer a continuación.

Había dejado la opción en blanco a propósito.

Ojalá hubiera tenido una lata de RC Cola. Eso me hizo pensar en la cocina, lo que, a su vez, me llevó a pensar en un cuchillo como protección, por si acaso. Bajé las escaleras. El agente Ryan se había trasladado al sofá para ver la televisión y me daba la espalda. Pasé de puntillas junto a él hasta la cocina, que estaba a oscuras. Saqué el cuchillo de trinchar de la funda y tomé unas servilletas para envolverlo antes de volver a subir las escaleras sin que el agente Ryan se diera cuenta. Él estaba allí para vigilar la puerta principal, no a Junie y a mí.

Tenía intención de empezar a buscar a Ed en la cabaña. Papá había dicho que la policía la había registrado y no había encontrado nada, que ni siquiera le pertenecía, pero si había vuelto al pueblo en busca de Junie, necesitaría un lugar donde quedarse. Bien podría ser el lugar que la policía había descartado.

El sol se había puesto, pero fuera de la ventana de mi habitación, el cielo seguía teniendo un oscuro resplandor mandarina. Descansaría unos minutos, lo suficiente para que oscureciera del todo. Estaba muy cansada, hacía días que no dormía bien. Apoyé la cabeza en la almohada. Luché por mantenerme despierta, pero la promesa del descanso tiraba de mí como unos tentáculos en la cantera.

Me levanté sobresaltada de la cama, con todos los pelos de punta. Algo iba mal. Eché un vistazo a mi habitación. Estaba como la había dejado, excepto por el cielo que se había vuelto negro.

Corrí a la habitación de Junie, con el corazón latiéndome con fuerza. Su cama estaba vacía.

La televisión estaba encendida en la planta baja. «Tal vez Junie no podía dormir. Tal vez estaba despierta viendo la tele hasta tarde». Bajé corriendo las escaleras en un intento por mantenerme un paso por delante de las arenas movedizas del pánico.

Junie no estaba.

El agente Ryan levantó la vista del sofá, sorprendido. Su rostro era agradable y su traje estaba arrugado. ¿Quién lo había elegido para protegernos? ¿El comisario Nillson?

—Creía que os habíais ido a dormir —dijo.

No sabía que Junie se había marchado, lo que significaba, en el mejor de los casos, que era pésimo haciendo un seguimiento.

En el peor, quería decir que no estaba aquí para protegernos, sino para ayudar al comisario Nillson a encubrir algo que requería mantener a Junie callada.

Me deshice de los pensamientos que zumbaban en mi cabeza. Me estaba volviendo paranoica. Papá nunca, ni en un millón de trillones de años, dejaría que Nillson le hiciera daño a Junie, por muchas otras cosas horribles que hubiera hecho.

Pero ¿y si papá no lo sabía?

—Sí, acabo de bajar a por un vaso de leche —dije, y fui hacia la cocina, tratando de recordar cómo caminar, esperando desesperadamente parecer normal. Me percaté de su expresión suspicaz, pero cuando volví, ya estaba de nuevo frente al televisor, y me temblaba tanto la mano que la leche se derramaba por los lados del vaso que sostenía.

—Buenas noches —dije.

El agente Ryan levantó un dedo sin volverse.

Subí las escaleras con paso moderado a pesar de los fríos pinchazos en la piel. Dejé la leche en el rellano. Comprobé una vez más la habitación de Junie antes de tomar el bolso con el cuchillo y bajar sigilosamente las escaleras. Johnny Carson aparecía en la televisión con un turbante y un sobre en la frente. El agente Ryan se rio de algo que dijo. Me quedé paralizada cuando se estiró y pareció estar a punto de levantarse, pero se crujió el cuello.

Me arrastré hasta la cocina, con las zapatillas de hospital que guardaba en la habitación. Despacio, angustiosamente lenta, saqué la llave maestra del gancho, me dirigí al sótano y desaparecí en los túneles.

Ed había secuestrado a Elizabeth McCain.

Luego había matado a Maureen, y después a Brenda.

Estaba segura de ello.

Casi segura.

Pero aún tenía que comprobar una cosa más.

Beth

Beth agarró el clavo. Era sólido, pesado y frío. Lo mejor que había tenido entre las manos. Si la sacaba de aquí, le pondría su nombre al coche. A su primera mascota. Dios, les pondría ese nombre a sus hijos.

Clavo, Clavo Júnior y Clavo III.

Había renunciado a esperar para tenderle una emboscada. En su lugar, saldría de ahí.

Su padre le había enseñado carpintería básica: a construir estanterías, montar una repisa de chimenea y colgar una puerta. Por eso sabía que, aunque no podía forzar la cerradura de la puerta de su prisión, sí podía quitar las bisagras haciendo palanca con el clavo.

Y entonces; pum, la puerta se abriría.

Cuando se decidió por este plan, la bisagra superior se deslizó como si fuera mantequilla.

No fue inesperado. Soportaba menos peso que la inferior.

La del medio resultó ser mucho más difícil. Le había llevado horas, pero por fin había logrado quitarla también. Volvió a colocar los dos pasadores en las bisagras y ahora se dispuso a atacar a la tercera y última, la más cercana al suelo. Se sintió aliviada de que ninguna de ellas se hubiera oxidado demasiado por el ambiente húmedo. Pero el trabajo era delicado y agotador, por eso flexionaba los tobillos y luego los sacudía, se ponía en cuclillas y luego de pie, una y otra vez. Forzaba la sangre a sus extremidades, preparándose para luchar.

Si volvía antes de que ella hubiera quitado la puerta, no la pillaría durmiendo.

De hecho, esta próxima vez sería la última en la que tendría que volver a ver su rostro vivo, porque si se interponía entre ella y la libertad, le clavaría profundamente ese clavo de ferrocarril en el cráneo. Nunca lo vería venir. Se pegaría a la pared a la derecha de la puerta y saltaría sobre él para asestarle una puñalada con esos diez centímetros de acero en su estúpido y malvado cerebro.

Estaba sudando con esa última bisagra cuando oyó movimiento arriba.

Solo era cuestión de tiempo que apareciera.

«Acabemos con esto, Clavo».

Capítulo 50

Salí de nuestro sótano y cerré la puerta silenciosamente detrás de mí. Luego encendí la linterna y corrí hacia el extremo embrujado de los túneles, a través de la oscuridad fría y negra. Abrí la puerta del sótano del comisario Nillson y entré.

—¡Junie! —grité.

Presentía que había ido a ver a Ed, pero tenía que estar segura.

Si Jerome Nillson estaba en casa, y no creía que así fuera, Junie habría tenido tiempo de gritarme antes de que él pudiera detenerla. Pero no hubo respuesta. El sótano de Nillson estaba limpio. No solo ordenado, sino limpio de pruebas. Corrí al armario de herramientas y abrí la puerta de un tirón. Solo quedaban la caldera, el calentador de agua y la caja de adornos navideños. Subí las escaleras y abrí de un tirón todas las puertas de la planta principal, luego corrí a la planta superior e hice lo mismo.

La casa estaba vacía. Junie no estaba.

Me apresuré a volver a la planta principal tan rápido que mi cuerpo se adelantó a mis piernas. Bajé los últimos escalones dando tumbos y caí de bruces sobre el hombro derecho. Las pastillas sonaron en el frasco cuando mi bolso cayó al suelo. Me levanté de un salto y me froté la parte dolorida. Atravesé la puerta principal sin cerrarla y seguí corriendo hasta llegar a mi casa, con el aire caliente y crudo en los pulmones.

Agradecí haber dejado la bicicleta junto a la puerta trasera. No tuve que salir al porche, a la vista del agente Gulliver Ryan, para recuperarla. Salté sobre mi asiento con forma de banana y pedaleé rápido hacia la cantera.

Encontraría a Junie en la cabaña. La salvaría. Tenía que hacerlo.

Beth

A las pisadas —suyas, de eso estaba segura— se unieron otras. Beth contó al menos cuatro diferentes, unas de las cuales pertenecientes a una mujer con una voz tan aguda que debía de ser una niña.

Beth estaba cansada de esperar. Agachada, agarrando el clavo, limpiándose la mano en la falda sucia cuando le sudaba, estirando las piernas y agachada de nuevo. Era hora de unirse a la fiesta, pero primero tenía que liberar la última bisagra. Le estaba dando más problemas de los que esperaba.

La lámpara de queroseno parpadeaba a sus pies. Había estado ahorrando combustible, pero solo quedaban unos minutos de luz. Podría quitar el último pasador de la bisagra en la oscuridad, pero sería un trabajo torpe. Necesitaba un plan más eficaz.

Miró los dos pasadores de bisagras que había desmontado y vuelto a colocar en sus ranuras por si él volvía antes de que ella liberara el tercero.

«Por supuesto».

En lugar de atacar al último pasador solo con el clavo, utilizó uno de los que había soltado como herramienta, con lo que convirtió al clavo en un martillo y al pasador en palanca. Sacó el superior, el más flojo, y lo metió debajo de la bola del último. Golpeó una vez para probar. El ruido metálico resonó. Metal contra metal hacía mucho ruido. Pensó en sincronizarlo para que el tintineo coincidiera con las pisadas más fuertes, pero entonces los pasos se detuvieron.

Una puerta crujió al abrirse, un sonido inquietante, el que había precedido a su aparición las primeras veces, quizá todas.

Ya venía.

Apagó la lámpara de queroseno y se arrimó a la pared, a la derecha de la puerta, mareada por el hambre y el rápido movimiento. Sus singulares pisadas descendieron por lo que ella había imaginado que serían las escaleras del sótano, y entonces se oyó un nuevo sonido, al menos nuevo en este orden: la puerta chirriante se cerraba tras él. ¿Por qué la cerraba ahora? Por primera vez, pensó que era una trampilla en el techo.

Luego, oyó suaves temblores a su altura mientras él se dirigía a la puerta del calabozo. Se preguntó si siempre oiría sus pasos silenciosos.

Si, como el perro de Pávlov y la campana, ese sonido la estremecería para siempre.

Eso esperaba. Significaría que había sobrevivido.

Capítulo 51

La cabaña de la cantera número once estaba iluminada con dos vehículos delante. Ninguno era el Chevelle azul de Ed, pero él ya no conduciría el mismo coche, ¿verdad? Había intentado formular un plan durante el febril trayecto en bicicleta, pero no podía concentrarme más allá de las imágenes de Junie en las garras de Ed, o peor aún, en el cadáver de Junie siendo arrastrado fuera de la cantera, mirándome con ojos vacíos y saltones.

Se me escapó un sollozo.

Frené, dejé caer la bici y entré a trompicones por la puerta de la cabaña.

La habitación principal estaba casi exactamente igual que cuando Ant me había traído, excepto porque habían empujado el sofá contra la pared del fondo, y la alfombra grande y aceitosa del centro de la habitación estaba amontonada a un lado, con lo que dejaba al descubierto una trampilla.

Ant estaba sentado en una silla, cerca del dormitorio donde había conseguido que me quitara la camiseta.

Ricky estaba apoyado en el frigorífico de la cocina, con un palillo en la boca.

¿Y junto a Ricky?

Junto a Ricky estaba mi preciosa e inteligente hermana pequeña, entera, sana y tan aliviada de verme que las lágrimas le inundaron los ojos. No me habría creído la escena si no la hubiera visto: Ricky y Ant formaban parte de este espectáculo de terror. Los chicos de Pantown estaban abusando de las chicas del pueblo, liderados por Ed Godo.

¿Qué había dicho Ant sobre Ed? «Con Ed, no tengo que pensar en absoluto». Lo mismo que papá había dicho de Jerome Nillson durante su época en el instituto. Pero ¿dónde estaba Ed?

—Hola, Heather —dijo Ricky, como si me hubiera estado esperando.

—Junie, ven aquí. —Mi voz era un graznido.

Cuatro metros me separaban de ella y Ricky. Dio un paso tembloroso hacia delante, con movimientos rígidos.

Ricky se dobló y se irguió más. Llevaba el pelo engominado, peinado como Ed, y el bigote que se había dejado crecer había desaparecido. Sus ojos, que eran como los agujeros de una bola de bolos, estaban más hundidos de lo normal, como si no hubiera dormido nada. Llevaba una camiseta de béisbol de los Panthers de Pantown y unos pantalones cortos.

Se parecía a Ricky, pero no era Ricky.

Aquel chico que me había enseñado con orgullo sus trenes de juguete, que había traído a la Señora Brownie todos los días durante semanas cuando yo había estado demasiado asustada de la vida para salir de casa, que me llamaba Head para que no tuviéramos que cargar con el peso de fingir que estaba entera… Hacía tiempo que había dejado de existir.

—Junie Cash —gruñó Ricky—, ignora a tu hermana si sabes lo que te conviene.

Ella se detuvo y le sonrió. Tenía los dientes manchados del pintalabios coral favorito de mamá. Bajo el terror en sus labios estirados reconocí los restos de la sonrisa que habíamos practicado todo el verano.

—Le estaba diciendo a Ricky que si querían hacer una fiesta aquí en la cabaña —me explicó Junie, con los ojos clavados en él y la voz desconectada del cuerpo—, yo podría cocinar para ellos. Les he dicho que te he visto cocinar para la familia, así que no será muy diferente hacerlo para unos amigos. Le he dicho que solo tenía que ir a la tienda a comprar platos precocinados.

Me miró con una sonrisa aterrada.

—¿Quieres ir a la tienda conmigo, Heather? ¿A comprar algo para ellos?

Su miedo puro, y más aún lo desesperadamente que se esforzaba por ocultarlo, me daban ganas de llorar. Al parecer, se había escabullido hasta aquí en bicicleta, pensando que sería divertido, como una fantasía, pero mejor, esquivando no solo a su hermana gruñona, sino también al agente secreto de nuestro salón. Había salido a hurtadillas sin que nos diéramos cuenta para encontrarse con su amor platónico en una cabaña en el bosque. Su amor platónico adulto, al que le gustaba su pelo rojo porque le recordaba a su primera novia, y que había secuestrado a la pelirroja Beth McCain, y que había matado a la camarera de Saint Paul, que estaba dispuesta a apostar que también era pelirroja.

Junie no podía saberlo. No era más que una niña, a pesar de que parecía una mujer con sombra de ojos azul pastel, colorete y pintalabios de mamá, los pechos apenas contenidos por un top corto amarillo con volantes que debía de haber sacado de mi armario. Yo no me había atrevido a ponérmelo y ella lo había elegido para disfrazarse. No sabía que Ricky y Ed no estaban jugando. ¿Dónde estaba el último?

Ricky se movió y se apartó de la pared.

—Que le den al supermercado, hermanita. Yo te diré cuándo puedes irte. Viene la policía —mentí, desesperada por correr hacia delante y agarrar a Junie. Tanteé en busca de la verdad—. Saben lo que tú, Ant y Ed les hicisteis a Maureen y Brenda.

—Yo no tuve nada que ver con lo de Maureen —replicó Ant desde su silla junto a la puerta del dormitorio.

Contuve un sollozo. Había estado en lo cierto.

Ricky dio tres zancadas hacia Ant y le dio tal bofetada que la cabeza de este rebotó contra la pared. Ant se cubrió la nariz sangrante y le lloraron los ojos, pero no dijo ni una palabra y no se defendió.

—Mantén la puta boca cerrada, Dehnke.

Me lancé al otro lado de la habitación y agarré a Junie. Empezó a temblar en cuanto la toqué, pero no apartó los ojos de Ricky. Él se giró para mirarnos.

Metí la mano en el bolso, agarré la empuñadura del cuchillo y saboreé la sal del sudor que me producía el miedo sobre el labio, consciente de que, incluso mientras sostenía el cuchillo, nunca tendría el valor de usarlo. Tenía que pensar en otra forma de sacarnos de ahí.

Pensé en el frasco de pastillas que llevaba en el bolso. Había sido una tonta, una cría, al creer que podría engañar a Ed Godo con cualquier cosa. Mi única esperanza era sacar a Junie de esta cabaña antes de que él apareciera, y necesitaría la ayuda de Ant para hacerlo. El Ricky de antes ya no existía, cualquiera podía verlo, pero Ant aún podría estar en alguna parte.

—Ant, ¿qué planeabas hacer aquí con Junie? —pregunté, y me acerqué a la puerta de la cabaña, arrastrando a Junie conmigo.

Un aleteo de culpabilidad le recorrió el rostro, como esperaba que ocurriera.

—Nada —murmuró.

—Mira, será mejor que nos dejes ir —dije. Un crujido fuera de la cabaña hizo que el latido de mi corazón me retumbara en las muñecas. ¿Ed había regresado? Él no jugaría con nosotras, como Ricky había hecho. Simplemente nos mataría—. Si lo haces, le diré a tu madre que hiciste lo correcto. Te lo prometo.

—Nunca saldréis de aquí —añadió Ricky, que se interpuso entre Ant y yo.

Empujé a Junie detrás de mí y saqué el cuchillo del bolso, sujetándolo como si fuera un machete. Ricky no sabía que era demasiado gallina para usarlo.

—Vas a dejar que Junie y yo nos vayamos.

Ricky soltó una risa seca, de hoja muerta.

—¿Crees que me da miedo tu cuchillo de cocina después de lo que me ha enseñado Ed? —Sus ojos se iluminaron justo antes de saltar hacia delante y darme un golpe en el mismo hombro en el que me había hecho daño al caerme en casa de Nillson. El cuchillo cayó al suelo, seguido casi de inmediato por mi bolso.

El frasco de aspirinas salió rodando.

—Hostia, esto es mandanga de la buena —dijo Ricky, que le sonrió al frasco en el suelo—. Es hora de que jueguen los hombres de verdad.

Lo tomó y quitó la tapa.

El grito ahogado de Junie atrajo mi atención. Su miedo se había visto sustituido por algo más. ¿Anticipación?

—Nunca podrás cambiar a hombres como ellos —dijo, haciéndose eco de lo que papá había dicho. ¿Había estado allí?—. Las mujeres siempre lo intentan, pero los hombres como ellos nacen siendo malos.

Ella no podía saber que había veneno en el frasco. No era posible. Aunque hubiera tirado todas las pastillas antes de que la encontrara en mi cuarto, aunque hubiera estudiado cada comprimido, ¿cómo iba a saber qué era qué? Siempre había pensado que había heredado los rasgos de mamá, pero ahora se parecía tanto a papá que me inquietaba.

—Dame ese frasco, Ricky —le dije, y me volví hacia él—. Está lleno de veneno.

Se acercó la botella abierta a la boca, burlón. Entonces se rio de nuevo, pero no era su típica risa, sino una sangrienta, una señal de que estaba dispuesto a pelear.

—¿Crees que no soy tan hombre como Ed? ¿Es eso? ¿Estás guardando la aspirina para él porque no quieres que yo la tenga?

Se giró para mirar a Ant.

—¿Sabes qué, chaval? Vas a probar si hay veneno. Trágate una primero.

—Una mierda —dijo Ant, hosco. Pero me di cuenta de que estaba asustado.

—Tómatela, gallina de mierda —exigió Ricky, que se acercó a él y le empujó el frasco bajo la nariz—. Tómatela o te mato.

—No quiero.

—No te he preguntado si quieres.

Ant hizo un sonido de hipo y empezó a llorar. Alargó la mano para coger el frasco.

—No, Ant —le dije, desesperada—. Es veneno. Estoy diciendo la verdad.

El llanto de Ant aumentó.

—No soy una mala persona. Lo juro —dijo, y agarró el frasco.

—No soy una mala persona, lo juro —canturreó Ricky, que bailó de puntillas y se burló de Ant. Luego lo golpeó en la cabeza—. No eras tan llorón cuando sujetabas a Brenda, ¿verdad?

—Ant —dije; el aire se volvió pesado—. ¿Qué le hiciste a Brenda?

Ant se estaba ahogando con sus propios mocos.

El crujido que había oído momentos antes volvió, más fuerte, y me di cuenta de que no venía del exterior de la cabaña, sino del subsuelo.

—Ant —exigí saber, con la voz ronca por el miedo—. ¿Dónde está Ed?

Sus ojos se desviaron hacia la trampilla y luego de nuevo a Ricky.

Se me secó la boca. Ed estaba bajo nuestros pies y volvería en cualquier momento. No podía salvarnos a Junie y a mí, ahora lo veía. Pero si seguía hablando, podría acercarla a la puerta, tal vez lo suficiente para que saliera corriendo mientras retenía a Ricky.

Empecé a empujarla despacio lejos de mí, hacia la entrada.

—¿Por qué le cambiaste la ropa a Brenda, Ant?

—Godo dijo que era lo que había que hacer, así no habría pruebas —explicó Ant con voz suplicante. Sus ojos eran dos canteras negras en la carne perdida de su cara—. ¿Le dirás a tu padre que me ayude, Heather? ¿Por favor? Y entonces podremos jugar en los túneles, como solíamos hacer. ¿Verdad? ¿No podemos jugar como antes?

—¡Cállate, tío! —gritó Ricky—. ¡Imbécil! —Le arrebató el frasco de la mano y se volvió sobre sí mismo antes de acercarse a grandes zancadas para ponérmelo en la mano—. Acabas de ascender: eres mi catadora de veneno. Tómatelo.

Junie voló hacia delante e intentó agarrar el frasco de aspirinas, pero Ricky fue demasiado rápido. La enganchó por el cuello y tiró de ella hacia él. Sus ojos se desviaron al cuchillo en el suelo y luego de nuevo a mí. Su mensaje era claro: podía acuchillar a Junie, o yo podía tragarme una pastilla.

Eran las dos únicas opciones.

Cogí el frasco de cristal y lo incliné. Una pastilla blanca aterrizó en mi mano. Tenía números.

Podría ser aspirina.

Me la metí en la boca.

Beth

Al chirrido de la puerta de su prisión mientras se abría, con las bisagras central e inferior aún en el sitio, le siguió una rendija de luz.

Beth apuñaló en el mismo centro.

Su golpe fue más bajo de lo que quería, y el clavo se incrustó en su hombro y no en su cabeza. Lo sacó, decepcionada porque solo había entrado la punta. Él la empujó hacia atrás e inundó la habitación con el brillo de la linterna que se le había caído al suelo.

Se abalanzó sobre ella mientras se agarraba el hombro. Ella retrocedió hasta la pared del fondo. No era un hombre grande. De hecho, solo medía unos centímetros más que ella y pesaba unos diez o quince kilos más. En parte, por eso había acallado sus instintos cuando él había entrado en la cafetería. Le había recordado a un Fonzie espeluznante pero inofensivo, que siempre pedía filete ruso y una RC Cola mientras tomaba esas aspirinas. Parecía un hombre de juguete, un gallo que se pavoneaba. No lo había tomado en serio, aunque se le erizaba la piel cada vez que entraba en la cafetería.

—Me llamo Ed —le había dicho el primer día—, y eres muy guapa.

¿Sonaba como el tipo de hombre que encerraría a una mujer en un sótano?

Se sorprendería al verse a sí misma ahora, al darse cuenta de que sonreía como un demonio mientras cargaba contra él, con un clavo ensangrentado en la mano derecha y un pasador de bisagra en la izquierda.

Capítulo 52

—¡Mastica! —canturreó Ricky—. Quiero oírte masticar.

Abajo pasaba algo. Lo oía amortiguado, pero sonaba como una pelea. No había mucho tiempo. Mastiqué. Un sabor amargo me invadió la boca, tan fuerte que se me entumeció la lengua.

—¡Vaya! —exclamó Ricky, que soltó a Junie para quitarme el frasco de la mano—. Ed tenía razón sobre lo de matar personas, sobre que matar a alguien no te cambia demasiado. Tus cereales Wheaties saben igual a la mañana siguiente. La gente te sonríe, como siempre. Pero se equivocaba en una cosa. ¿Sabes en qué?

Negué con la cabeza. Lo atacaría por la cintura. ¿Eso le daría suficiente tiempo a Junie?

—Me llamó bebé por no ir a visitar a esa chica. ¿Quién es un bebé ahora? —Inclinó la cabeza y dejó caer una avalancha de pastillas, tantas que algunas le rebotaron en los dientes y cayeron al suelo. Masticó lo que logró entrar, con motas espumosas salpicándole los dientes—. Joder, ¿ahora quién es tan cabrón como Ed Godo? ¿Quién es ahora el maldito asesino del condado de Stearns? ¡Vamos a divertirnos un poco!

Junie se había alejado de él. Se abalanzó sobre ella, y la habría atrapado si la trampilla que me separaba de ella no hubiera temblado con fuerza y luego hubiera empezado a abrirse despacio, con un crujido. Gemí.

—Ya era hora, joder —dijo Ricky, que parpadeó rápidamente—. Ant, quita ese pañuelo de la lámpara. A Ed no le va a gustar que la habitación se vea amarilla.

—Yo no he puesto ningún pañuelo en la lámpara —dijo Ant, que miró la trampilla junto con el resto de nosotros—. Y no está amarilla.

Capítulo 53

La trampilla dejó de abrirse poco a poco y, de repente, lo hizo de golpe y aterrizó sobre el suelo con un ruido sordo. Junie jadeó, corrió a mi lado y ambas retrocedimos contra la pared del fondo, más cerca de la puerta principal. Una mano ensangrentada surgió del suelo como un zombi de una película de terror que salía de su tumba.

Le siguió una mujer.

Respiré con dificultad. Estaba cubierta de sangre y tenía los ojos desorbitados, pero reconocí su cabello rojo.

Beth McCain.

Se movió como un gato con mesura y nos dio la espalda a Junie y a mí para mirar a Ricky y Ant mientras subía las escaleras. La mitad inferior de la mandíbula de Ricky se había desencajado como si alguien hubiera tirado de los cierres, y había quedado colgando. Ant se había puesto blanco como el vientre de una rana.

—Oh, mierda —dijo, y alternó la mirada de Ricky a Beth y luego a la trampilla—. Me cago en diez.

Beth se arrastró con paso firme hasta situarse a mi lado y al de Junie, con la mirada fija todavía en Ricky, en la cocina, y en Ant, junto al dormitorio, la puerta hacia la libertad a su espalda y la trampilla, como una boca abierta, en medio de nosotros. Olía a podrido y a sangre. Estaba extremadamente delgada, con los músculos estirados como carne seca sobre los huesos. Agarraba un trozo de madera o de metal, era difícil saber qué, cubierto de sangre y de lo que parecía una mata de pelo negro engominado.

Si no hubiera estado tan cerca de la puerta, quizá no habría oído el suave traqueteo de su mano que se aferraba al pomo a su espalda, así de sigilosos e hipnotizantes eran sus movimientos.

Por fin se volvió hacia mí.

Lo que vi en sus ojos fue eterno y aterrador.

—Corre —dijo simplemente.

Capítulo 54

Beth salió corriendo como si conociera las canteras, y supuse que no me equivocaba. Era una chica de Saint Cloud. Junie y yo la seguimos. Me sentía mareada, y no sabía si era el miedo o si me había tragado una pastilla envenenada. Solo había tomado una.

«Eso no puede matarme, ¿verdad?».

Un rugido rasgó el aire detrás de nosotras, seguido de un grito de Ricky, con voz flemosa:

—¡Os vamos a atrapar!

Bordeamos la hoguera en la que me había sentado menos de una semana antes y corrimos hacia la montaña de granito en el lado opuesto de la cantera. Beth iba en cabeza hacia la cima, Junie justo detrás y yo en la retaguardia. Esperaba que Beth conociera alguna carretera, o incluso un sendero ahí arriba, para que no llegáramos a la cima y quedáramos atrapadas. Me volví para ver cuánta ventaja teníamos. La brillante luz de la luna iluminaba a Ricky a unos cincuenta metros por detrás mío y se reflejaba en los mocos que le colgaban de ambas fosas nasales. Parecía furioso y corría por las rocas como una cabra.

Delante, Beth parecía tan segura sobre el granito como Ricky. Saltaba de una roca a otra y extendía la mano hacia atrás para tendérsela a Junie. Los avances de Ricky eran cada vez más veloces. Intenté acelerar, pero el agua negra a mi izquierda me miraba y me advertía que tuviera cuidado, o me tragaría entera como había hecho con Maureen. Jamás subí al trampolín aquel día en la piscina municipal. Maureen había abierto el camino e incluso Brenda se había armado de valor para saltar. Yo no pude hacerlo. No pude subir a la cima.

—¡Vamos! —gritó Junie delante de mí.

Ricky hizo un ruido gutural. Esta vez no me giré, pero parecía que estaba ganando terreno. Incluso enfermo, era un corredor más rápido que yo. Había tomado muchas pastillas, pero las estaba aguantando. Mis propios latidos eran raros y rápidos. Me obligué a subir más deprisa, hacia Beth y Junie. Seguí trepando, pero cuanto más me arrastraba, mayor era el riesgo de caerme. La altura me mareaba. Intenté no mirar.

—Podéis correr, pero no esconderos —se burló Ricky. Ahora sonaba cerca, tan solo tres metros por detrás. Intenté correr hacia delante, pero las rocas eran afiladas y el sudor me picaba en los ojos.

—¡Vamos! —gritó Beth.

Estaba en lo alto de las rocas, la luna perfilaba su figura. Apuesto a que quería salir corriendo, huir de aquí y no mirar atrás. En su lugar, retrocedió hasta llegar a Junie y la agarró del codo para que se diera prisa en llegar a la cima. Me lanzó una mirada de disculpa.

Yo sabía lo que significaba esa mirada.

Beth iba a sacar a Junie de aquí. La llevaría a un lugar seguro.

Quería llorar de gratitud, pero en ese momento la mano de Ricky me agarró el tobillo. Le di una patada y la fuerza estuvo a punto de hacerme caer a la cantera, quince metros más abajo, a los fríos brazos grises del fantasma que rondaba el agua. Me arranqué las uñas cuando intenté aferrarme a la roca. Ricky me dio la vuelta y quedé de cara a él, peligrosamente cerca del borde. Un trozo dentado de granito se me clavó en la columna donde se me subía la camisa. No me atreví a mirar hacia abajo.

Ricky tenía los ojos inyectados en sangre e hinchados a la luz de la luna. La baba le corría por la barbilla. Me soltó el tobillo, sacó mi cuchillo de cocina de la cintura de su pantalón y lo sostuvo con ambas manos por encima de la cabeza, como si estuviera a punto de sacrificarme.

Junie gritó.

Ricky se tambaleó.

Luego resbaló y cayó al agua.

O le di una patada. La historia que me contaba a mí misma cambiaba día a día.

Beth juraba que no pasaba nada.

—Lo que necesites para sobrevivir, cariño —me había dicho.

Capítulo 55

Aquella noche en comisaría intenté explicarle al comisario Nillson, con cara de dolor, lo que contenía el frasco de aspirinas.

—Una parte eran medicamentos para el corazón, otra, antidepresivos y algunas aspirinas —dije, envuelta en una manta a pesar de que hacía más de una hora que había dejado de tiritar—. Intenté avisar a Ricky antes de que se lo tomara.

—Por supuesto que lo hiciste —dijo el comisario Nillson de forma distraída, con unas gotas de sudor que le resbalaban por el nacimiento del pelo. Me tenía en una habitación para él solo, y su olor penetrante era abrumador en aquel espacio tan reducido. Había estado garabateando montañas de notas hasta que llegué a esa parte de la historia, la parte en la que Ricky se tragaba las pastillas que yo había llevado para matar a Ed.

Señalé su cuaderno.

—¿No va a escribirlo?

Se dio un golpecito en la cabeza. «Lo guardo todo aquí dentro», decía su gesto.

—No es necesario.

Fruncí el ceño.

—¿Habrá autopsia? ¿Para saber si se ahogó por esas pastillas que le di?

La boca del comisario Nillson formó una fría imitación de una sonrisa.

—No es necesario —repitió, antes de levantarse para salir de la habitación.

Lo vi salir y, por fin, comprendí a qué nos habíamos enfrentado.

Por fin.

No solo se trataba de que las chicas de Pantown estuviéramos solas: papá y el comisario Nillson escribían la historia. Cualquier detalle sucio que sucediera fuera de su narrativa, como mi padre con sus manos en el pelo de Maureen, apretándola contra él, o el comisario Nillson haciendo fotos de chicas asustadas que temblaban en su alfombra verde manzana, simplemente no sucedía.

«Lo borraban. Lo eliminaban».

Que el comisario me dijera que no se le realizaría una autopsia a Ricky significaba que borrarían incluso las cosas que hacíamos cuando nos destrozaban.

Y también nos habían enseñado a usar esa goma de borrar entre nosotros. Por eso evitábamos hablar de cuando mamá me había quemado la oreja o de la casa de la señora Hansen.

La lección me supo a veneno, a algo que se moría. Por mucho que hubiera aprendido, por mucho que mi fuego ardiera desde que había descubierto aquella pulsera de cobre, aún me carcomía saber que nunca habíamos tenido una oportunidad. No si seguíamos sus reglas.

Si eso podía pasar en mi casa, en mi vecindario, ¿dónde más estaba ocurriendo?

Pensaba en eso cuando el agente Ryan asomó la cabeza canela en la habitación. Quería saber si necesitaba algo: agua, quizá otra manta. Eso era todo. Solo había venido a eso. Algo en él, y en su actitud, como si quisiera disculparse y pelearse con alguien por mí, me recordó a Claude.

—El comisario Nillson obligó a mi amiga Maureen a hacer cosas horribles antes de morir —solté. Me armé de valor y me preparé para hacer lo más difícil que jamás había hecho, incluso más que ir en bicicleta hasta aquella cabaña.

Iba a delatar a mi padre.

El agente Ryan inclinó la cabeza, miró por encima del hombro y entró en la habitación antes de cerrar la puerta en silencio, pero con firmeza.

—¿Qué la obligó a hacer el comisario Nillson?

Incluso después de todo lo que había visto, casi no podía seguir adelante.

En Pantown, guardábamos nuestros secretos.

Pero no te creerías lo que pasó después. Maureen y Brenda se unieron a nosotros en aquella habitación lúgubre, Maureen con su actitud feroz de no aguantar estupideces y Brenda con su fuerza constante. Aparecieron cuando más las necesitaba. No podía verlas ni olerlas, pero las sentía, las tres crecíamos juntas, hacíamos música en el Valhalla, nos reíamos, conectadas para siempre. Me toqué el único pendiente y froté el anillo del humor que Brenda me había regalado justo antes del único concierto que daríamos juntas. Seguía siendo de color amarillo verdoso, pero no importaba, porque con ellas aquí, podía hacerlo. Tenía que hacerlo.

—No solo el comisario Nillson. Mi padre también —dije, y sentí como si estuviera caminando sobre una capa de hielo, pero no había vuelta atrás—. Ambos obligaron a Maureen a hacer cosas terribles, y ella solo tenía dieciséis años. No solo a ella. Tengo fotos.

El agente Ryan escuchó toda mi historia y se acercó para acariciarme el brazo cuando empecé a sollozar tan fuerte que no podía hablar. Esperó, paciente, con los ojos tristes, hasta que volví a hablar. Y lo que es mejor, me creía. Lo veía en su cara.

Cuando terminé, y un susurro de paz se asentó en el hueco que había dejado mi confesión, le pregunté si Ant había confesado. Había visto cómo la policía se lo llevaba esposado de la cabaña, sabía que estaba en algún lugar de este edificio.

El agente estaba sentado frente a mí, con las manos juntas sobre la mesa como si rezara. Respiró hondo y midió sus palabras. Luego cerró los ojos, permaneció así un instante y los abrió.

—Anton ha pedido hablar contigo.

Sentí una descarga en la parte posterior de la boca, como si hubiera lamido una pila de nueve voltios.

—¿Por qué?

Pero, de repente, lo supe: Ant querría que lo perdonara. Estaría desesperado por conseguirlo.

El agente Ryan me observó.

—No tienes que hacerlo —dijo—. Si aceptas, quedará grabado. Todo lo que diga él, pero también todo lo que digas tú.

Asentí con la cabeza.

—De acuerdo.

Cuando me guiaron a la sala de interrogatorios, estuve a punto de darme la vuelta y caminar de regreso a la salida. Ant estaba blanco como el hueso y sus ojos azules permanecían llenos de miedo. El izquierdo, que siempre había sido más pequeño que el derecho, ahora era poco más que una rendija.

—Gracias por venir —dijo, con voz chillona.

Se parecía tanto a mi viejo amigo Ant que me quedé, aunque no me senté. Permanecí de pie, con los brazos cruzados, con cinco metros de distancia y diferentes caminos recorridos entre nosotros, caminos que nunca se volverían a trazar. Había reducido la velocidad para salvar a los míos, a los que podía, en mi esprint a campo abierto de niña a adulta. Ant, se había perdido, había confundido la manada con el propósito.

—Lo siento —dijo.

Luego lo soltó todo, empezando por cómo había muerto Maureen.

La noche de nuestro concierto en la feria del condado, después de que él y Ed me llevaran a casa y luego Ricky llevara a Brenda a su casa, Ed y Ricky se reunieron de nuevo y llamaron a Maureen para ver si estaba interesada en pasar un buen rato. Resulta que se había metido en uno de los remolques a fumar hierba con el feriante que se parecía a Abraham Lincoln. Cuando salió a buscarnos, ya nos habíamos ido. Se fue a casa enfadada, pensando que la habíamos abandonado. Ricky la convenció de que era un malentendido, y él y Ed la recogieron.

Ant no sabía exactamente lo que le habían hecho después.

Solo sabía que la habían matado antes de arrojar su cuerpo a la cantera.

Me rodeé con los brazos y me balanceé mientras él hablaba. Sus palabras salían veloces, como si estuviera recitando una obra de teatro que había practicado una y otra vez. Bajó la voz cuando admitió que él y Ricky fueron quienes se llevaron a Brenda. Dijo que no sabía qué le había pasado para hacer eso, pero él no la había matado, solo la había sujetado antes y había ayudado a cambiarle la ropa después.

Ed había secuestrado a Beth por su cuenta. Le había regalado a Maureen un par de los pendientes de bolas de oro que había robado, y luego había hecho lo mismo con Brenda, aunque pronto perdió el interés en ella. Guardó el último par para Junie, a quien había atraído a la cabaña con la promesa de su primera fiesta en la cantera.

Había usado un escáner de la policía para seguir la vigilancia que le hacían. Resulta que Ed y Ricky no sabían lo que Maureen había hecho con el comisario Nillson, mi padre y un agente en el sótano de Nillson aquella noche. Según Ant, la eligieron porque la conocían, porque a Ricky le gustaba y porque parecía fácil. Cuando le pregunté por qué él y Ricky habían ido a por Brenda, después de que Ed ya no estuviera interesado en ella, cuando aún tenía oportunidad de sobrevivir, perdió el control.

—No lo sé —repetía una y otra vez, con voz infantil.

No tenía tiempo para eso. Estaba demasiado destrozada por dentro como para dejar que no lo supiera.

—¿Por qué lo hicisteis Ricky y tú, Ant? —repetí.

Se quedó mirando el cristal detrás de mí. El agente Ryan había dicho que estaría vigilando. Probablemente también había otros. Quizá Nillson. Y una grabadora, que giraba despacio como un caramelo, anotando cada palabra.

—Pueden marcharse, ¿sabes? —dijo finalmente Ant, que se rascó el brazo desnudo y se dio un golpe en la nariz. Miró la mesa como si su fortuna estuviera grabada en ella—. Las madres, quiero decir. O supongo que las esposas.

Sus palabras me recorrieron la columna vertebral como una araña.

—¿De qué hablas?

—Oí a mi madre y a mi padre pelearse. Hace un tiempo, no hace tanto. Fue después de la noche de aquella fiesta en la que todos visteis *Raíces,* pero nosotros no pudimos ir porque papá estaba borracho.

La fiesta en la que Claude y yo habíamos corrido por los túneles en un descanso, y en la que había pegado la oreja a la puerta de Ant. Había oído parte de aquella discusión, la que lo había cambiado.

—Mamá dijo que ya había tenido suficiente. Se fue. ¿Sabías que podían hacer eso? —Levantó la vista y clavó sus ojos desorbitados en mí—. ¿Simplemente abandonarte?

Mi suspiro resonó en mi garganta. Sí que lo sabía. Podían abandonarte incluso aunque estuvieran sentadas a tu lado, ausentarse aunque vivieran en la misma casa. Pero eso no respondía a la pregunta.

—Nos quitaste a Brenda, Ant. ¿Por qué?

Sus hombros se hundieron y empezó a llorar.

Resultó que no lo sabía de verdad. Cuando lo comprendí, me golpeó como un puñetazo en el estómago y me quedé sin aliento. Dios, lo que esta ciudad nos hacía: nos obligaba a poner los pies en el fuego antes de que supiéramos lo que significaba todo, a qué estábamos jugando. De repente, me sentí tan sola que pensé que me moriría.

Cuando Ant consiguió controlar sus sollozos, con la cara hecha un gran pan hinchado, me dijo dónde había escondido la foto que me hizo en sujetador. Al final, me había llamado por eso. Se había vuelto loco porque le perdonara algo, cualquier cosa. Yo lo sabía, y aun así había venido.

No lo odiaba, pero tampoco lo consolaría. Se merecía estar encerrado. Había tomado sus decisiones, y a Brenda le habían arrebatado las suyas. Tal vez eso me acabase ablandando, pero, por ahora, así me sentía.

Nuestra reunión duró veinte minutos. No aguanté más.

Después, hablé con el agente Ryan sobre el padre Adolph y le pedí que se asegurara de que el cura no visitara a Ant en la cárcel. Lo hice por el pequeño Ant, el que nos había construido los muebles para las *barbies* en el colegio. Esperaba que encontrara el camino de vuelta a esa parte de sí mismo. Pensé que ese era el viaje que todos los de Pantown debíamos hacer, si teníamos la suerte de tener una segunda oportunidad.

Encontrar el camino de vuelta hacia nosotros mismos.

Capítulo 56

Mamá cumplió con su parte y se recuperó lo mejor que pudo cuando le dieron el alta del hospital. Creo que fue porque debía. Papá y Jerome Nillson se enfrentaban a cargos serios. Estaban refugiados en un hotel por su seguridad, según nos habían dicho. Nillson había dimitido de su cargo de comisario y también se enfrentaba a penas graves de prisión gracias a las fotos, que habían cotejado con mujeres y chicas que había arrestado en los últimos seis años.

Papá aceptó un acuerdo que la fiscalía le ofreció en el que debía delatar a otras personas influyentes de Saint Cloud que habían asistido a las fiestas de Nillson. Papá no iría a la cárcel, pero lo inhabilitarían.

Mamá dijo que eso no era suficiente para ella.

Pediría el divorcio, «diga lo que diga el padre Adolph».

En otro giro inesperado pero encantador, la señora Hansen se mudó a nuestra casa y ocupó el despacho de papá. Dijo que era algo temporal, que no estaba preparada para dejar Pantown todavía. Tenía asuntos pendientes.

También insistió en que la llamáramos por su nombre.

—Al diablo con todas sus reglas. —Se rio a carcajadas—. Al diablo con fingir ser respetuosa durante el día y bailar con el demonio por la noche. Prefiero que seas sincera conmigo y yo haré lo mismo.

Trajo consigo su brillante cortina de cuentas de color ámbar y enseguida la colgó entre la cocina y el comedor. También empezó a cocinar, a limpiar y a decirnos a Junie y a mí lo que teníamos que hacer. Era lo más guay del mundo. Cuando mamá empezaba a alejarse de la realidad, Gloria (cada vez era más fácil pensar en ella por ese nombre) tiraba de ella. Era mucho mejor que papá a la hora de sacar a mamá de su depresión. Además, no miraba hacia otro lado cuando se alejaba demasiado para encontrar el camino de vuelta sin médicos. La llevaba directamente al hospital. De alguna manera, con la ayuda de Gloria, mamá volvía a casa cada vez más rápido, a veces incluso sin tener que pasar la noche allí.

Los días que mamá estaba bien, Gloria volvía a su antigua casa para limpiar otra pequeña zona. Cuando regresaba, ella y mamá se sentaban en el porche, a fumar y beber té helado. A veces incluso se reían. Una vez, oí a Gloria pedirle disculpas a mamá, pero esta la hizo callar. Las dos se quedaron en silencio y Gloria añadió:

—Puede que me quede un tiempo más en Pantown. Me gusta hacer sufrir a los hijos de puta.

Eso las hizo reír tanto que les costaba respirar. El gigantesco juego de cuchara y tenedor y su búho favorito de macramé con esos grandes ojos de cuentas aparecieron en la pared de nuestro salón poco después.

Un día, cuando mamá estaba fuera podando los rosales y Junie estaba en casa de Libby, le hablé a Gloria de mi padre. Intentaba no pensar en él, pero era como ignorar la verdad que nadie quiere ver. Había sido mi padre, la persona a la que más había admirado en mi vida.

—No lo conocía en absoluto —le dije a Gloria, con la barbilla temblorosa—. Creía que sí, y me equivoqué.

Gloria chasqueó la lengua. Estábamos en la cocina y ella preparaba la *fondue* para la cena de esta noche. Siempre cocinaba como si fuera a dar una fiesta. Cuando le pregunté al respecto, me dijo que era a propósito, porque para qué vivir de otra manera.

—Conocías una parte de él —dijo mientras cortaba el queso en cubitos—. Y esa parte era cierta.

Abrí la boca para discutir, para preguntar cómo era posible que fuera cierto teniendo en cuenta lo que había hecho y lo que había permitido. Dejó el cuchillo, se acercó a mí y me agarró la barbilla. Olía a queso suizo.

—Esa parte era cierta —repitió con firmeza—. Pero también lo era el resto, todo lo malo. En manada, los hombres pueden llegar a hacer cosas terribles, cosas que no podrían hacer solos. No es una excusa, solo algo que debes saber.

La puerta principal se abrió.

—Alcánzame un jarrón, Gloria —gritó mamá—. Tengo flores como para abrir una floristería.

Pero Gloria mantenía sus ojos fijos en mí y no me soltaba la cara.

—Reconocerás a esos hombres, los que se inclinan hacia su lado oscuro, porque esperarán que lleves su carga. Sofocarán tu ira con su dolor, te harán dudar de ti misma y te dirán que te quieren todo el tiempo. Algunos lo hacen a lo grande, como Ed, pero la mayoría lo hacen con pasos silenciosos, como tu padre.

El corazón me latía tan fuerte como una batería.

—Si te encuentras con esos hombres, te das la vuelta y no miras atrás —me advirtió—. Déjalos. No hay nada allí para nosotras. Tenemos todo lo bueno aquí, todo lo que necesitamos.

Pronunció esa última parte justo cuando mamá se deslizaba a través de las cuentas de ámbar, con la cara sonrojada, una sonrisa encantadora y una belleza casi dolorosa de ver. Sostenía un glorioso ramo de rosas de color rosado entre las manos enguantadas.

—¡Son tan preciosas como tú, Connie! —dijo Gloria, que se volvió hacia mi madre.

Me quedé mirando su espalda y comprendí que eso era todo. Era lo único que diría de mi padre. No sabía cómo me sentía, así que me lo guardé, por el momento. Aún no le había enseñado a Gloria el diario de Maureen y no pensaba hacerlo, solo le causaría más dolor. Nunca sabríamos a quién había temido, si a Jerome Nillson o a Ed Godo.

Sospechaba que a ambos. Maureen tenía grandes instintos, aunque no siempre fuera capaz de hacerles caso, no con todas las reglas que Pantown imponía a las chicas agolpadas en sus pensamientos.

Beth decidió matricularse en la Universidad Estatal de Saint Cloud en lugar de ir a la Universidad en Berkeley. Ya no se sentía segura alejándose tanto de sus padres.

—Por ahora —dijo durante una de sus visitas semanales—. No para siempre. No se puede retener a una buena mujer.

Le sonreí, pero sabía lo que había visto en sus ojos en la cabaña. Esa terrible comprensión de que la vida podía torcerse en un abrir y cerrar de ojos no era algo que una persona olvidara con facilidad. Bueno, ahora yo también sabía algo de eso, y me alegraba de tener a Beth cerca. Le daba más color al mundo.

Creo que pasar tiempo con nosotras también la ayudaba, aunque cuando se dejaba caer por aquí, entraba a toda prisa, como si se hubiera dejado la estufa encendida y necesitara tocarnos a Junie y a mí —nuestra mejilla, una mano o el pelo— antes de respirar por completo. Aun así, cada vez que nos visitaba, se sentía más fuerte. Sus músculos se estaban recuperando y sus ojos se estaban volviendo más claros. También soltaba muchos tacos. No sabía si siempre había sido así, pero decidí que, si alguien merecía soltar tacos como un marinero de permiso, esa era Beth McCain.

Tanto Ed como Ricky estaban muertos.

Ricky se había ahogado y no salió a la superficie hasta que los buzos vinieron a por su cuerpo. Beth se había ocupado de Ed en el sótano; Ed, que según el agente Ryan, había asesinado a su primera novia en un arrebato de ira cuando ella le había dicho que se iba, y luego había mantenido con vida a la camarera de Saint Paul, que se parecía mucho a esa novia, durante veinticuatro horas, pero había acabado con ella en cuanto había intentado escapar. El agente Ryan creía que Ed había aprendido de aquello y planeaba quedarse con Beth de forma indefinida.

Los periódicos llamaron a Beth «La heroína que se salvó a sí misma». Ella se rio al ver ese titular, pero no fue una risa feliz.

—No me habría importado tener un poco de ayuda —dijo.

A veces, Beth, Junie y yo nos sentábamos en el sofá y nos quedábamos tranquilas mientras nos dábamos calor mutuamente. En otras ocasiones, Beth me rogaba que tocara la batería, así que las llevaba a ella y a Junie a casa de Gloria, y de camino recogíamos a Claude. Abríamos el garaje y encendíamos las lámparas de lava. Yo tocaba la batería mientras Junie agitaba la pandereta, Claude hacía sonar el triángulo y Elizabeth bailaba. Nadie tocaba el bajo ni cantaba. Todavía no estaba preparada para eso. Hacía todo lo posible por mantener el rostro alegre, pero a veces se me partía el corazón por lo mucho que me dolía estar en el garaje sin Brenda y Maureen. Creo que Claude también lo sentía, porque se acercaba y me abrazaba cuando más lo necesitaba.

Ahora estábamos saliendo oficialmente. Al principio había sido raro, hasta que por fin nos besamos. Yo estaba tensa, pero cuando sus cálidos labios se encontraron con los míos, con un sabor dulce a 7UP, sentí que mi cuerpo burbujeaba incluso en los dedos de los pies. Me sentí tan segura que lloré. Muchos otros chicos se habrían asustado, pero Claude no. Él lloró conmigo.

—¿Sabes qué deberíamos hacer hoy? —preguntó Beth, mirando al cielo azul. Estábamos sentadas en el porche, con las hojas marrones secas revoloteando por el césped. Llevábamos más de un mes de clase: Junie estaba en octavo, yo en décimo y Beth en su primer año de universidad. Me di cuenta de que estaba inquieta. Nunca se quejaba, pero debía de ser duro vivir en un pueblo donde todo el mundo creía conocerte.

—¿Qué? —preguntó Junie. Había empezado a peinarse como Brenda, aunque llevaba menos maquillaje que durante el verano. La combinación le otorgaba el aspecto de alguien de su edad, por primera vez en mucho tiempo.

—Ir a Valleyfair antes de que acabe la temporada —dijo Beth, triunfante. Sacó las llaves del bolsillo de sus pantalones de pana y las hizo sonar delante de mí—. ¿Os apuntáis?

—Claro —dije, con una media sonrisa. Llevaba una semana enseñándome a conducir. Se me daba fatal—. Pero de ninguna manera voy a conducir en la ciudad.

—Vale —dijo.

Después de avisar a mamá y a Gloria, nos metimos en el Vega naranja de Beth. Fue un viaje tranquilo. Cuando llegamos a Valleyfair, eché de menos a Brenda y Maureen en cuanto vi la montaña rusa, pero estaba haciendo las paces con el hecho de que todo haría que las echara de menos: el olor del chicle Bubble Yum, que había sido el favorito de Maureen hasta que se enteró de que estaba hecho de huevos de araña; las reposiciones de *Peyton Place*, que Brenda y yo veíamos religiosamente, todas las buenas canciones que sonaban en la radio… El mundo entero era un recordatorio de que mis mejores amigas ya no estaban aquí, pero también de lo geniales que habían sido. Así que me monté en el High Roller y grité por Brenda y Maureen en una mezcla de risas y llantos.

Junie parecía alarmada por mi arrebato, pero Beth me apretó el brazo y me dejó desahogarme. Era curioso, nunca me había dado cuenta de lo mucho que Beth y Junie se parecían. Tenían el mismo pelo rojo, las mismas pecas y la misma sonrisa de oreja a oreja, incluso curvas parecidas a pesar de la diferencia de edad. Sentí un estallido de felicidad porque pudieran pasar por hermanas, seguido de un puñetazo en el estómago cuando recordé que Ed las había elegido por eso, porque le habían recordado a su primera novia, la que había asesinado. Así transcurrió todo el día, con altibajos. Cuando terminamos, las tres estábamos agotadas.

En el aparcamiento, de camino al coche de Beth, un hombre con su familia, un hombre que se parecía un poco a mi padre, como un Kennedy, pero en este caso el famoso, nos miró y vio nuestras caras tristes. No sabía que estábamos agotadas, pero en el buen sentido. No vio que estábamos juntas y que estábamos bien.

—¡Sonreíd, chicas! —dijo en tono alegre—. Estaréis mucho más guapas.

La boca de Junie se crispó, como si mostrar esa hermosa sonrisa en la que había trabajado todo el verano fuera automático, la que yo no había visto desde la horrible noche en la cabaña. La observé, sin saber si me ponía más nerviosa que sonriera o que no lo hiciera. Últimamente estaba muy retraída, incluso hoy en Valleyfair había estado callada. Quería verla feliz, pero no quería que se sintiera obligada a hacer nada por unos extraños.

Sus labios se levantaron y mostró los dientes afilados y brillantes.

—Las amigas de mi hermana están muertas y no confío en la gente en la que creía poder hacerlo —dijo—. Así que decidiré por mí misma si estoy lista para sonreír.

Me sobresalté con una carcajada.

—Esa es mi chica —dije.

—Ya lo creo —añadió Beth con orgullo.

Nos tomamos de la mano y nos dirigimos al coche. Junie estaría bien, solo quedaba una cosa por hacer.

Capítulo 57

Beth y Junie querían ayudarnos, así que nos suplicaron que las incluyéramos. Fue mamá quien las convenció de que esto era algo que Claude y yo teníamos que hacer juntos y solos.

—¿Estás lista? —preguntó Claude.

No me creía que alguna vez hubiera pensado que se parecía a Robby Benson. A ver, sí se parecía, un poco, pero él era mucho más guapo. ¿Cómo no había visto antes lo atractivo que era su hoyuelo? Me incliné hacia delante y se lo besé, aún tímida ante el afecto, pero cada vez me resultaba más fácil.

—Estoy lista —le dije.

Me dio el martillo y un clavo. Lo coloqué en ángulo, como me había recomendado el padre de Beth. Una vez clavado, Claude me dio otro.

Habíamos decidido sellar la entrada de mi túnel primero. Había sido idea mía, pero cuando Claude estuvo de acuerdo, casi me acobardo. Parecía algo definitivo, como si estuviéramos dándole la espalda a nuestra infancia, a Pantown.

Claude sacudió la cabeza con suavidad cuando le confesé mi preocupación.

—Vamos a alejarnos de la oscuridad, H., no de nuestra infancia. Vamos a vivir el resto de nuestra vida en la superficie. Ese es el nuevo Pantown, por el que Gloria se queda. —Me dedicó su hermosa sonrisa, esa que me calentaba en lo más profundo.

Cerramos la puerta de mi túnel con clavos y luego la suya.

Después vino la parte en la que necesitamos la ayuda de todos. Beth y su padre construyeron las estanterías y luego las bajaron con la ayuda del señor Pitt y del agente Ryan, que insistió en estar aquí cuando se enteró de lo que estábamos haciendo.

Después, invitamos al resto de la gente, a todos los que habían conocido y querido a Maureen y Brenda —que eran muchos— a que trajeran algo para las estanterías. El entrenador de sóftbol de Maureen en cuarto curso trajo la foto del campeonato de aquel año, con una Maureen de dientes separados que sonreía en primera fila. Había olvidado que tenía pecas. Una enfermera con la que Brenda había trabajado trajo un libro escrito a mano con historias de los residentes de la residencia de ancianos cuyas vidas había cambiado Brenda, y en el que cada uno de ellos había compartido algo maravilloso sobre ella. Jenny Anderson trajo un dibujo que había hecho el día en que Maureen la defendió y ahuyentó a los matones del patio de recreo. Jenny había doblado el dibujo en forma de corazón y lo había cerrado con celo rosa.

Y así fue cómo, primero nuestras nuevas estanterías y luego las de Claude, se llenaron para siempre de recuerdos de las dos mejores chicas que este pueblo había visto.

Aquel verano, el verano del 77, todo tenía aristas.

El filo se llevó a mis amigas, pero también cortó las vendas de nuestros ojos.

Y una vez que entiendes la verdad, no se puede vivir de otra manera.

Después de que esas estanterías estuvieran lo más llenas posible, miré alrededor del sótano de Claude. La mayoría de la gente de Pantown se había marchado y nos había dejado a los que estábamos más cerca de la tormenta. Todos lloraban, pero el dolor era purificador. El señor Taft tenía los brazos extendidos alrededor de su esposa, mamá y Gloria; y los cuatro se abrazaban mutuamente. Los padres de Beth permanecían cerca de ella —siempre parecían estar cerca de ella, ¿y quién podía culparlos?—, pero ella estaba de pie, sola, y observaba, resuelta, las nuevas estanterías. Me di cuenta de que había tomado una decisión: pronto se mudaría a Berkeley. La echaría de menos, pero también me alegraría mucho por ella y por cualquiera que llegara a conocerla. Iba a revolucionar unas cuantas cosas ahí fuera, en el gran mundo.

El padre Adolph fue una ausencia notable. Había querido venir, pero Claude y yo nos negamos.

326

El señor y la señora Ziegler estaban pendientes de que todos estuviéramos bien y de si necesitábamos bebidas o pañuelos. Gulliver Ryan estudiaba aquellas nuevas estanterías desde su posición en la escalera inferior de los Ziegler, con los ojos húmedos y los puños apretados a los lados.

Junie se acurrucó en un círculo con sus amigas en el rincón más alejado. Parecían tan tiernas, aquellas chicas de trece años que se acercaban a la línea de salida de su propio esprint de niña a mujer. Junie había vislumbrado de una forma horrible cómo era esa carrera, cómo había sido para Brenda, Maureen, Beth y para mí. La gente de esta habitación se aseguraría de que fuera diferente para el grupo de Junie, tanto para las niñas como para los niños.

Se acabó el mirar hacia otro lado.

Me incliné hacia Claude. Me sujetaba una mano y levanté la otra. Había planeado dejar el anillo del humor en la estantería de Brenda, pero en el último momento decidí que prefería tenerlo cerca.

Por primera vez, brilló con un azul intenso.

Agradecimientos

Estos libros no existirían sin mi fabulosa agente, Jill Marsal, mi editora, la hechicera Jessica Tribble Wells, y todo el equipo de Thomas & Mercer, incluidos Charlotte, Jon, Kellie y Sarah. Me hacéis sentir parte de algo bueno. Gracias por vuestro tiempo y vuestra genialidad. Gracias también a Jessica Morrell, la editora independiente que lleva casi veinte años fomentando mi escritura y profundizando en mis habilidades.

Shannon Baker y Erica Ruth Neubauer, vuestro amor y sabiduría nos hacen mejores a mí y a lo que escribo. Esto siempre es cierto, pero es especialmente contundente durante nuestros retiros. Gracias por ser mágicas. Lori Rader-Day, Susie Calkins, Catriona McPherson y Terri Bischoff: hacéis que la vida de escritora parezca una buena elección, y no hay suficientes agradecimientos por ello. A mi mejor compañera de escritura durante la pandemia, Carolyn: gracias por tu brillantez, tu buen corazón, tu humor y tu integridad. Christine, gracias por explorar el mundo conmigo. Que nunca se nos acaben los lugares que visitar ni las frentes que fotografiar. Suzanna y Patrick, os estaré eternamente agradecida por vuestra guía y vuestro humor.

También quiero dar las gracias a los guionistas de *Mare of Easttown,* a quienes no conozco, pero cuyo talento dio pie a un argumento clave que se abrió camino en este libro. Sobre todo, y es una locura pensarlo ahora, porque no había una Beth en *Las chicas de la cantera* antes de ver *Mare of Easttown.* La trama de esa serie me hizo darme cuenta de que la necesitaba aquí, y me alegro mucho.

Cuando necesito inspiración no solo para elaborar una buena trama, sino también para escribir una frase bonita, recurro a lo mejor de lo mejor. Mientras escribía este libro, me sumergí en las historias de Megan Abbott, S. A. Cosby, Anne Rice, Daniel Woodrell y Rachel Howzell Hall, los cinco capaces de componer una frase tan inesperada y deliciosa que vuelvo a saborearla una y otra vez. Estoy agradecida por su talento, que es como una luz.

Gracias también a la Humane Society y a Pet Haven por cuidar tan bien de criaturas vulnerables y por proporcionarme un flujo constante de gatitos de acogida. Todo escritor goza de un gato o un perro (o un conejito o una serpiente), y estoy agradecida por todas las formas en que los animales que he acogido han mejorado mi calidad de vida.

Por último, pero siempre lo primero en mi corazón, todo el amor y agradecimiento a Zoë y Xander por elegirme como su mamá en esta vida. Ese el mejor trabajo que he tenido.

Principal de los Libros le agradece la atención
dedicada a *Las chicas de la cantera,* de Jess Lourey.
Esperamos que haya disfrutado de la lectura
y le invitamos a visitarnos
en www.principaldeloslibros.com,
donde encontrará más información
sobre nuestras publicaciones.

Si lo desea, también puede seguirnos
a través de Facebook, Twitter o Instagram
utilizando su teléfono móvil
para leer los siguientes códigos QR: